KB118337

사랑을 담아

IN LOVE
by Amy Bloom

I N

L O V E

(사랑을 담아)

에이미 블룸 AMY BLOOM 지음 | 신혜빈 옮김

문학동네

브라이언을 위해

남편이 말했다. "이 이야기를 글로 써줘."

차
례

1부

2020년 1월 26일 일요일
스위스 취리히

    취리히로 향하는 이 여정은 브라이언과 내가 좋아하는 일반적인 형태의 여행이 아니라, 완전히 새로운 여행이다. 자동차, 기차, 페리, 비행기로 어디를 가든 우리는 모든 여행을 좋아하고 대부분의 쇼핑을 즐긴다. 취리히로 떠나는 이 여행은 우리가 다른 여행에서 누렸던 요소들을 다 갖추고 있지만, 지금껏 다녔던 여행과는 완전히 다르다. 우리는 평소처럼 픽업 서비스를 이용해 공항에 간다. 그러면 뭔가 있어 보이고, 주차하느라 짐 나르느라 고생할 필요도 없다. 게다가 브라이언이 알츠하이머병을 앓기 전에도 두 사람 다 길치인 탓에 교통편을 갈아타야 할 때마다 이십 분씩 더 소요되곤 했다. 저녁 여섯시 출국을 앞두고 우리는 식당에서 식사를 한다. 나는 립스틱 하나와 작은 핸드크림을 사고, 브라이언은 사탕을 조금 산다. 우리는 껌을 나눠 씹는다. 물 한 병도 나눠 마신다.

비행기 안에서 우리는 짐을 풀고 자리에 앉는 과정을, 승무원들의 환대를 즐긴다. 그들은 벌써 우리에게 호감을 느끼는데, 브라이언이 자기 몸집을 감안해 다른 승객의 음료를 팔로 치지 않게 주의하고 마주치는 스위스항공 직원에게 일일이 감사를 표하기 때문이다. 우리는 한밤중에 술이나 땅콩을 더 달라고 소리지를 사람처럼 보이지 않는다. 늘 이코노미석을 타는 사람만큼 비즈니스석을 사랑하는 이들은 없다.

우리는 탑승하는 순간부터 얼굴에 미소를 띠고 있다. 나는 우리의 비즈니스석 보금자리를 정돈한다. 우리는 승무원들에게 지나치게 공손하다. 한눈에 봐도 서로를 아끼며 기쁜 마음으로 함께 여행길에 오른 사람들이다. 음료를 (무려 유리잔에!) 받자마자 우리는 취리히로 가는 비즈니스석 표를 끊어준 언니와 형부를 위해 건배한다.

취리히에는 디그니타스 사무실이 있고, 그곳이 우리의 목적지다. 디그니타스는 동행자살* 서비스를 제공하는 스위스의 비영리기관이다. 지난 이십이 년간 디그니타스는 미국 시

---

* 디그니타스는 생명 중단 선택에서 동반과 지지를 중시하는 의미로 '조력자살(assisted suicide)' 대신 '동행자살(accompanied suicide)'이라는 표현을 쓴다.

민이자 말기환자 가운데 죽음을 원하지만 앞으로 남은 수명이 육 개월 이하라는 의사의 진단은 얻지 못한 이들이 향할 수 있는 유일한 곳이었다. 방금 내가 언급한 것은 현재 미국의 기준이다. 안락사를 인정함으로써 말기환자 혹은 수많은 노쇠한 미국인에게 생애말 판타지를 안겨주는 미국의 아홉 개 주와 워싱턴 D.C.에서도 예외는 아니다. 이는 내가 브라이언의 지시를 받아 조사한 끝에 알게 된 사실이다. 그러다 우리는 고통 없고, 평화롭고, 합법적인 자살이 가능한 세계 유일의 장소가 취리히 외곽에 있는 디그니타스라는 사실을 알게 되었다.

언니는 신경외과의사와 두번째 진료 예약을 잡은 이후 줄곧 나와 함께 울어주었다. 그때 의사는 한 시간도 채 안 되는 시간 동안 브라이언의 정신상태 검사를 하더니 그의 높은 지능지수, 균형 및 자기 수용 감각 저하, 좋지 않은 검사 결과를 근거로 알츠하이머병이 확실해 보이며 아마도 지난 몇 년간 진행중이었을 거라는 진단을 내렸다. 브라이언이 알츠하이머병에 동반되는 '긴 작별'을 원치 않는다는 판단을 내리기까지는 일주일이 채 걸리지 않았고, 내가 구글에서 여러 차례 검색을 하다 그 경로의 끝에서 디그니타스를 찾는 데에도 일주일이 채 걸리지 않았다. 여름부터 겨울까지, 나를 사랑하고 브라이언을 사랑했던 나의 언니 엘런은 최선을 다해주었다. 어떤 제안을 하지도, '만약에'로 시작되는 어떤 가능성을 제시하지도, 브라이언의 병증이 어쩌면 그렇게 심각하지 않을 수도 혹은 아주 천천히 진행될 수도 있다고 말하지도, 내가 울지 않을 때 본인이 울지도, 자신이 아끼는 사람의 죽음과 사이좋은 우리 사인방의 끝에 대한 본인의 슬픔을 쏟아내지도 않는 것으로. (두 사람이 십사 년 전 처음 만났을 때 브라이언은 특유의 매력을 뿜어내며 엘런의 부엌으로 걸어들어가 이렇게 말했다. 당신 동생을 정말로 사랑해요. 언니는 뒤도 돌아보지 않고 이렇게 말했다. 상처 주면 가만두지 않을 거예요.) 12월의 어느 이른아침, 디그니타스로 향하는 관문을 거의 다 통과했다고 확신하던 시점에 엘런이 내게 전화해서 말했다. 필요한 게 있으면 뭐든지 말해. 나는 망설이다 대답했다. 2만 달러. 그러자 언니가 이렇게 말했다. 수표로 보낸다, 3만 달러. 우리는 결국 그 돈을 한푼도 남김없이 다 썼다. 브라이언을 위한 두 번의 본격적인 낚시 여행에, 그가 일하지 않는 동안에, 내가 일하지 않는 동안에, 늘 외식을 하고 가끔은 점심과 저녁을 뉴헤이븐의 최고급 레스토랑에서 먹는 비용으로. 마지막이 될 우리의 합동 생일 축하에, 취리히 오성급 호텔에서의 나흘 밤에, 차량 서비스와 취리히 투어와 내가 집으로 돌아올 때 동행해줄 친구의 왕복 비행기표에. 힘겨운 수개월을 견디게 해줄 것이라면 무엇이든 그것에. 그리고 디그니타스에 지불한 (총 1만 달러 정도의) 비용에.

스위스항공 좌석에 앉아 브라이언과 나는 서로를 위해 건배하며, 약간은 망설이다 '위하여'라고 말한다. 보통 우리는 '첸타니'라고 한다(이탈리아식 건배사로 '백 년을 누리세'라는 뜻이다). 우리에게 '백 년'은 없다. 우리는 십삼 주년 결혼기념일도 누리지 못할 것이다.

우리는 서로에게 바짝 붙었다가 다시 떨어져 신발이며 기내용 가방을 가지고 법석을 떤다. 각자 받은 작은 물품 가방에서 (항상 쓰는) 양말과 (절대 안 쓰는) 안대를 꺼내고 작은 치약과 작은 칫솔, 우리는 손주들이 좋아할 거라고 고집스레 믿지만 실은 전혀 그렇지 않은 작은 물건들을 꺼낸다.

거의 모든 것이 평소와 같다. 지난 몇 년간 우리가 해왔던 것과 별반 다를 게 없다. 비행도, 그전에 수반되는 과정도 전부―공항으로의 이동, 보안 검색(사전 수속 서비스를 이용하는 우리와 달리 왼쪽에서 신발을 벗고 길게 줄을 선 사람들을 보고 느끼는 옹졸하지만 깊은 만족감), 존 F. 케네디 국제공항에서 한 꽤 괜찮은 식사까지. 모든 게 평소와 다름없어 보이지만, 삼 년 전에 떠났던 브라이언과의 여행은 얼마나 달랐는지 나는 여전히 기억한다. 신문가판대로 걸어간 그가 돌아오기까지 숨죽이고 기다리지 않아도 되었던 그때를. 하지만 겉보기에는, 그리고 어떤 면에선 실제로도 거의 모든 게 평소와 같다(우리가 실제로 과거에 어떤 삶을 살았는지 나 역시 기억하지 못한다).

존 F. 케네디 국제공항까지 가는 길, 우리는 아널드를 부르지 않았다. 그는 우리가 공항을 이용할 때마다 우리 차를 운전해서 공항까지 데려다주고 다시 우리집 진입로에 주차해주던 사람이다. 아널드는 지난 육 년간 우리는 물론이고 우리 아이들과 손주들을 태워다주었고, 짐작건대 우리에 관해 원했든 원치 않았든 알게 된 모든 정보와 균형을 맞추기 위해 자신의 오토바이 사랑, 금주, 아내의 건강 문제 등을 모두 공유했다. 나는 차마 아널드에게 우리가 어디로 가는지 거짓말할 수도, 진실을 말할 수도 없었고 (심각한 거짓말쟁이들이 흔히 쓰는 수법대로) 진실을 반쯤만 밝히며 1월 말에 왜 취리히에 가는지 그 이유를 꾸며낼 수도 없었다. 스키 타러? 얼음낚시 하러? 프라우뮌스터성당에 샤갈의 스테인드글라스를 보러? 나는 아널드가 백미러를 통해 우리를 연민의 시선으로 볼까봐 두려웠고, 그 생각만으로도 견딜 수가 없었다. 브라이언의 자존심과 전반적으로 나약한 내 성격 때문에라도 잔인

함만큼이나 다정함 또한 견딜 수 없을 것 같았다. 나는 결코 아무것도 원치 않았다. 내가 원한 것은 오직 무지의 장막뿐이었고, 우리가 이용한 리무진 서비스의 기사는 정확히 내가 원한 것을 제공했다. 그는 두 시간 반 동안 운전하면서 딱 한 번 입을 열었다. 완벽했다.

우리는 공항 제4터미널 중간에 서서 (나는 정말 좋아하지만 브라이언은 안 좋아하는) 쉐이크쉑보다는 근사하지만, 말도 안 되게 비싼 팜 스테이크하우스보다는 덜 근사한 식당에서 식사하기로 합의했다. 그런데 지금 쓰다보니 생각난 건데, 우린 결국 팜 스테이크하우스로 향했다. 왜냐하면…… 아시다시피.

브라이언은 존 F. 케네디 국제공항의 팜 스테이크하우스에서 먹고 싶은 걸 모조리―사실상 거기서 주문할 법한 건 전부 다―시켰다. 작년인가부터 가끔 마시고 싶다고 했던 보드카 온더록스 빼고는 전부 다.

그는 어니언링과 립아이 스테이크를 레어로 주문하면서 사이드로는 해시브라운과 시저샐러드, 갈릭토스트를 시켰다. 그리고 추가로 칵테일새우를 주문하려고 해서 내가 1953년경의 유대인 아내처럼(집에서 한 파마머리에 가장자리에 지

그재그 모양 레이스가 달린 앞치마 차림은 아니었지만) 이렇게 물었다. 진심이야? 공항에 있는 스테이크집에서 새우를 시킨다고? 브라이언은 어깨를 으쓱 올리며 말했다. 나도 공항 새우에 큰 기대가 있는 건 아니지만, 그게 무슨 대수겠어, 안 그래? 한입 먹고 별로면 안 먹으면 되지. 돈 버렸네, 그 정도잖아? 상한 새우를 먹고 죽을 수도 있겠지만, 그건 그것대로 우리 수고를 훨씬 덜어주지 않겠어? 아니면 식중독에 걸려서 비행기를 놓치거나. 그러고는 메뉴판을 접고 이제는 자주 봐서 익숙해진 눈길을 내게 보냈다. 자신이 처한 상황을 이해하고 받아들이겠다는 일종의 체념과 피로, 약간은 지친 익살스러움이 담긴 눈빛을.

저녁식사 내내 내 눈에선 눈물이 왈칵 솟아올랐고, 브라이언은 이따금 내 손을 다독였다. 나는 계속 울었다. 그를 사랑했고, 그의 식욕과 관능과 유머, 거기에 따라오던 온기를 사랑했기에.

알아채지 못해서 미안해

    2007년, 브라이언과 나는 각각 미국 동부와 서부에 살고 있었다. 당시 나는 시작한 지 얼마 안 돼 종영한 텔레비전 드라마를 작업중이었다. 브라이언은 코네티컷주 하트퍼드에서 이 주일에 한 번씩 일이 끝나고 날아와 내 사무실에서 짧게 잠을 청하고 일어나서, 누구든 아직 사무실에 남아 있는 사람과 나와 함께 저녁을 먹곤 했다. 그는 매주 방송될 대본의 여러 초고를 읽었고 가능한 날에는 촬영장에도 와줬다. 어딘가 앉을 구석을 찾아 촬영 현장을 지켜보면서 의상, 메이크업, 리허설, 사소한 의견 충돌까지 모든 것에 주목했다. 그는 드라마 촬영의 각기 다른 초현실적이고 복잡한 부분을 좋아했다. 어느 주말엔 브라이언이 일찍 일어나 작은 공기 주입식

보트를 가지고 돌아왔다. 그는 내게 샌드위치를 만들어달라고 부탁하더니, 나를 차에 태워 캘리포니아 버뱅크의 세트장으로 향했다. 경비원이 그와 잠깐 이야기를 나누고는 손을 흔들어 우리를 들여보내줬다. 우리는 거의 온종일을 우리의 아름다운 가짜 세상의 진짜 풀장에서 보내며 진짜 점심을 먹고 햇볕 아래에서 느긋한 시간을 즐겼다. 그곳을 떠날 때 브라이언은 우리를 들여보내준 경비원에게 풀장에서 차갑게 보관한 화이트와인 한 병을 건넸다.

이 년 전, 나는 브라이언에게 내가 쓴 새로운 대본을 읽어봐달라고 건넸다. 그런데 내 남편이자 응원단, 방송 애호가이자 습관성 대본 독자인 그가, 우리가 코네티컷 스토니크리크가 아니라 캘리포니아 실버레이크*에 정착하기를 반쯤은 진심으로 원했던 사람이 그것을 읽지 않았다. 우리가 함께한 세월 동안 브라이언은 내가 쓴 모든 글을 읽었다. 그것도 내가 완성한 뒤 며칠 내로. 그런데 일주일 뒤 내가 방송 대본에 관해 물어봤을 때, 그는 아직 손을 못 댔다고 말했다. 어조에서 약간의 난감함이 느껴졌다. 몇 주가 더 흘렀지만 그는 그 대본에 관해 언급하지 않았다. 내가 마음을 단단히 먹고 다시 한번 대본에 관해 물었을 때, 그는 유감스러워하는 기색도 별

---

* 전통적인 영화산업의 중심지로 할리우드와 가깝다.

다른 감흥도 전혀 없이 포맷이 너무 어려워서 따라가기 힘들었다고 답했다. 브라이언은 대본을 침실 바닥에 놓아두었고, 그것은 내가 사무실에 다시 가져가기 전까지 내내 그 자리에 그대로 놓여 있었다.

2020년 1월 26일 일요일
취리히

팜 스테이크하우스에서 식사를 마친 뒤 우리는 스위스항공 라운지로 향했다. 스위스항공은 저멀리 떨어진 에미레이트항공의 라운지를 임시로 함께 쓰고 있었고, 접수대의 여자 직원은 재빠른 사무 처리와 함께 분명히 존중을 표하는 고갯짓으로(정말이지 고개를 끝도 없이 끄덕였다) 브라이언을 응대했다. 내게는 입꼬리를 한쪽만 올린 무미건조한 미소를 보인 게 전부였다. 내가 비행기표를 받았고 여권을 챙겼는데도, 거기 오래 서 있으면 서 있을수록 우리 귀에 들리는 건 "무엇을 도와드릴까요, 어미치 씨?"뿐, 그와 비슷한 어떤 질문도 내게는 돌아오지 않았다. 브라이언은 신경쓰지 않았다. 나도 신경쓰지 않았다. 가부장적이어서 그렇든, 내 남편이 잘생겨서 그렇든, 뭐 어쩌겠는가?

라운지는 깨끗했고, 다양한 과일과 갖가지 뷔페 음식이 제공되었으며—제대로 된 중동 음식에서부터 이탈리아풍 음식, 프랑스풍 음식까지—바가 있는 쪽은 분주했다. 자리를 잡는 동안 브라이언은 큼직한 팔라펠 하나를 집어들었다. 도둑질은 당연히 아니었지만, 서빙 스푼이며 작은 포크에다 접시, 거기에 딱 맞는 세 겹짜리 칵테일 냅킨을 두고 커다란 손가락으로 음식을 집는 것이 예의 있는 행동으로는 생각되지 않았다. 브라이언은 자기 행동이 무례한지 아닌지 신경쓰지 않았는데, 알츠하이머 탓은 아니었다. 원래 그런 걸 신경쓰는 사람이 아니었다.

우리에게는 각자 상대방을 살짝 기겁하게 하는 습관이 있다. 나는 집에서 신문을 가지러 나갈 때 내가 잠옷이라고 부르는 옷차림—근사한 핑크 파이핑 파자마 세트가 아니라 대학 때 입던 추레한 티셔츠와 사각팬티 차림—으로 문밖에 나서곤 한다. 옆집에 사는 이웃들이 나를 볼 수도 있고, 실제로 보기도 한다. 나는 신경쓰지 않는다. 그럴 때마다 브라이언은 진심으로 경악한다. 그는 그게 없어 보인다고, 실제로 그런 단어를 입 밖에 내진 않았지만 문란한 행동이라고 생각한다. (신경외과 진단을 받고 나서는 이렇게 말하곤 했다. 왜 사람들을 헷갈리게 만들어? 이 집에 알츠하이머가 둘이라고 착각하면 어쩌려고? 그 말에 우리 둘 다 웃음을 터뜨렸지만 나는 여전히 아랑곳하지 않고 일요일 아침마다 똑같은 옷차림으로 뛰쳐나간다.) 심리학자인 내 딸 말로는 우리에게 경미한 소시오패스 기질이 있다는데, 부정하지는 않겠다.

브라이언은 라운지를 돌아다니며 만족스러운 안락의자 한 쌍을 찾아 앉더니 〈뉴욕 타임스〉와 〈타임스〉를 본격적으로 읽기 시작했다. 신문을 읽는다는 게 이제 그에게 무슨 의미가 있을지 모르겠다. 기껏해야 정치 기사나 스포츠 뉴스 정도가 의미 있을 것이다(예일대학에서 미식축구 선수로 뛰었던 그는 선수들 관리가 너무 엉망이라며 더는 대학 미식축구 경기를 보지 않지만, 여전히 어느 팀이 어떤 상황인지는 대강 파악하고 있었다). 예전에는 부동산이나 건축, 혹은 디자인에 관한 단신에 관심을 보이곤 했는데, 그가 건축가로 사십 년을 일했기 때문이다. 그는 더이상 아무런 논평도 하지 않는다. 예전에는 눈길을 끈 주제에 관한 기사를 여러 개씩 모아 내게 읽어주곤 했다. 그뿐 아니라 자신이 운전하는 동안 내가 기사를 읽어주는 것도 무척 좋아했다. 나는 좀처럼 그가 만족할 만큼 잘 읽어주지 못했지만. 언젠가 큰맘 먹고 코네티컷에서도 우리가 사는 곳의 거의 반대편에 있는 별 다섯 개짜리 바비큐 식당까지 가는 동안 〈뉴욕 타임스〉의 선데이 리뷰를 통으로 읽어준 적이 있는데, 그때는 거의 성공할 뻔했다. 내가 마지막 논평 기사에서 더듬거리자 그가 말했다. "여보, 뒷심이 있어야지."

　브라이언은 보던 신문을 접어 비행기에 갖고 타려다 곧 생각을 바꿨다. 그에게는 거창한 계획 충동, 다시 말해 자기 자신의 필요를 과잉 짐작하여 좋아하는 것들을 쟁여두다시피 하는 버릇이 있었다. 우리가 처음 만났을 때부터 그랬다. 예를 들면 4월에서 11월까지는 차를 타고 어디론가 갈 때 트렁크에 제물낚시용 미끼를 비롯해 덜 아끼는 낚싯대를 적어도 하나 이상 꼭 넣어두곤 했다. 식당에서 나갈 때는 박하사탕을 꼭 한 움큼 챙겨 침대맡 탁자와 사탕 담는 병과 자동차 글러브박스에 쟁였다. 이번 여행에서만은 아니다. 나는 그에게 스위스 프랑 한 뭉치를 건넨다. 그는 복용하는 약이, 추가로 비아그라가 담긴 작은 병이 어디에 있는지 안다. 그가 어떤 물건을 가지고 있지 않는다면 그건 필요하지 않기 때문이다. 내가 무언가를 가지고 있지 않는다면 그건 중요하지 않아서다.

　별 이유도 없이 우리는 스위스항공 증정품을 하나하나 챙기고, 기내용 가방을 붙들고 있다. 제대로 된 여행가방은 들고 갈 필요 없다는 게 내 주장이었다. 더는 그가 입을 일이 없는 옷과 먹을 일이 없는 약을 내가 커다란 여행가방에 잔뜩 담아 집으로 다시 끌고 올 필요는 없으니까. 브라이언은 짐을 싸면서 비아그라 열 알이 든 병을 마라카스처럼 흔들며 말했다. 이건 쓸 데가 있지.

나는 그의 옷을 스위스의 굿윌스토어 같은 곳에 몽땅 넘기거나 그의 약을 청소 직원들이 치우도록 남겨두고 싶지 않다. 기본적으로 그냥 그 '이후'를 처리하고 싶지 않다. 브라이언이 죽고 내가 그의 곁을 떠날 때, 내 목표는 집까지 동행해주겠다고 한 친구와 함께 비행기에 오르는 것이다. 그다음엔 내 딸 세라가 공항에서 날 맞이할 것이고, 다른 딸 케이틀린과도 만날 것이다. 그리고 두 딸아이가 내게 잘 자라고 인사하면, 그대로 잠들어 이 주간 깨어나지 않는 것이 내 소망이다. 하지만 절대 그렇게 되지 않을 것이다. 우리는 우리가 가진 것 가운데 가장 허름한 기내용 가방을, 브라이언이 1박 2일 출장을 다닐 때 썼던 검은색 서류가방들을 가지고 왔다. 괜찮은 여행가방을 버리고 오는 건 우리 둘 다 생각만 해도 싫었다. 어쩌면 소시오패스일 수도 있고 돈을 물쓰듯 쓰는 경향도 있긴 하지만, 거의 쓰지도 않아 흠집 하나 없는 250달러짜리 여행가방을 버릴 수 있는 사람들은 아닌 것이다.

북 브라더스

2014년 우리가 코네티컷주의 작은 마을로 이사했을 때, 브라이언은 한 남성 독서모임에 가입하라는 권유를 받았다. 처음에는 이들이 자신의 취향과 달리 비문학을 선호하는 듯해 망설였지만, 초청받은 것을 기쁘게 생각해 정기모임에 나가기 시작했다. 그는 자기가 책을 추천할 차례가 되면 꼭 소설을 들고 갔다. 다른 회원들이 그에게 이 독서모임에 가입한 이유를 물었을 때, 그는 좋은 책을 읽는 것과 친밀감을 쌓아가는 게 좋아서라고 대답했다. 그는 회원들의 놀란 듯한 반응에 기뻐했고, 괜찮은 자기소개였다고 판단했다. 가끔 그는 회원 한 사람과 주말에 커피를 마시곤 했다. 또 여기서 다루는 책들이 대개 자기한텐 너무 단순하다든가("그냥 뭐, 어떤 말이

장애물을 극복하는 얘기야") 혹은 너무 감상적이라고("조정
팀이 올림픽에 나가, 그리고 이겨") 불평하곤 했지만, 그 모
임을 좋아했고 모임 전후로 수다 떠는 것도 즐겼다. 그랬는데
이 년 전부터 이 독서모임의 모든 것을 거슬려하기 시작했다.

　이메일이 올 때마다 그는 내 옆에서 투덜댄다. 일정 변경이
너무 많다고. 이번에 어느 집에서 만나는지 자기는 모르겠는
데, 다른 회원들은 이쯤 됐으면 자신이 누가 어디 사는지 알
겠거니 하며 모임 장소의 주소도 제대로 알려주지 않는다고.
어느 날은 날짜를 잘못 알고 모임 장소를 찾아가기도 했지만,
별로 대수롭지 않게 넘겼다. 몇 달 전에 '북 브라더' 한 사람
도 약속한 날짜보다 일주일 일찍 우리집에 나타났기 때문이
다. 모임에는 브라이언과 정말 죽이 잘 맞는 회원이 있는데,
이 년 전에 점심식사를 함께하기도 한 그가 다른 동네로 이사
하게 되었다고 한다. 나는 브라이언에게 그 사람한테 전화해
서 마지막으로 점심 약속을 잡으라고 권하지만 브라이언은
이미 너무 늦었다고, 그가 벌써 이사를 가버렸다고 말한다.
어느 날 브라이언의 휴대폰을 확인했더니(나는 지난 이 년간
종종 브라이언의 휴대폰을 확인하는 습관이 생겼는데, 안 그
러는 척하고 있다) 멀리 이사한 줄 알았던 그 사람이 보낸 이
메일이 와 있다. 이번에 읽을 책을 제안하는 이메일이다. 알
고 보니 그는 고작 십 분 남짓 떨어진 곳으로 이사했고, 여전

히 모임에서 활발하게 활동중이다.

　올해 가을, 브라이언은 독서모임에서 읽을 책을 손에 들고 (이 말은 즉 내가 그 책을 우리가 다니는 길 건너편 도서관에서 빌려왔다는 뜻이다) 신나게 책 얘기를 한다. 하지만 나는 책갈피가 조금도 뒤로 옮겨가지 않고 오히려 앞으로 오는 것을, 이틀에 한 번씩 처음 십여 쪽으로 되돌아오는 것을 본다. 그는 모임에 나가지 않고 그 책은 몇 달간 그의 침대맡 탁자에 놓여 있다. 우리가 취리히에 갈 짐을 싸는 동안에도 책은 그대로다. 그의 눈에 띈다 한들 별 도리가 없기에. 혹은 그가 잊었기에. 그리고 나는 그것을 감히 만지거나 언급조차 할 수 없기에.

2020년 1월 27일 월요일
취리히

    취리히에 도착한 우리는 예약한 호텔에서 제공한 차를 타고 올드타운 지역의 자갈 깔린 길 위 예쁜 호텔로 간다. 취리히는 우리 예상보다 따뜻하고 이슬비가 내린다. 비더호텔은 특이한 곳에 설치한 엘리베이터와 복도로 오래된 건물 여러 채를 연결해 고급 호텔로 꾸며놓은 곳으로, 우리가 휴가를 보낼 숙소로 고를 법한 곳이다. 하지만 사실 우리 둘 다 휴가지로 취리히를 고려한 적은 한 번도 없다. 지나치는 식당마다 둘씩 짝을 이룬 사람들로 가득한데, 대부분은 딱 봐도 비즈니스맨 옷차림의 이성애자 백인 남자들이다. 가끔은 넷씩 다니기도 한다. 아주 가끔 육십대 후반의 사업가가 실크 미니드레스와 스트랩샌들 차림의(세상에, 이 자갈길에서!) 젊고 섹시

한 여자와 함께 있는 모습이 눈에 띄기도 한다. 지난 한 해 브라이언의 자기 수용 감각에 이상이 생겼고—손을 베이고, 현관 포치에서 미끄러지고, 피크닉 벤치에서 뒤로 굴러떨어지는 등—나는 취리히에서 새로운 공포를 느낀다. 바로 그가 올드타운의 축축한 자갈길에서 미끄러져 넘어지는 바람에 디그니타스까지 가지 못하는 것이다. 이 자갈길은—그리고 자갈길에 관한 대화는—이번 여행에 크나큰 불안을 드리운다.

호텔 프런트에서 나는 기분이 엉망이고 좌불안석이다. 브라이언은 로비를 들락날락하며 돌아다니다가, 내가 우리 여권을 찾는 동안 복도 끝의 여닫이문을 통과한다. 그 모습을 보는 순간, 그가 내 시야에서 벗어날 때마다 늘 그러듯 내 속이 뒤집힌다. 몇 분 뒤 그가 돌아오면 내 정신도 함께 돌아온다. 직원이 내게 질문을 할 때마다 나는 범죄 용의자라도 된 듯 더듬거린다. 우리가 왜 여기 왔느냐고? 반호프 거리의 상점(구찌, 펜디, 위블로, 까르띠에)이 모두 나와 있는 지도가 필요하냐고? 바와 도서관 위치를 안내받고 싶으냐고? 나는 브라이언에게 이 호텔이 우리가 암스테르담에 갔을 때 묵었던 근사한 호텔과 약간 비슷한 것 같다고 말하고 싶지만, 그가 그 여행을, 호텔을 기억하지 못할까봐 두렵다. 기억하지 못해도 기억나는 척할까봐, 그래서 그가 진짜 기억하는지 못하는지 내가 알 수 없을까봐 무섭고, 생각만 해도 끔찍하다.

아니면 그가 기억하지 못한다는 걸 내가 알아차릴까봐 무섭고, 이 또한 끔찍하다. 그래서 나는 아무 말도 하지 않는다. 이제 나는 대개의 상황에 그렇게 대처한다. 호텔방에 들어갈 때쯤 우리는 둘 다 이미 지쳐 있다.

우리가 예약한 방은 호텔다운 쾌적함을 자랑하고, 발코니로 통하는 전면 유리문에서는 빵집과 액세서리 가게가 내려다보인다. (브라이언은 내게 액세서리 가게에 가보자고 권한다. 가게의 물건들은 예쁘고, 내가 좋아할 것 같다며 그가 고른 반지는 정말로 내 마음에 들고, 우리는 둘 다 기분이 좋아진다. 그는 지난 삼 년간 정말 별로인 것들만, 내 취향과는 거리가 먼 물건들만 골라왔다. 그가 다른 남자였다면 나는 이 사람이 웨스트빌에 사는 70년대 보헤미안 스타일의 빈털터리 여자를 몰래 애인으로 두고 그 여자에게 주려고 산 에나멜 구리 귀걸이와 뱅글 팔찌를 실수로 나한테 갖고 왔다고 오해했을지도 모른다. 취리히에서 본 반지들은 아름답고, 금박에 맞춤 제작한 작은 파란색 오팔이 밤의 조각처럼 박혀 있는데, 하나에 1만 달러짜리다. 브라이언과 나는 예의바른 미소를 짓고 밖으로 나선다. 그가 말한다. 당신한테 뭔가를 사주고 싶었는데…… 그 말은 자기를 기억할 물건을 사주고 싶었다는 얘기고, 이때 우리는 목요일이 되기 전 마지막으로 함께 눈물을 쏟는다.)

밖에는 비가 내리고 연인들은 모퉁이의 술집으로, 크고 예스러운 찻집으로 들어간다. 우리도 여기서 휴가를 보낼 수도 있었을 텐데. 그런 생각이 든다.

우리는 호텔방으로 돌아가 커다란 창 앞에 몇 분간 서 있고, 나는 또 한번 평소와 거의 마찬가지로 차갑고 비릿한 뒤끝을 맛본다. 모든 게 정말로 평소와 같다면 우리는 짐을 풀고 샤워를 할 것이다. 더 정확히 말하자면, 브라이언이 짐을 풀 것이다. 나는 꾸물거리다가 샤워를 하고 그가 내 짐도 풀어줄 거라고 기대하겠지만, 그런 일은 거의 일어나지 않는다. 그런 다음 우리는 침대에 누워 낮잠을 자거나 사랑을 나누거나(비아그라는 언제나 차고 넘친다. 이 남자는 우리 엄마가 통조림을 쟁여두듯 비아그라를 챙기곤 했다―혹시 모르니까) 아니면 훌쩍 문밖을 나서 파리의 한 모로코 식당으로, 브라이언의 목소리가 들리자마자 주방장이 달려와서 맞이하는 곳으로 향할 것이다. (우리가 처음 그 식당에 갔을 때 주방장은 브라이언의 심상찮은 주문을 받고 바깥에 나와 우리 테이블을 보고 놀라워했다. 두 분이세요? 그러고는 껄껄 웃더니 양고기나 비둘기고기를 안 먹어봤다는 브라이언에게 소량의 타진* 두 가지를 내왔다.) 혹은 우리가 늘 런던에 도착하면 곧장

---

* 모로코식 스튜 요리의 일종.

들르는 평크풍 헤드숍* 겸 이발소로 여행가방을 든 채 직행할 것이다. 브라이언은 그 작은 가게에서 인생 최고의 헤어스타일을 만났고, 그때 우리는 잔뜩 흥분해서 가게문을 나섰다. 하지만 이번 여행에선 그저 창밖을 응시하며 둘 다 한숨을 내쉰다. 옷을 벗고 침대로 기어들어간다. 브라이언은 두 시간 정도 잠을 잔다.

이따금 나는 그가 더 좋은 아내, 적어도 다른 아내를 만났다면, 그 사람이 이 결정에 반대하고 남편의 육신이 스러질 때까지 그를 이 세상에 잡아두기로 했다면 어땠을까 생각한다. 나는 옳은 일을 하는 거라고, 브라이언의 결정을 지지하는 게 옳다고 믿지만, 그가 이 모든 준비를 직접 하고 나는 그의 뒤를 새끼 오리처럼 충실히 졸졸 따라다닐 수 있었다면 마음이 한결 편했을 것이다. 물론 그가 자기 스스로 모든 걸 준비할 수 있다면 애초에 알츠하이머병 환자가 아닐 테지만ㅡ또 애초에 자기 스스로 모든 걸 준비하기를 원한다면 그건 브라이언이 아닐 테지만. 머릿속에서 꼬리에 꼬리를 무는 생각을 따라가며 나는 일어나 짐을 푼다.

엄청나게 현명한 내 타로 상담가 수지 챙을 떠올린다(타로에서 위안을 찾는 행위가 바보 같다고 생각한다면 할말은 없

---

* 각종 기호 약품과 담배용품을 파는 가게.

다). 그녀는 까마귀 카드로 앞으로 일어날 일을 짐작하거나 내가 대비해야 할 일이 무엇인지 알아낸다. 내 딸들이 계속해서 내 앞에 두 마리 까마귀로, 두 마리 사자로, 혹은 두 개의 방패로 나타나는데, 다시 한번 말하지만 이것이 여러분 눈에 멍청한 짓의 극치로 보인다 해도 반박하지 않겠다. 브라이언과 함께 여행을 떠나기 전 마지막 상담에서 내가 전차 카드를 뒤집었을 때, 수지와 나는 귀퉁이에서 작은 게를 보았다. "이게 당신 카드예요." 수지 챙이 말했다. "당신이 이 전차를 몰아야 하고, 이 전차를 몰 때는 단단한 껍데기가 필요해요. 아니면 바퀴 밑에 깔려 으스러질 테니까요." 그리고 덧붙였다. "끝날 때까지 놓아버려선 안 돼요." 나는 "네, 네" 하고 수긍한다. 그녀가 카드를 톡톡 치며 말한다. 고삐를 놓으면 으스러질 거예요. 그러자 나는 눈물을 터뜨린다. 대부분의 시간에, 나는 정말로 그 작은 게가 된 기분이다. 무장하고 있지만 실상은 연약한 작은 게.

취리히엔 색 바랜 검은 옷과 회색 옷, 매일 갈아입을 속옷 말고는 아무것도 가져오지 않았다. 나는―엄마가 삶의 다른 부분에서 늘 강조하는 덕목이지만―공들이지 않을 것이다. 우리가 취리히에서 어떤 '재밌는' 일을 할 수 있을지 생각해

본다. 떠나기 전 우리는 취리히에서 할 일 십여 개의 목록을 만들면서 즐거운 시간을 보냈고, 거기엔 취리히 최고의 식당에서 식사하는 것도 포함되어 있다. 결국 우리는 계획한 대로 샤갈의 창문을 보고, 반호프 거리를 두어 번 거닐고, 취리히호를 구경하고(티나 터너의 집이 여기 있다는 가이드의 말을 듣고 우리는 손을 흔든다. 그녀는 스위스 남자와 사랑 가득한 결혼생활을 누리는 듯하고, 그래서 다행이다), 근처의 나쁘지 않은 이탈리아 식당으로 간다. 여행 내내 내가 걸칠 수 있는 건 요가바지와 좀먹은 카디건 한 장뿐이다. 지금 취리히까지 와서 이렇게 지친 몸을 이끌고 저녁을 먹으러 내려가다보니 이런 생각이 든다. 조식을 먹으러 가고, 호텔 직원에게 미소를 짓고, 미리 예약해둔 취리히호 투어를 다녀오고, 그 유명한 샤갈의 스테인드글라스 창문을 보러 갈 수 있다면(브라이언의 취미 중 하나가 스테인드글라스 만들기니까) 그것만으로도 아주 훌륭하게 일정을 소화하는 거라고. 월요일부터 목요일 아침까지의 시간을 채울 수 있다면.

우리는 첫날밤 미슐랭 스타를 받은 비더호텔의 레스토랑에 큰맘 먹고 내려가지만 혼란스러운 상황에 맞닥뜨린다. 여기선 물도 빵도 주지 않는다. 웨이터는 논문을 마무리해야 하는데 엉뚱한 사람이 자기 개인 열람석을 차지하고 있어서 자리가 비기를 기다리는 학생처럼 우리를 보고 서 있다.

"타파스가 뭔지 아세요?" 웨이터의 물음에 내가 우리도 당연히 타파스가 뭔지 안다고 대답한다.

　"그러니까, 이게 저희식 타파스라고 보시면 돼요." 그가 설명하며 우리에게 메뉴판을 건네는데 거기엔 새우 세 마리에 50달러, 작은 사슴고기 소시지 하나에 40달러가 매겨져 있다. 그때 옆 테이블에서 시킨 메뉴가 보인다. 소고기수프 한 숟가락에 미트볼 하나와 얇게 썬 버섯 하나가 얹혀 있다. 브라이언과 내가 그 미트볼과 메뉴판을 뚫어지게 보는 동안 웨이터는 미동도 없이 서 있고, 결국 우리는 바에서 치킨샌드위치를 시킨다. 아페롤 스프리츠를 22달러나 주고 마시자니 너무 분하지만, 감자튀김은 훌륭하다.

임시 승인

우리에겐 닥터 G와의 첫 면담을 갖기 전 채워야 할 하루가 남아 있다. 닥터 G는 디그니타스의 스위스인 의사로 월요일과 수요일 두 차례에 걸쳐 브라이언과 면담을 진행할 예정이다. 그러고 나면 목요일에 디그니타스와의 최종 예약이 남아 있다. 지금은 우리에게 실명을 알려준(S이다) 디그니타스의 담당자 하이디가 마지막 통화에서 현재 우리는 "임시 승인 절차를 밟는 중"이라고 말해주었다. 곧이어 보다 공식적인 이메일이 왔고, 거기엔 우리가 임시 승인을 받았으며, 스위스인 의사가 브라이언이 디그니타스 아파트에서 '동행자살'을 위해 마실 펜토바르비탈나트륨을 처방해줄 거라는 내용이 있었다. 따라서 브라이언이 두 차례의 면담에서 기대만큼 잘해낸다면, 닥터 G가 브라이언의 분별력과 확고한 의지를 확인한다면, 우리는 수요일에 최종 승인을 받아 목요일에 디그니타스 아파트로 향할 수 있을 것이다. (언니의 말을 빌리자면, 온갖 수를 다 써서 아이를 하버드에 입학시켜놓았더니 학교에서 애를 죽이는 거나 마찬가지다. 엘런은 자기 입에서 그런 말이 나왔다는 사실에 경악했고 나 또한 듣고 나서 경악했지만, 틀린 말은 아니다.)

나는 디그니타스에 어떤 불만도 제기하지 않았다. 지난가을 집에서의 전화 면담이 계속해서 미뤄졌을 때도, 심지어 삼십 분이 지나고 나서 이메일로 통보받았을 때도("여기 스위스 업체잖아." 내가 말했다. "어떻게 스위스 사람이 늦어? 한 번도 아니고 여러 번을?"). 당시 브라이언과 나는 부엌에 앉아 극도로 긴장한 채 전화벨이 울리기만을 기다리고 있었다. 우리는 베이글을 먹으려던 중이었지만, 혹시 먹다가 전화를 받아 생각지 않은 소리를 낼까봐 베이글도 옆에 치워둔 채 브라이언이 스피커폰 버튼을 누르기를 기다리고 있었다. 만약 그들이 뭐가 중요한 질문을 했는데 브라이언이 즉각 답을 못할 경우 내가 답을 써서 그가 보고 대답할 수 있도록 미리 공책을 준비해둔 참이었다. 이런 상황은 딱 한 번 있었다. S가 브라이언에게 삶을 중단하려는 이유를 물었을 때 그는 잠시 멈칫했다. 답을 몰라서가 아니라 알츠하이머병이라는 단어가 얼른 생각나지 않았기 때문이다. 가끔 그는 "앤하이저"라고 말하기도 했는데, 맥주 회사 '앤하이저부시'의 그 '앤하이저'다. 가끔은 "류머티즘"이라고 하기도 했다. 우리가 취리히로 떠날 무렵 그는 손주들의 이름을 잊었고 온갖 일정의 날짜를 혼동했으며 식료품점에서 길을 잃었지만, 자기가 걸린 병의 이름은 늘 기억했다.

S와 통화할 때 나는 떨리는 손으로 크게, 최대한 또박또박 '알츠하이머'라고 적었다. 브라이언이 날 보고 고개를 끄덕였고, 질문의 엄중함에 울컥했는지 목청을 가다듬으며 조심스레 대답했다. 나는 아무 이유 없이 삶을 중단하려는 게 아닙니다. 아직 나 자신으로 남아 있을 때 이 삶을 끝내고 싶을 뿐입니다. 인간으로서의 삶을 점점 더 잃어가기 전에.

우리는 바로 이 전화 한 통을 위해 8월부터 다섯 달을 달려왔다. 디그니타스가 브라이언의 최선의 선택지이자 아마도 실질적으로 유일한 선택지라는 사실이 명백해졌을 때부터.

만약 신경외과의사가 소견서에 브라이언의 MRI 촬영 이유를 '주요 우울삽화'라고 기재하지 않았다면 이 단계에 더 빨리 도달했을지도 모른다. 그냥 그렇게 쓰는 게 편했겠지만 그건 사실도 아니다. 만약 의사가 조금만 더 부지런했거나 정확성에 신경썼다면 디그니타스는 9월에 우리를 승인해주었을 것이고, 솔직히 말해 그땐 우리가 준비되지 않았을 것이다.

12월쯤 S가 절차를 계속 진행하자고, 1월에 취리히에 오라고 통보했을 때 그제야 실체가, 브라이언이 없는 세상이, 그가 없이 돌아갈 세계가, 그는 흙으로 돌아가든 별이 되든 하겠지만 내 곁에는 없을 현실이 엄습하기 시작했다. 우리는 한번 더 S에게 감사를 표한 뒤 전화를 끊고 서로의 품에 안겨 울다가, 아무 말 없이 침실로 올라가 오전 열한시에 낮잠을 청했다.

2020년 1월 27일 월요일
취리히

디그니타스 데이터에 따르면, 임시 승인을 받은 사람 중 70퍼센트가 디그니타스에 다시는 연락하지 않는다고 한다. 그들에게는 보증과 보험이 필요했을 뿐이다. 우리는 그렇지 않았다. 12월 초, 우리는 여전히 승인을 기다리고 있었다. 디그니타스가 12월 21일부터 1월 6일까지 휴무라는 이메일이 왔다. 덧붙여 이메일에는 우리가 브라이언의 출생증명서 양식을 잘못 보냈으며, 서류가 모두 도착해야만 취리히 디그니타스 사무실에서 만날 약속 날짜를 잡을 수 있다는 내용도 있었다. S는 추천하는 호텔 목록을 첨부해 보내주었다. 모두 쾌적해 보였고, 몇 군데는 스위스식 오두막인 샬레처럼 생겼는데 화려한 장식이 많고 취리히호를 굽어보고 있었다.

하지만 브라이언은 호수 주변의 언덕을 힘차게 등반하고 싶어하진 않았다. 언제나처럼 도심 한복판에, 가장 역사가 오래됐거나 가장 현대적인 구역에 있고 싶어했다. 그는 내게 다른 호텔을 알아봐달라고 부탁하며 말했다. 그냥 구글에 검색해서 몇 군데 보여줘. 그렇게 우리는 가상 투어를 하며 취리히를 둘러보기 시작했다. 초콜릿과 봄철 낚시로 유명하고 날씨가 추운 독일권 스위스 도시, 2차대전 당시 박해받던 유대인들이 예치해둔 은행 예금을 손에 쥐고 새천년이 밝기 전까지 단돈 1프랑도 그림 한 점도 돌려주지 않은 도시, 근사한 레스토랑 한 군데가 샤갈의 창문을 굽어보는 그 도시를.

　(짧게 요약하자면 이렇다. 우리가 실제로 취리히에 가서 본 창문은 근사했다. 프라우뮌스터성당이 샤갈에게 작업을 의뢰한 것은 1970년대로, 그가 여든 살이었을 때다. 그는 삼년 만에 창문 다섯 개를 완성했다. 천사와 씨름하는 야곱, 종말의 날에 나팔 부는 천사, 거대한 십자가에 못박히는 예수까지. 나는 샤갈을 좋아하지만, 그의 스테인드글라스는 정말이지 눈물이 날 만큼 지루했다. 브라이언은 그의 작품을 보고 또 보며 물감의 색깔과 선, 납땜을 살폈고, 그런 다음 둘다 그늘진 성구 보관실에서 발길을 돌렸다. 어떠한 감흥도 감동도 없었다. 이후 찾아간 찻집에서 우리는 더 즐거운 시간을 보냈다. 거기서 찰랑거리는 빨간 젤라틴으로 덮이고 그 위에

보닛처럼 얇은 초콜릿 돔이 올라간, 어디서도 보기 힘든 완벽한 레드벨벳케이크를 먹었다. 이거야말로 우리가 원하던 것이었다. 우리는 스테인드글라스에는 십오 분을, 디저트에는 한 시간을 할애했다.)

2019년 7월
파란 공책

　나는 우리와 약속을 잡은 신경외과의사가 지난 몇 년간 나를 당황하게 하거나 마음 아프게 하거나 끊임없이 걱정을 끼친 브라이언의 행동을 설명해주기를 바란다. 브라이언은 자기 휴대폰과 휴대폰 캘린더에 대해 불평하더니 여섯 장짜리 종이 달력을 온 집안 구석구석에, 방마다 들고 다니기 시작했다. 마치 오래된 플라스틱 핸드백을 항상 끼고 다니던 우리 할머니처럼. 내가 우리한테 그런 달력은 필요 없다고 말하면 그는 발끈한다. 부엌의 커다란 화이트보드 달력에 병원 진료나 약속을 표시해놓았다고, 그가 부탁한 대로 나와 그의 일정을 칸마다 빼곡히 적어놨다고 설명하면 그는 내가 그걸 보지도 않는다고 반박한다.

우리가 한때 그랬듯 재밌는 저녁 시간을 보내러(일하는 성인 두 사람을 기준으로 할 때 우리는 꽤 많은 영화와 팝콘을 소비하는 편이었다) 오늘밤 혹은 내일 영화 보러 가자고 내가 말을 꺼내면 그는 벌떡 일어나 어디선가 종이 달력을 찾아와 내 앞에서 열심히 들여다보곤 한다. 오 분 거리에 있는 멀티플렉스에서는 항상 저녁 일곱시 영화가 상영중이며, 우리집에는 키우는 애도 개도 없는데. 곧 있을 일정에 관한 얘기를 나눌 때마다 그는 그 달력을 휘두르고, 간단히 음식을 포장해 올 일이 있을 때조차 달력으로 소통한다. 어느 순간부터 새로 자리잡은 들쭉날쭉한 글씨체로 뭔가를 적어내려간다.

　수년 전, 우리는 "소통을 돕기 위해" 공책을 하나 쓰기로 했다. 내가 브라이언보다 그 아이디어를 좋아했지만 결국 그도 공책을 열심히 쓰기 시작해서, 산책하러 간다거나 화장실 휴지가 다 떨어졌다거나 잠깐 볼일을 보러 나간다고 내게 알리는 용도로 활용했다. 게다가 이 공책을 쓰면서 그는 휴대폰을 덜 쓸 수 있었고, 그 점을 굉장히 마음에 들어했다. 이 공책들은 우리가 결혼하고 얼마 안 됐을 때 내가 부엌 조리대의 소금통 밑에 종이쪽지를 끼워둔 것에서 시작했다. "당신 어머니 전화" 혹은 "토요일 누구누구와 저녁식사" 따위의 메모였다. 브라이언은 이를 못마땅해하며—조금 엉성하고, 확실히 진지하지 못하다고 생각했다—공책을 한 권 마련하자고 제안했다. 초기에는 구해온 공책마다 하나같이 단점이 있었다. 너무 크거나 너무 작았고, 날짜나 시간이 표시되지 않았다. 나는 매번 단점을 보완해나갔고(늘 훌륭하게 해결되지는 않았지만) 결국 우리는 스프링 철을 한 짙은 파란색 공책에 정착했다. 그리고 나는 페이지 맨 위쪽에 크게 요일과 날짜를 적는 습관을 들였다. 항목을 따로따로 명확하게 나열하는 법을 익혔으며, 기발하거나 귀여운 시도를 하는 건(그림 그리기나 스티커 붙이기, 질문하기 등) 시간 낭비일 뿐 아니라 그를 성가시게 한다는 점도 알게 됐다. 우리는 이 파란 공책을 수십 권 써내려갔고, 취리히로 떠날 때쯤 그 공책들은 우리를 주기적으로 곤경에 빠트리지 않은 몇 안 되는 소통 수단 중 하나가 되었다.

　나는 여전히 이 공책들을 가지고 있다.

2020년 1월 27일 월요일
취리히

　디그니타스와 소통할 때 내 말투는 언제나 간곡하면서도 완곡했다. 까다롭게 굴지 않을 거라는 의미로 약간의 유머를 더했고, '상당히 스위스적인 나의 이 꼼꼼함을 알아달라'는 뉘앙스도 살짝 풍겼다. 이메일은 최대한 영국인스럽게 쓴다 (유대인스러운 '소리지르기'나 이탈리아식 '흥분하기'는 독일권 스위스인에게는 적절하지 않다는 판단하에). 그들에게 보내는 메일에는 무조건 다소, 약간 혹은 아마라는 단어를 하나 이상, 대개는 전부 다 사용한다. 인내심과 명료함, 호소력이 뛰어나면서도 품위 있는 냉철함을 보여주고 싶어서.

　저희와 연락하시는 담당자분이 이번주 사무실에 안 계신

다고 들어 약간 걱정이 됩니다. 그러면 1월 6일 전에는 추후 계획에 관한 정보를 전달받지 못하게 되는 거라서요.

저희도 계획을 세워야 하는 상황이라 그때까지 기다리기에는 기간이 조금 길게 느껴집니다.

혹시 '담당자가 최대한 이른 시일 내에 연락드릴 것'이라고 알려주실 경우 그게 언제일지 말씀해주실 수 있을까요?

늘 도와주셔서 감사합니다.

브라이언 어미치, 에이미 블룸 드림

수신: 에이미 블룸

보낸 시각: 2019년 12월 17일 화요일 15:44

발신: 디그니타스

제목: 출생증명서 받았습니다

안녕하세요, 어미치 씨, 블룸 씨.

저희 휴가 기간이 끝나는 2020년 1월 6일 이후, 담당자가 최대한 이른 시일 내에 연락드릴 것입니다.

팀 디그니타스 드림

존엄한 삶, 존엄한 죽음

2020년 1월 27일 월요일 저녁
취리히

닥터 G가 우리를 만나러 호텔에 올 때 나는 인내심 있고, 냉철하고, 품위 있게 보이고 싶다. 그는 내게 두 번 전화해 면담 일시를 두 번 바꾸었고, 이제 우리는 월요일 밤 열시라는 이상한 시간대에 면담을 하게 되었다. 늦은 시각 때문에 이 일은 더욱 수상쩍고 의미심장해 보인다. 닥터 G가 호텔 프런트에 들르는 바람에 호텔측에서 그가 브라이언과의 면담을 위해 이곳에 왔다는 걸, 목요일에 일을 치르기 전 의학적 승인을 내주기 위해 왔다는 걸 알게 되면 어떡하지. 벨보이나 야간 당직 매니저 같은 사람이 좋은 뜻에서, 삶을 긍정하는 의미에서 우리를 막을까봐 걱정된다. 이런 일을 방지하는 차원에서 내가 로비에 나가 있어야 하나 싶지만, 브라이언은 그러지 말라고 말린다. 브라이언이 닥터 G에게 어떤 답변을 내놓아야 할지, 내가 어떻게 행동해야 할지 머리를 굴려본다. 나는 검정 셔츠와 검정 카디건을 입고 거울 앞에 선다. 스위스인들은 상당히 보수적인 듯하니 이런 분위기로 가는 게 적절할 것이다. 내가 브라이언의 결정을 지지한다는 걸, 그게 뭐가 됐든 옳은 방향으로 지지한다는 걸 보여주고 싶다. 다행히도 나는 돈을 보고 결혼하지 않았으며, 스위스 당국이 내 뒤를 아무리 열심히 캔다 한들 내가 브라이언과 결혼한 것 혹은 그의 생명 중단 결정을 지지하는 것에 어떠한 '금전적 이익이나 혜택'도 따르지 않는다는 사실에는 의심의 여지가 없을 것이다. 의심을 피하려면 단순한 체념이 아니라 진심어린 비통함을 보여줘야 할까? 실은 이 '금전적 이익이나 혜택이 없다는 증거'가 바로 디그니타스가 제공하는 모든 서비스의 근간이자 일종의 빠져나갈 구멍이다. 스위스 법은 명백한 금전적 이해관계가 있는 당사자가 타인의 자살을 보조하거나 조장하는 행위가 불법이라고 명시적으로 규정하고 있다. 법에서는 이를 '이기적 이익'이라고 규정하는데, 내게는 타인의 죽음으로 발생하는 금전 이상의 어떤 것까지 포함하는 것으로 들린다. 어쨌거나 그런 '이익'이 없다면, 누구나 타인의 생명 중단을 도울 수 있다―그리고 이것이 디그니타스가 현재까지 삼천 명에게 준 도움이다.

2005년 9월, 코네티컷주 더럼
우리의 첫 만남

   브라이언과 나는 작은 도시에서 불행한 관계에 갇힌 중년
들이 사랑에 빠지는 그런 방식으로 서로에게 빠졌다. 우리는
둘 다 공화당 강세 지역의 민주당 지지자이자 북유럽계 사람
들로 가득한 동네의 소수민족 출신으로서, 고집이 세고 목소
리가 크며, 매년 9월에 열리는 지역 축제의 민주당원 핫도그
가판대(핫도그와 사과주를 판다)에서 기꺼이 일하는 부류였
다. 나는 그의 끔찍한 헤어스타일과 잠자리 안경테를 못 본
체했고, 그는 분명 스포츠에 대한 나의 무관심과 부족한 인내
심을 모르는 체해야 했을 것이다(브라이언은 가만히 두면 조
립식 정자나 도서관의 추가 주차 공간에 관해 몇 시간이고 떠
들 수 있는 사람이었다). 당시 우리의 배우자들은 걷기를 좋

아하는 사람들이 아니었으므로 우리는 함께 걸었고, 지역 민주당원 조찬모임처럼 다른 사람들이 있는 데서 얘기를 나누다가 어느새 둘만 있는 데서 얘기를 나누기 시작했다. 그가 고등학생 때 세 종목의 스포츠팀 주장이었다고 말했고, 내가 웃었다. 그가 덧붙였다. 네 종목까지도 가능했겠지만, 라크로스와 야구는 동시에 할 수 없으니까요.* 아 그래요? 내가 말했고, 그가 내 손을 잡았다. 가족은 어떤 분들이에요? 그가 물었고, 내가 답했다. 뉴욕 출신 유대인이에요. 그쪽은요? 뭐, 우리는 미식축구 집안이에요. 우리 집안사람들이 딴 하이스먼 트로피가 세 개예요. 하이스먼이 뭔데요? 내가 물었고, 그가 내게 키스했다. 나도 그에게 키스했고, 우리는 현명하게 그 이듬해 내내 서로를 피했다. 일 년이 지나고, 어느 날 하루가 끝날 무렵 뉴헤이븐에서 마티니 몇 잔을 마시고 난 뒤 그가 내게 같이 걷자고 청했다.

그는 말했다. 난 바보가 아니에요. 이 관계가 어떻게 끝날지 잘 알아요. 당신은 나한테 우리가 사랑하는 사람에게 이러면 안 된다고 말할 테고, 혹은 내가 당신한테 그렇게 말하겠죠. 그러고 나면 우린 각자의 삶으로, 우리가 있어야 할 곳으로 돌아갈 거예요. 그러면 난 평생 당신을 잊지 못하겠죠. 아

---

* 미국에서 라크로스와 야구는 라이벌 스포츠로 봄 시즌 선수 유치를 위해 서로 경쟁하는 종목이다.

니면, 각자의 삶을 끝장내고 서로와 함께할 수도 있고요.

각자 차로 돌아가기 전에, 이 말 한마디만 할게요. 당신 옆에 있을 사람이 어떤 사람일지 상상이 가요. 돈이 많거나 화려한 사람, 당신 언니가 소개해준 사람일 수도 있겠죠. 하지만 난 당신 옆에 어떤 사람이 있어야 하는지 알아요. 자기보다 당신이 더 똑똑해도, 당신이 늘 주인공이 되어도 개의치 않는 사람. 당신이 열성적으로 일하는 것을 지지하고 밤늦게 당신에게 커피 한 잔을 가져다줄 사람. 내가 그 사람이 될 수 있을진 모르겠지만. 눈물을 글썽이며 그가 이렇게 말했다. 그래도 시도는 해보고 싶어요.

우리는 결혼했다.

2020년 1월 27일 월요일 저녁에 이어
취리히

　내가 이해하기로, 닥터 G는 이 일이 진행되는 과정에서 우리의 가이드이자 어쩌면 과속방지턱 역할을 해줄 것이다. 브라이언은 모든 걸 숙지했지만 요일과 날짜만은 헷갈리는데, 그에게 그걸 기억하도록 반복 훈련을 시키는 건 우리 둘 모두에게 겁나고 지치는 일이므로 나는 요일과 날짜 같은 건 중요하지 않다고 결론내렸다. 뇌종양에 걸린 아버지를 디그니타스에 데려간 내 친구의 친구 말로는 브라이언이 호텔방 문을 직접 열어 본인이 이 과정에 주체적으로 임하고 있음을 보여주는 게 매우 중요하다고 했다. 브라이언에게 이 얘기를 해주고 그도 고개를 끄덕이지만, 나는 그가 문을 두드리는 첫 노크 소리에 벌떡 일어나지 않을 것임을 안다. 브라이언은 우리가 지금껏 열었던 어떤 모임에서도 손님을 접대하기 위해 달려가본 적이 (결코) 없는 사람이다. 그는 손님이 되기를 좋아하는 부류로, 나중에 산더미 같은 설거지를 책임짐으로써 이를 만회하는 사람이다. 어떻게 하면 그가 손님을 맞이하게 할수 있을지, 애초에 그게 정말 중요하긴 한지 잘 모르겠다. 그저 반복해서 말할 뿐이다. 의사가 우리 호텔방 문을 두드릴 거라고. (손님 대접도 걱정이다. 의사가 차를 한 잔 기대하고 있을까? 저승사자처럼 생겼으려나? 둘 다 아니었다.)

의사가 문을 두드리자 나는 거의 소리를 지를 뻔한다.

브라이언은 문을 향해 한가로이 걸어가 가장 싹싹하고 상냥한 자기 본연의 모습을 그대로 내보인다. (우리는 브라이언이 이 세상 누구와도 대화를 나눌 수 있을 거라고 말하곤 했다. 나무 그루터기와도 한담을 나눌 수 있을 거라고. 결국 그루터기가 브라이언과 포옹하고 작별인사를 건네며 좋은 저녁이었다고 감사를 표한 뒤 우리 모두를 다음 그루터기 모임에 초대할 거라고.)

닥터 G는 자그마한 체구의 남자로, 눈동자가 크고 아름답고 우수에 차 있다. 우리는 서로 악수하고, 브라이언과 닥터 G가 마주보고 앉는다. 내가 둘이 대화를 나누는 동안 곁에 있어도 되느냐고 묻자 닥터 G는 놀란 표정을 짓는다. 그러고는 부드러운 말투로 당연히 있어도 된다고, 이 모든 게 내게도 중요한 일이니 그러라고 답한다. 나는 울기 시작하고, 두 남자 모두 나를 다정한 눈으로 바라본다. 나는 내가 마실 물 한 잔을 따른다. 닥터 G는("저는 모이시라고 합니다." 그가 말한다. 내 아버지와 이름이 같다. 어쩐지 축복받은 기분이 드는데, 나도 내가 제정신이 아니라는 걸 안다) 우리에게 취리히까지 비행은 어땠는지 묻는다. 그리고 지나가는 말로 살짝 불평하는데, 내가 보기에는 유대인스러운 불평이라고밖에 설명할 수 없다. 그는 매 문장의 시작과 끝에 자신이 결코 불평하는 게 아님을 언급하며, 이렇게 밤늦게 와야 했던 이유는 그가 오늘 시내에서 공연을 봤기 때문이고 공연이 끝나고 바로 여기 오는 게 가장 이상적이기 때문이라고, 그건 그가 호수 옆에 살고 시내에는 매일 오지 않는데 우리가 올드타운에 숙소를 잡아서 우리를 보려면 따로 여기까지 와야 하기 때문이라고 설명한다—물론 불평은 아니라고. 나는 그에게 애원하다시피 물 한 잔 드시라고 청하고, 그는 내 울음을 멈추게 하기 위해서인지는 몰라도 물잔을 받아든다. 그리고 서류철을 열며 브라이언에게 말한다. 브라이언, 당신 신청서를 읽고 나서 우리가 만나게 될 거라는 건 알았지만 이렇게 빨리 만날 줄은 몰랐습니다. 브라이언은 말한다. 창문이 크지는 않으니까요. 내 말은, 누구도 이 결정을 내리기까지 얼마나 많은 시간이 남아 있는지 모른다는 의미예요. 닥터 G는 반박하려는 눈치지만 그러는 대신 이렇게 말한다. 전적으로 옳은 말씀입니다.

(안과의사인) 닥터 G는 아버지가 알츠하이머병으로 모든 면에서 길고 고통스러운 죽음을 맞이한 뒤 디그니타스를 돕기 시작했다고 말한다. 디그니타스와 일하는 의사는 총 여덟 명이며 그들 모두 상당히 바쁘다고 한다. 나는 그가 호숫가에서 시내까지 오는 데 얼마나 긴 시간이 걸렸는지 또 언급할까봐 걱정하지만, 다행히 그런 말은 하지 않는다. 그는 브라이언에게 설명한다. 이제부터 제가 여러 번, 몇 번이고 다시, 당신이 정말로 이 일을 진행하길 원하는지 물을 겁니다. 그리고 분명히 말씀드리지만 어느 단계에서든, 지금부터 최종 실행 사이의 언제라도 마음을 바꾸고 취소하실 수 있습니다. 그러지 않으시기를 바라지만요. 그가 부드럽게 설명하고, 브라이언은 고개를 끄덕인다. 그래서, 목요일에 삶을 중단하기를 정말 원하십니까? 닥터 G의 물음에 브라이언은 확실히 그렇다고 대답한다. 나는 또다시 울음을 터뜨리고 다행히 두 남자 모두 나를 또다시 못 본 체한다. 닥터 G는 미소를 지으며 고개를 끄덕인다.

그는 서류철을 챙기며 유쾌하게 말한다. 아무래도 어미치 씨는 신앙이 없으신가보군요. 브라이언이 웃음을 터뜨리며 말한다. 나는 많은 것을 믿지만, 종교와 내세는 거기에 포함되지 않죠. 닥터 G는 웃으며 말한다. 당신이 저보다 먼저 알게 되겠군요. 나중에 알려주세요. 브라이언이 미소 짓는다.

이제 닥터 G의 말투가 바뀐다. 지금부터 일이 어떻게 진행될지 설명드리겠습니다. 취리히 교외에 있는 저희 아파트 건물에 오전 열시까지 오시면 됩니다. 늦지 마시고요. 디그니타스 직원 두 명이 당신을 맞이할 겁니다. 그들이 당신을 들여보내줄 거예요. 시간을 충분히 가지셔도 됩니다. 아무도 재촉하지 않을 거예요. 그가 그렇게 말하며 나를 본다. 마치 내가 서두르는 족속인 걸 안다는 듯이. 나는 우리가 취리히에서 보내는 매분 매초 시곗바늘을 뒤로 밀어내려고 애쓰는 중이라는 걸 말하고 싶어진다.

서류 작업이 있을 겁니다. 초콜릿도 준비되어 있을 거고요. 그가 말한다. 당신에게 구토억제제를 줄 거예요. 토하지 않을 수 있게요. 그후 한 시간 정도 있다가 약을 마실지 말지 결정하게 됩니다. 시간이 더 필요하다면, 구토억제제를 더 줄 겁니다. 그리고 또 한번, 한 시간이 지난 후 약을 마실지 결정하게 됩니다. 약을 마시면 약간 쓴맛이 날 겁니다―그 말에 나는 그가 그걸 어떻게 아는지 궁금해진다. 다 마시고 나면 선잠에 빠졌다가 깊은 잠에 들 겁니다. 그러면 모든 게 끝납니다. 어미치 부인, 오랫동안 곁에 앉아 계셔도 됩니다. (그가 나를 어미치 부인이라고 불러서 나는 내심 기분이 좋다. 브라이언이 그 호칭에서 늘 짜릿함을 느낀다는 걸 안다.)

브라이언은 주의깊게 들으며 고개를 끄덕인다. 닥터 G는 말한다. 이 과정이 진행되는 동안 언제라도 마음을 바꾸셔도 됩니다. 지금 당장이든, 목요일 아침이든. 아무도 놀라거나 낙심하지 않을 겁니다. 우린 모두 기쁘게 따를 겁니다. (왜 기쁠 거라는지 잘은 모르겠다. 아마 나 또한 기쁘겠지만, 그건 이 저주가 풀려서 온전한 내 남편이 나와 그 자신에게 돌아오는 경우에나, 근 몇 년간이 그저 길목마다 독이 든 사과가 놓인 끔찍한 시험이었고 드디어 내가 사랑하는 이가 예전 삶을 돌려받을 가치가 있는 사람임이 증명되는 경우에나 그러할 것이다.) 브라이언은 고개를 젓는다.

"잘 알고 내리는 결정입니다." 브라이언이 말한다. "나한테는 이게 옳은 일이에요."

닥터 G가 고개를 끄덕인다. "알겠습니다. 하지만 저는 계속 물어볼 겁니다."

마침내 닥터 G가 떠나고, 브라이언과 나는 자리에 털썩 앉는다. 나는 닥터 G가 좋은 사람인 것 같다고 말하고 브라이언도 동의한다. 잘 진행되고 있는 것 같다고 브라이언이 말하고 나도 동의한다. 우리는 나란히 누워 잠을 청한다. 서로의 손끝을 느끼면서.

성곽의 왕, 하부지

우리 귀여운 꼬맹이들, 우리 손녀들이 한 명씩 태어날 때마다(브라이언은 단 한순간도 아이를 가져야겠다는 생각을 해본 적이 없다고 한다. 그는 쾌활하게 말했다. "내가 앤데, 뭘") 브라이언은 점점 더 좋은 할아버지가, 최고의 '하부지'가 되어갔다. "은행이라도 턴 기분이야." 그는 종종 말하곤 했다. "자식도 없는 사람이 단번에 손주들을 갖게 되다니. 이보다 운좋은 사람이 어딨겠어?" 손녀들이 두 살이 되면 이후 네 살로 자랄 때까지 매번 그가 레고의 신이자 탑의 영주, 성곽의 왕이 되는 시기가 찾아왔다. 우리에겐 아이들이 브라이언의 책상이나 커피 테이블 위에 올라가 할아버지보다 높은 곳에서 자기보다 키가 큰 블록 탑을 자랑스레 가리키는 사진이 여러 장 있다. 브라이언은 아이들이 건축이나 공학 기술과 관련 있는 능력을 보일 때마다 찬탄했다. 저것 좀 봐, 그림을 완벽하게 구현했어! 얼마나 안정적인지 봐—기반을 정말 잘 쌓았어! 건물 외피 한구석에다 파란색 블록을 전부 배치한 거 보여? 나도 저런 건물을 작업한 적이 있는데.

손녀들이 자라면서 더 복잡한 레고에 관심을 보일 때마다 브라이언은 부엌 식탁에서 작은 초록 줄기에 딱딱한 분홍색 꽃다발을 붙이거나, 정교한 모자이크를 만들어 파스텔색 벽돌로 된 벽을 꾸미거나, 휴대폰 크기의 라일락색 레저용 자동차를 조그마한 자동차에다 묶었다. 그동안 아이는 행복하게 기다리면서 가끔 그에게 플라스틱 조각을 건네거나 그와 초콜릿을 나눠 먹곤 했다. (언젠가 우리집을 방문한 친척이 브라이언의 침대맡 탁자에 놓인 사탕 단지를 보고 이렇게 말했다. 브라이언 삼촌은 이 세상에서 제일 운좋은 사람이네. 내 손녀들은 어깨를 으쓱 올리며 행복해했다. 자신이 식료품 저장고에 있는 하부지의 사탕 단지에 말없이 손을 집어넣을 수 있는 특별한 사람이며 그럴 때마다 하부지는 알았다는 눈짓과 함께 기꺼이 넓은 등을 내주어 엄마 아빠가 보지 못하게 가려주는 사람이라는 사실에.)

2020년 1월 28일 화요일
취리히

　　우리는 반호프 거리의 고급 상점을 구경하며 돌아다니다,
다시 취리히호로 내려간다. 그리고 걸어서 되돌아간다. 차마
평소에 하던 방식대로 상점에 들어가거나 구경할 수가 없다.
(언젠가 시카고에 있는 엄청 비싼 남성복점에 들어가 즐거운
삼십 분을 보낸 적이 있는데, 브라이언은 짙은 파란색 중절모
와 미쏘니 머플러와 캐시미어 스웨터를 착용해보기만 했다.)
호텔 근처에 장난감 가게가 있어서 거기에 집중하기로 한다.
나는 취리히에서 기념품을 사서 우리 손녀 모두에게 선물로
주고 싶다. 우리는 쌍둥이인 이든과 아이비에게 토끼 두 마리
가 들어 있는 스노글로브를 사주기로 한다. 둘이서 공유해야
하는 선물을 사주는 게 별로 내키지 않지만, 스노글로브가 하

나밖에 없다. 그러다 갑자기 취리히를 샅샅이 뒤져도 만족스러운 선물은 하나도 살 수 없을 거라는 생각이 든다.

우리가 꾸며낸 이야기는 이렇다. 할아버지 할머니는 유럽으로 휴가를 떠났다. 유럽에 있는 동안 할아버지는 뇌에 생긴 병으로 세상을 떠났다.

나는 내 상담사 웨인과 열 번도 넘게 이 이야기를 상의했다. 브라이언에 관한 나의 걱정과 불만이 끝도 없이 이어지자 친구 하나가 내게 정신과의사 웨인을 소개해주었다. 사실 사십 년 전에 그를 만난 적이 있는데, 당시 나는 대학원생이었고 그는 예일대 복도를 정신분석의 신처럼 활보하던 때였다. 나는 그에게 전화해 내 소개를 하며 우리가 전에 만난 적이 있다고 말했고, 그는 나를 전혀 기억하지 못했다. 나는 울음을 터뜨리며 말했다. 도움이 필요해요. 내가 남편을 죽이려고 해요. 나는 계속 울었고, 그가 말했다. 당신이 그를 죽이려는 건 그를 사랑해서잖아요. 나는 대답했다. 맞아요. 내게 웨인은 취리히 여행 전후로 나를 구해준 은인이자, 결국 브라이언을 구한 은인이기도 하다.

웨인은 성인뿐만 아니라 아동도 상담했다. 나는 할아버지의 죽음에 관해 손녀들에게 어떻게 설명해야 할지 웨인과도, 브라이언의 사랑스러운 패거리들의 부모인 내 자식들과도 얘기를 나눴다. 웨인은 간단하면 간단할수록 좋다고 거듭 강조했다. 이 설명에 거짓은 없지 않으냐고. 나는 자식들에게 만약 브라이언의 죽음에 관해 다른 방식으로 설명하고 싶다면, 다른 접근법을 택하고 싶다면 그 선택을 존중하겠다고 말했다. 우리 누구에게나 죽을 권리가 있다는 것에 관해, 우리가 어떻게 거기에 도달했는지, 내가 아이들이 사랑하는 '하부지' 곁에 앉아 그가 삶에서 죽음으로 떠나는 과정을 지켜보았으며, 그가 원하는 대로 할 수 있게 해주었고, 왜 그렇게 해주었는지 구구절절 설명하는 것이—상대가 열한 살짜리 아이, 여섯 살짜리 아이 둘, 두 살짜리 아이라면—도움이 될 거라고 판단하지 않는다. 아이들은 모두 그를 무척 그리워할 것이고, 아무도 그에게서 어떤 이상 징후를 알아차리지 못했을 거라고 나는 거의 확신한다. 단지 지금 우리가 디그니타스를 찾아가지 않으면 아이들은 머지않아 그의 생이 다하는 날 슬픔과 안도를 동시에 느낄 테지만, 이 방식을 택하면 그저 슬퍼하기만 할 수 있을 것이다. 아이들이 할아버지를 사랑 넘치고 재밌고 엉뚱하며 사탕을 잘 나눠주는 만만한 '하부지'로 기억하는 것이 브라이언과 내게는 몹시 중요하다. 아이들은 저마다 충분히 컸을 때 원한다면 이 책을, 그리고 할아버지가 각자에게 남긴 애정 담긴 작은 편지를 읽을 수도 있을 것이다. 하나같이 이렇게 시작하는 편지를. 더 머물다 갈 수 있다면 좋겠구나. 아이들이 십대가 되면 우리의 거짓말에 화를 낼 수도 있

겠지만, 그래도 괜찮을 것이다. 이것이 우리가 할 수 있는 최
선이다.

2020년 1월 29일 수요일
취리히

    우리는 쇼핑하고, 저녁을 먹고, 내 가장 오랜 친구를 만난다. 이 친구는 내가 브라이언 없이 돌아가야 할 때 순전히 나와 함께 집으로 가는 비행기에 타기 위해 여기까지 날아왔다. 내 아이들 모두를 비롯해 다른 이들도 여기 오겠다고 자청했다. 아들은 말했다. 두 분이 취리히에 있는 동안 내가 같이 있는 게 싫으시면, 그냥 목요일에 취리히공항에서 만나 같이 집으로 가요. 어떤 이들은 금방 나섰다가 잠시 후 실제 여행이 어떨지 생각해보고 나서 제안을 철회했다. 내 가장 오랜 친구는 내게 전화해서 필요한 게 뭔지 물었고, 나는 브라이언도 발언권을 가질 수 있게 스피커폰으로 친구에게 그 얘기를 했다. 거기 있는 동안 우리한테 필요한 건 딱히 없어. 내 말에 브라이언은 고개를 끄덕였고 전화를 끊기 전 소리쳤다. 고마워요! 나중에 나는 친구에게 문자를 보내 취리히공항에서 집으로 오는 길에 내가 제정신이 아닐 것 같으니, 네가 신경쓸 유일한 일은 나를 비행기에 태우고 뉴어크공항까지 대형사고 없이 도착하게 하는 것뿐이라고 전했다. 그 정도는 할 수 있지. 친구는 말했고, 실제로 그렇게 해준다.

우리에겐 채워야 할 날이 하루 더 남아 있다. 우리는 산책을 하고, 나는 길을 잃지 않도록 교차로에서 사진을 찍는다. 내가 휴대폰을 들 때마다 브라이언은 계속 걸으면서 말한다. 괜찮을 거야. 우리는 내키지 않는 기분으로 대화를 나눈다. 나중에 집에 도착했을 때 나는 가방에서 이렇게 적힌 색인 카드를 발견한다. 1월 29일, 고통과 지루함. 우리는 매 식사 이후 잠을 잔다. 브라이언이 일어나면 함께 내 휴대폰으로 시를 몇 편 읽는다. 브라이언의 남자는 존 치아디이고, 여자는 비스와바 심보르스카다. 그리고 나는 나의 두 제인, 허시필드와 케니언을 읽는다. 속으로만 읽는데 차마 소리 내어 읽을 수가 없기 때문이다. 내가 가장 좋아하는 허시필드의 시에 나오는 구절, "시샘 많은 신들이여, 가져갈 테면 가져가보시오"를 쳐다도 볼 수 없기 때문이다. 맙소사, 이 시샘 많은 신들이 실제로 그 능력을 내게 증명하지 않았나? 브라이언은 산책 가고 싶다고 말하며 재킷을 걸친다. 나는 스웨터를 집어들고 닥터

G가 추천한 최적의 경로를 적어놓은 공책을 챙긴다. 여기 취리히에서 나는 아첨꾼에 광장공포증 환자 같다. 근처 찻집보다 더 멀리 가는 건 생각만으로도 무섭고, 브라이언에게 이를 숨기려고 무진장 노력한다. 지난 몇 달간 나는 걱정만 늘었을 뿐, 위기 대처와 모면에 필요한 메커니즘은 좀처럼 다듬어지지 않았다.

우리는 진 러미 게임도 못한다. 책도 읽지 못한다. 나는 마음을 뒤흔드는 진심어린 대화를 나누고 싶다. 삶이 끝날 때 그런 대화들을 나누지 않을까 상상하면서. (실제로 임종을 여러 번 지켰음에도 나는 이런 상상을 한다. 생의 마지막 순간에 고백이나 언명, 심오한 감정의 표현 같은 건 없다. 죽어가는 사람들은 대개 고통 속에서 기진맥진한 채, 혹은 약에 취해 마지막을 맞는다. 아빠는 내 손을 어루만지며 엄마로 착각했다. 엄마는 내 팔을 잡고 말했다. 아이고, 애야, 너무 아픈데 어떻게 좀 해줘. 우리 아빠는 이런 내 기대에 관해 자주 이렇게 말하곤 했다. 경험을 넘어선 희망의 승리라고.)

2부

삶의 끝

 사람들이 내게 이렇게 묻는다는 게 실로 놀랍다. "왜 스위스까지 가요? 그러니까, 오리건이나 콜로라도, 하와이나 버몬트가 아니라요. 거기에도 생명 중단 관련법이 있는데." (남편이 죽기 직전에―그리고 죽은 직후에―내게 이런 말을 하는 사람이 있었다는 건 놀라움 그 이상이다.) 캘리포니아, 콜로라도, 오리건, 버몬트, 몬태나(2009년 주 대법원 판결 이후), 컬럼비아 특별구, 뉴저지, 메인, 하와이, 워싱턴주의 생명 중단(의사 조력자살) 관련법 규정에 따르면, 의사 조력자살을 원하는 자는 해당 주의 주민이어야 하고(빠르고 쉽게 충족 가능한 조건이기도 하겠지만, 항상 그런 건 아니다), 정신이―일관되게―온전하고, 남은 수명이 육 개월 이하라는 의학적 진단이 있어야 하며, 사망에 대한 의사를 스스로 밝힐 수 있어야 한다. 대개 절차상 이 의사를 세 번 밝혀야 하는데, 두 번은 구두로, 한 번은 서면으로 지역 의사 두 명에게 밝혀야 한다.

이 법안은 주마다 대개 비슷하고, 일부러 바늘귀처럼 통과하기 어렵게 고안되었다. 실질적으로 의사에게 육 개월 이내에 죽을 거라는 확답을 받기 위해선 죽음의 문턱에 아주아주 가까워야 한다. 두 번의 의사 면담이 수일의 간격을 두고 치러지는데, 정신질환이나 자살 충동, 우울증이 없음을 증명해야 하며 의사들이 그 의견에 부디 동의하기만을 바라야 한다. 그러고 나면 의사가 처방한 약을 삼킬 수 있어야 하는데, 타인의 어떠한 도움도 받아서는 안 된다. 어쩌면 사려 깊은 의사가 있어서 맛은 쓰지만 먹기 쉬운 4온스짜리 가루를 줄 수도 있지 않을까? 일부 주에서는 죽음을 위한 처방약을 구매하기 위해 본인이 직접 약국에 가야 하는데, 어떤 식으로든 도움을 주는 행위 자체가 불법이기 때문이다. 나는 이 조항이 얼마만큼 실효성이 있는지 잘 모르겠다.

말기 환자가 죽음을 선택하면서 독립적인 행동이 가능해야 한다니, 그건 문턱을 일부러 높게 만드느라 그런 것이다. 많은 이들이 그 문턱을 넘지 못한다. 이들은 약을 제대로 삼키지도 못하고, 말도 제대로 못한다. 물잔을 들지도, 가루를 스

스로 물에 타지도 못한다. (물잔 드는 걸 도와주는 행위는 미
국 대부분의 지역에서 범죄다.)

삶을 끝냄으로써 막대한 고통과 상실의 기간을 줄이고자
하는 사람들―이들은 미국 땅에선 운이 없는 사람들이다.

2019년 3월, 코네티컷주 스토니크리크
갑작스럽고 느리게

생각해보면 나는 운이 좋은 경우였다. 브라이언이 고관절 수술을 받고 나서 기억력 감퇴를 걱정해 스스로 검사를 받아보고 싶어했기 때문이다. 물론 그는 기억력 감퇴 원인이 3월에 받은 고관절 수술의 마취 부작용이라고 생각했고, 그러기를 바랐다. 사실 나는 이 년 전부터 그의 기억력과 균형 감각을 걱정해왔는데, 드디어 그가 염려하기 시작했으니 이제는 나 역시 그 말을 할 수 있었다.

그렇다고 해도 그의 기억력 저하는 여전히 갑작스럽게 느껴졌다. 이름들을 잊고, 반복하고, 알고 있던 정보들은 엉망이 되었고, 각종 약속과 복용하는 약이 뒤죽박죽 섞였다. 갑자기 우리가 온갖 일에 관해 끝도 없이 싸우기 시작한 것처럼 느껴졌다.

　브라이언의 수술을 담당했던 뛰어난 외과의 닥터 '힙앤니
Hipandknee'는 수술 후 검진에서 자신의 고관절 치환술에 흡
족해하더니 기억력 감퇴, 수술 후 인지력 저하, 마취 부작용
등의 증상이 실제로 나타나기도 한다고 설명했다. 다만 브라
이언같이 건강하고 심장질환도 없는 환자에게는 그런 증상이
나타나지 않을 거라고 했다. 하지만 끊임없이 이어지는 브라
이언의 불평이 수술 후 방안을 자유롭게 걸어다니게 된 것을
축하하려는 분위기에 찬물을 끼얹자, 닥터 힙앤니는 실제로
그런 종류의 마취 이후 머릿속이 흐려지고 기억력이 저하되
는 증상을 겪은 환자가 몇 명 있긴 했다고 덧붙였다. 그리고
자신이 집도한 수술의 완벽한 성공을 확신하는 훌륭한 외과
의사의 자신감에 찬 말투로 말했다. 그러다 말 거예요. 육 주
정도 두고 보죠.

　그 육 주 동안 브라이언의 단기 기억력은 약간 나아졌지만
다른 부분들은 더 나빠졌다. 평소 사교적인 사람인데도 낚시
하러 갈 때 빼고는 친구들을 별로 만나고 싶어하지 않았다.
그는 이제 과거에 관해서만, 자신의 유년기와 미식축구에 관
해서만 얘기했다. 도무지 대화 주제를 다른 것으로 돌릴 수가
없었다. 저녁 시간이 되면 나는 말했다―나 또한 아무것도
몰랐으니―이제 현재 진행중인 우리 삶 얘기 좀 하면 안 될

까. 당신과 나, 당신 퇴직, 우리 아이들, 손주들, 우리 친구들 얘기. 그래. 그가 대답했지만 우리는 그러지 못했고, 저녁의 몇 시간은 텔레비전으로 채워지곤 했다.

어느 봄날 아침, 나는 평소보다 서럽게 울었다. 브라이언이 너무 멀게 느껴져서 툭하면 눈물을 터뜨리던 때였다. 그가 걱정하고 있으며 내 기분을 상하게 해 진심으로 미안해한다는 걸 알았지만, 그는 내가 왜 기분이 상했는지 전혀 감을 잡지 못했고 전날 치렀던 길고 의미 없는 싸움을 그에게 상기하는 것도 도움이 되지 않았다. 여전히 우리는 예전부터 소중히 여기고 누려온 일요일 아침의 대화를 이따금 나누곤 했는데, 한 사람이 상처를 줘서 다른 사람이 사과를 받아야 할 경우 주로 내가 먼저 사과했다. 브라이언은 나중에, 저녁때나 돼서야 사과를 했다. 그는 '나는 그런 말 한 적 없어' 또는 '그런 말 했다고 쳐, 하지만 그런 뜻이 아니었어' 하는 식의 편리한 변명에 기대고 싶은 유혹을 뿌리치지 못했지만, 내가 사랑했던 그의 면모 중 하나는 결국은 기꺼이 잘못을 인정한다는 거였다. 분노의 폭발이 있고 나서 먹구름이 지나가면, 내 남편은 조금 더 깊이 숙고한 뒤 진심어린 사과를 전하곤 했다(내가 제일 좋아하는 그의 대사는 "미안해. 내가 돌대가리였어"다). 하지만 이제 구름은 지나가지 않았다. 사과는 건성이거나 시들하거나 차가웠다.

마치 유리벽 너머의 그를 바라보며 유리를 탕탕 치면서 소리치는 기분이었다. 우리 사이에 왜 유리벽이 있는 거야? 이건 어디서 온 거야? 어서 치워버려! 그러면 브라이언이 당혹스럽고 짜증 섞인 우려의 시선으로 나를 보고 사실상 이렇게 말하는 것이다. 무슨 유리? 제발, 제발 있지도 않은 걸 두고 그만 좀 불평해.

나는 신경외과에 전화해 진료 예약을 잡았다. 우리가 신경외과에 방문할 때쯤, 시급했던 단기 기억력 감퇴 문제는 뒷전이 되었고 브라이언은 여전히 과거에 관해서만 얘기했다. 우리 사이의 유리벽 역시 사라지지 않았고, 문제가 해결되기는커녕 우후죽순 늘어나고만 있었다.

전달되지 못한 메시지

2016년 말, 나는 뭔가 잘못됐다는 걸 직감했다. 한동안 알츠하이머병에 관한 정보와 연구 웹사이트와 간병인의 블로그 내용을 집요하게 탐독하다 갑자기 중단해버렸다. 내가 읽기를 멈춘 건 뭔가 잘못된 건지 차마 알고 싶지 않았기 때문이다. 알츠하이머병 관련 웹사이트의 페이지마다 인지기능의 상실에(약속, 휴대폰, 운전, 나중에는 이름들, 위생, 기억에 없는 개인사의 조각들과 아주 먼 과거의 하이라이트 장면들까지) 어떻게 대처할지 강조하고 있지만, 대개는 특히 진단받은 지 얼마 안 되었을 때, 즉 그러한 상실에도 불구하고 여전히 그 사람이 거기 존재하는 나날들에 집중한다. (어떤 사람은 모든 게 우울하고 암울하지만은 않다고 말했다.) 그리고 일부

의학 사이트에서는 신경세포가 기능을 멈추고 다른 신경세포와 더는 연결되지 않다가 결국 소멸해 인간으로서의 삶이 점점 끝을 향해 갈 때 어떤 일이 벌어지는지 상술한다. 신경세포는 서로 연결되어 소통하고 복구하는 성질이 있는데, 알츠하이머병이 파괴하는 게 바로 이것이다. 알츠하이머에 걸리면 신경세포 내외부의 연결이 훼손되는데 처음에는 내후각피질과 해마(기억을 담당하는 뇌의 부위), 그다음에는 대뇌피질(언어, 정보 처리, 사회적 행동을 담당하는 부위)이 파괴된다.

이 신경세포들, 즉 뇌의 병사들은 우리가 태어날 때부터 수년간 뇌의 샛길을 따라 행군하며 여러 가지 행동을 실제로 하게 하고, 길에 놓인 각종 바위를 굴려 치워버린다. 그런데 알츠하이머병이 생기면 이들은 그 길의 한쪽 끝에선 쓰러진 나무에, 다른 쪽 끝에선 늘어진 철사에 가로막힌다. 이후 수년에 걸쳐 뇌의 병사들은 외부인이 문제를 발견하기 훨씬 전부터 흔들리기 시작한다. 그토록 잘 훈련되고 믿음직한 군대가, 너무나 많은 일을 수행하며 다양한 지형에서 온갖 곳을 쏘다니고 헤엄치고 등반하고 거닐고 정신세계 속 별별 목적지를 향해 행군하던 이들이 흔들리는 것이다. 결국 (일부는 오 년, 다른 경우엔 삼 년, 어떤 경우는 십 년이 걸려) 장애물을 극복할 수 없는 상태가 된다. 메시지는 전달되지 못한다. 병사들은 새로운 개척지를 뚫을 수 없다. 퇴각이 유일한 길이며, 이

포탄 세례에서 누군가를 빼내려 한다면 그건 바보 같은 짓이다. 알츠하이머병은 내게 1914년과도 같고, 브라이언과의 좋은 날은 지극히 짧고도 아름다웠던 그해의 유명한 크리스마스 휴전과도 같아서(1차대전 크리스마스 당시 독일군은 캐럴을 부르면서 영국군에게 "메리 크리스마스, 영국분들" 하고 인사를 건네며 참호를 넘어서 담배를 함께 피우고, 기념품을 주고받고, 식량을 나누고, 포로를 교환했다) 다시는 누릴 수 없을 것이다. 퇴각이 필요해 보이는데, 그것은 내게는 고통이며 이제 브라이언에게는 별 의미가 없을 것이다.

이 꾸준한 상실, 꾸준한 흐트러짐은 이따금 잠시 중단되곤 하지만 영원히 멈추진 않는다. 자아의 형태는 뇌 안의 대안 경로를 통해 최대한으로 유지되고(브라이언은 우리 손녀들을 '우리 강아지'나 '꼬맹이들' 등으로 부르기 시작했고 독서모임 회원들을 '그 친구들' 정도로 불렀다) 여기엔 환자의 고통스러운 노력과 조력자의 지원이 수반되지만, 그것 또한 곧 역부족 상태에 이르면 이 그릇, 이를테면 나일강의 흙과 황마로 만든 아름다운 이집트 항아리는 점점 물러지고 몸체가 허물어진다. 그러나 급격하게 무너져내리는 것은 아니고 지푸라기가 한 줄기 한 줄기 뽑히듯 무너져 더는 예전의 항아리가 아니게 되고, 마침내 그 안엔 아무것도 담지 못한다. 손안의 흙과 지푸라기 한줌에 불과할 뿐.

디그니타스

2020년까지 디그니타스를 찾은 사람들은 삼천 명이 넘는다. 경쟁사로는 페가소스가 있는데, 디그니타스를 나온 의사의 형제가 세운 곳이다. 따라서 현재 자살 충동이나 정신질환이 있거나 치매가 많이 진행된 상황이 아닌 경우 고통 없이 삶을 마감할 수 있게 도와주는 곳은 전 세계에 단 두 곳이다. 물론 나는 우리를 최대한 합리적으로 친절하게 대해준 디그니타스를 지지하지만, 다른 곳이 더 있다는 것을 다행으로 생각한다.

디그니타스("존엄한 삶, 존엄한 죽음")에서 요구하는 동행 자살의 전제 조건은 이렇다. 노령이거나(실제로 구십대 고객도 꽤 있었는데, 고통에 시달리지는 않으나 정말 많이, 많이 지친 사람들이었다), 불치병 환자(십 년 후에나 사망한다 해도 상관없다―미국에서는 안 되지만 스위스에서는 가능하다), 또는 "정상적인 생활이 불가능한 견딜 수 없는 장애"나 "통제 불가능하고 감내하기 어려운 고통"을 겪는 사람일 것. 1998년 변호사이자 유럽인권조약 전 사무총장 루트비히 미넬리가 설립한 디그니타스는 '부정한 행위'로 종종 공격받지만 (2010년 〈시애틀 타임스〉 "스위스 정부, 호수에서 발견된 유골함 관련해 디그니타스 조사 착수", 2009년 〈데일리 메일〉 "절망을 돈벌이 수단으로? '자살 클리닉 디그니타스는 돈에 눈먼 살인 기계'라고 전前 직원 주장") 이십이 년간 꽤 무탈하게 운영되어왔다. 이따금 시설을 옮겨야 할 때가 있었는데, 한 아파트에 사무실을 두었다가 이웃들의 반발로 마우르에 있는 미넬리의 자택으로 옮겼고, 거기서도 이웃들의 반발을 사 취리히의 또다른 아파트로 옮겼다. 그때는 한 성매매 업소와 가까웠는데, 또다시 반발을 사서 볼링공 공장으로 옮겼다가 현재는 취리히 교외의 공업단지에 자리하고 있다. 루트비히 미넬리는 여든여덟의 나이에도 여전히 운영에 참여하고 있는 듯하다. (산드라 마르티노라는 이름이 간간이 보이는데, 그녀는 독일 지부 회장이다. 디그니타스는 2020년 독일 연방 헌법재판소가 조력자살 금지법이 위헌이라는 결정을 내린 이후 2021년에 독일에 사무실을 내는 것을 목표로 했다.)

페가소스는 디그니타스와 상당히 유사한데, 사실상 연관되어 있다. 에리카 프라이지히 박사는 2006년부터 2008년까지 디그니타스에서 일했고, 2011년 '라이프서클'이라는 기관을 공동 설립해 조력자살에 관한 정책 변화를 이끌고 상담 및 지원을 제공했다.

페가소스는 이용료와 지원 절차 등 대부분이 디그니타스와 비슷하고, 스위스에서 두 명의 의사와 면담이 이루어진다는 것 정도가 다르다. 다만 페가소스에서는 바르비투르산을 정맥주사로 투여하거나(손잡이를 돌리거나 버튼을 눌러 자가 투여하는 방식이다) 음용할 수 있으며, 사망 과정이 영상으로 녹화된다. 에리카 프라이지히 박사는 자신의 형제인 루이디 하베거와 라이프서클을 공동 설립했으나, 이 기관은 최근 활동을 중단했다. 2019년 프라이지히 박사가 불법행위에 의한 사망으로 고소당해 벌금 2만 달러와 징역 십오 개월(집행유예)을 선고받았기 때문이다—우울증을 앓고 있던 육십 세 여성의 조력자살 당시 바르비투르산을 잘못 취급했다는 것이 이유였다. 법원은 이 여성이 생명 중단을 선택할 분별력이 있었다고 판단했지만, 프라이지히 박사가 조력하는 과정에서 펜토바르비탈나트륨을 잘못 취급했다고(따지자면 취급을 잘못한 게 아니라 취급한 게 잘못이라는 의미일 것이다) 결론지었다. 이런 연유로 프라이지히 박사는 활동을 중단했고 그녀의 형제가 페가소스를 설립했다. 페가소스는 어느 모로 보나 자신들이 디그니타스보다 낫다고 홍보한다. 더 간소한 절차! 긴급한 상황 발생시 몇 개월이 아닌 몇 주 안에 처리 가능! 영어 원어민 자원봉사자 보유! 반려견 동반 가능! 회비 없음!

영국의 대도시 신문에는 매년 사랑하는 이를 디그니타스에 데려간 남편이나 아내, 자식의 이야기를 다룬 기사가 여러 편 실린다(〈가디언〉 "내 아내는 디그니타스에서 생을 마감했다", 〈데일리 메일〉 "나는 아버지가 집이 아닌 디그니타스에서 생을 마감해야 했음에 분노한다"). 기사 대부분은 일인칭 시점으로, 긴장되는 비행기 탑승(브라이언과 내가 걱정해야 할 수준보다도 영국에서는 이 일을 더 쉬쉬하는 편인데, 가족들이 사랑하는 이를 보내고 돌아오자마자 경찰이 집에 들이닥쳐 혐의 조사가 진행중임을 통보한다고들 하기 때문이다), 그다음 차를 타고 취리히 교외의 공업단지에 있는, 어떤 이들은 '블루 오아시스'라고도 부르는 작은 파란색 아파트 건물로 향하는 여정을 담고 있다. 어떤 기사는 당사자가 구토억제제를 마시기 전에 끝나지만, 어떤 기사는 전 과정을 끝까지 묘사하고 집에 돌아오기까지의 여정을 담기도 한다.

2020년 1월 29일 수요일에 이어
취리히

닥터 G가 아침에 문을 두드리고 면담은 짧게 진행될 거라는 말로 시작한다. 그는 브라이언에게 마음이 바뀌었는지 두 번 묻고 브라이언은 바뀌지 않았다고 답한다. 그와 브라이언은 달라이 라마에 대한 애정을 공유하고 있어서 각자의 젊은 시절과 달라이 라마 성하와의 만남을 얘기한다. 그들은 함께 즐거운 시간을 보낸다. 나는 소매로 눈물을 훔친다. 닥터 G는 브라이언에게 몇 가지 질문을 던져 그가 지금 어디에 있는지(취리히), 왜 여기 왔는지(디그니타스의 도움을 받아 생을 마감하러), 동행자살의 진행 절차를 확실히 인지하고 있는지(초콜릿을 먹고, 서류에 서명하고, 구토억제제를 마시고, 약을 마실 거라고 그가 대답한다) 확인한다. 브라이언의 답에는 한 치의 오류도 없으며, 그가 정확한 대답을 내놓자 일순간 나는 생각한다. 너무 이른 결정이었나? 육 개월 뒤에 다시 와야 하나? 닥터 G가 떠난 후 나는 좀더 울지만 브라이언은 울지 않는다. 이미 그가 얼마나 멀리 가 있는지 눈에 보인다. 이미 그의 작은 배는 해변에서 저멀리 떨어져 있다.

우리는 저녁을 먹으러 나가고 나쁘지 않은 이탈리아 음식을 먹는다. 브라이언은 식사를 주문하는데 평소의 열의는 온데간데없다. 그는 웨이터를 보지 않는다. 그가 내 와인잔을 건드려 넘어뜨리는 바람에 웨이터가 우리의 작은 테이블에 천으로 된 냅킨 여섯 장을 가져와, 브라이언이 차분히 앉아 있는 동안 테이블을 닦고 다른 웨이터는 내 옆에 꿇어앉아 깨진 유리를 치운다. 우린 분명 대화를 나누지만 음식과 날씨 얘기뿐이다. 안개 속에서 몇몇 골목을 따라 걷다가 빙 돌아 호텔로 향한다. 매일 밤 그랬듯 브라이언은 어김없이 산책하러 가자고 제안하고, 나는 좋다고 말한다. 어떻게 싫다고 말하겠는가? 바깥은 춥고 어둡고 미끄러우며, 브라이언도 나만큼이나 외로울 거라는 생각이 든다. 하지만 분명 두렵지는 않아 보인다.

2019년 봄, 스토니크리크
이유를 말해줘

우리의 평범한 일상은 내가 불행한 결혼생활, 풀타임 직업, 십대에 접어든 아이, 걸음마를 배우는 아이, 그리고 갓난아이를 감당하느라 손톱만큼의 즐거움도 느끼지 못했던 시기에 쥐어짜내야 했던 수준의 노력을 요구하기 시작했다. 지난 십사 년간 남자든 여자든 다른 사람은 쳐다도 안 보며 살았지만 이제 나는 루프탑 라운지에서 유쾌하지만 있음직하지 않은, 심지어 미덥지 않은 사람들과 술을 마시는 상상을 하고 있었다. 브라이언과 나는 언제나 붙어다녔다. 우리는 함께 장 보는 걸 좋아했다. 함께 수산시장과 빵집과 세탁소를 즐겨 찾았다. 그는 우리 언니만큼이나 내가 좋아하는 신발과 쇼핑에 대해 잘 알았다. 그와 함께 차를 타고 뉴잉글랜드를 가로질러

고급 제물낚시 상점에 간 적도 있었다. 하지만 이제 나는 그가 긴 산책을 하러 나가면 숨을 몰아쉬고, 그에게 뉴헤이븐에 작은 아파트를 하나 구해주면 어떨까(원룸은 작아서 너무 가혹할 테니, 걸어서 오갈 수 있는 동네에 침실 하나짜리 아파트면 괜찮지 않을까) 하고 늦은밤 생각에 잠기기도 한다. 필요하다면 도우미도 구해주고.

어쩌다 '도우미'에까지 생각이 미쳤는지, 포크너를 읽고 주 3회 운동하는 예순다섯의 남편에게 도우미가 필요한 이유를 대체 왜 애써 외면하려고 했는지 나는—차마, 결코—설명할 수 없었다.

우리는 여전히 부모로서, 조부모로서 해야 할 역할을 다할 것이고, 내가 사랑해 마지않는 이 남자와 어째서 도저히 살 수 없게 되었는지 가족들이 알 필요는 없을 거라고 생각했다. 내가 이런 생각을 한다는 건 세상 누구에게도 말하지 않았다. 물론 가까운 친구들에게 육십대 중반 남자로서 그의 면면, 이른 은퇴, 엉성함 때문에 돌아버릴 것 같다고 말하기는 했다. 그리고 이 상황이 지나갈 거라고, 보라고, 그는 스테인드글라스도 만들고(강사를 찾은 것도, 수업을 예약한 것도, 작업실의 위치를 파악한 것도 나지만), 독서모임에도 나가고(그가 벅차할 때 일정 관련 이메일을 살펴보고 도서관에 달려가 책을 대출한 건 나지만), 우리가 사는 작은 동네의 규제에 종종

맞서 싸우며 대단한 열의로 시 조례를 연구하고 있지 않으냐고 나 스스로를 다독이기도 했다. 그래서, 대체 뭐가 문젠데? 나는 대답할 수 없었다. 하지만 이 남자가 더는 나와 결혼한 그 남자가 아니며, 이 변화가 오십 년에 걸쳐 일어난 게 아니라(그랬다면 매우 슬펐겠지만 당혹스럽지는 않았을 것이다) 불과 지난 삼 년 사이에 벌어진 일이라는 사실만은 알고 있었다. 그리고 여전히 이런 얘기를 아무에게도 할 수 없었으므로, 당연히 어떠한 조치도 취할 수 없었다.

나는 자료를 찾아 읽고 영상을 보면서 나 자신을 밀어붙여 마침내 내가 일 년 전에는 애써 외면했거나 알아차리지 못했던 사실과 직면했―브라이언은 2016년 말부터 경도와 중도 사이의 알츠하이머병 징후를 보이고 있었다.

이탈리아계 대가족의 장남에게 도움이 필요할 경우(필요치 않을 때는 전혀 도와주지 않지만) 시중을 들거나 음식을 차려주거나 도와줄 여자가 있다는 건 흡족하고 편안한 일이었다. 그리고 적어도 대개는 내게도 흡족하고 편안했다. 나는 스물한 살 때 열 살짜리 아이의 새엄마가 된 경험도 있고, 어쩌면 다른 대부분의 젊은 여자들보다 그 역할을 좋아했다. 나는 대학을 졸업한 후 뉴욕의 한 극장에서 일생일대의 일자리를 얻었지만 그만뒀다. ("남자친구가 연극 일을 하면서 가정을 꾸리기에는 힘들지 않겠느냐고 해서요." 나는 말했다. 거기 있던 사람들은 모두 나보다 열 살은 족히 많았고, 자기가 뭘 포기하는 건지 모르는 운좋은 젊은이에게 흔히 갖는 짜증 섞인 연민을 느꼈던 것 같다. 아무도 웃거나 나를 혼내거나 내 차 키를 뺏지 않았다. 나는 다시 코네티컷으로 돌아가 나를 가르쳤던 교수와 그의 아들과 함께 살기 시작했으며, 우리는 가족이 되었다.) 나는 주간돌봄센터에서 일하기 시작했다. 세시면 집에 돌아왔으므로 쿠키를 굽거나 새아들이나 마찬가지인 아이와 진 러미 게임을 할 수 있었다. 아이를 병원 예약 시간에 맞춰 데리고 다녔고(간호사는 부스스한 머리에 거의 똑같은 그래픽 티셔츠와 축 늘어진 나팔바지 차림을 한 우리 둘을 보고는 어깨를 으쓱했다), 아이 부모가 아이에게 콜레라 환자처럼 보이게 하는 흙빛 격자무늬 옷을 입히려 할 때는 강경히 반대했다. 아이와 쇼핑하러 다녔고, 오셀로와 백개먼 게임을 했으며, 잠잘 때 이불을 덮어주었고(아이가 그러기를 원할 때), 아이가 먹고 싶어하는 음식을 해주었으며, 감사편지를 쓰게 했고, 어떤 방문객이 오든 그들로부터 아이를 보호했다. 내 능력이 허락하는 한도 내에서 나는 최고의 부모였는데, 부모 노릇에 뭔가 알 수 없는 의미를 부여했기 때문이다(사실 '알 수 없는' 건 아니었다. 우리 엄마의 경우 다정하신 분이었지만 요리에는 젬병이었고 나를 어떤 사물이든 사람이든 그것으로부터 보호해주는 법이 없었는데, 그것은 끊임없이 엄마를 괴롭히는 불안 때문이었다). 나는 처음 엄마가 됐을 때부터 돌보고 해주고 보호하는 일을 좋아했고, 이런 성향은 자식이 두 명 더 생기면서 더욱 발전했으며, 브라이언의 초기 알츠하이머병 시기에 이르러서는—당시 우리는 둘 다 그 정체를 몰랐지만—요령 있는 보조, 위안, 보호와 더불어 전반적으로 내가 은근히 리드하는 상황이 꾸준히 늘어났는데도 이 변화를 눈치채지 못했다.

하지만 나의 옷 잘 입는 남편은(나는 그가 출근할 때의 옷차림을 두고 좋은 의미에서 게이 마피아 킬러 같다고 말하곤 했다) 어느새 티셔츠와 배기 청바지만 고집하기 시작했고, 자면서도 할 수 있을 것 같았던 일을 그만두고 이른 은퇴를 맞이했다.

조기 퇴직

브라이언의 마지막 직장은 사 년 전 건축기사로 일한 한 대학이다. 내 생각에 그가 채용된 것은 브라이언 특유의 매력 때문이었을 것이다. 그는 여러 차례에 걸쳐 진행됐던 면접과 건축, 인테리어, 협업에 대한 온갖 질문에 대해 말해주었다. 그는 면접 위원들에게 자기가 팀을 중시하며(정말 그렇다) 적응을 잘한다고(딱히 그렇진 않다) 설명했다. 그러고는 이미 합격한 기분으로 집에 돌아왔고, 면접관에게 실제로 합격이라는 말을 들었으며, 면접이 끝난 뒤 스물네 시간도 채 지나지 않아 고용되었다. 우리 중 누구도 몇 개월 뒤 정확히 어떤 문제가 발생할지 예상하지 못했다. 나는 그가 사무실 관리자나 행정 직원들과의 소통에 왜 그렇게 어려움을 겪는지, 커다란 호의를 보이며 그를 고용했던 상사가 왜 불과 한 달 만에 그렇게 차가운 반응을 보였는지 의아하기만 했다.

브라이언은 거의 매일 실망하고 당혹스러워했다. 왜 그렇게 잘못되는 일이 많은지 모르겠다고 했다. 그는 식당에 가서 점심 먹는 걸 좋아했는데, 거기서 식사도 하고 식당 매니저와 친교를 나누면서 긴 시간을 보내는 것 같았다. 그가 내게 상사와의 회의 얘기를 해주었는데, 회의에서 자신의 매력을 한껏 표출해 유예에 또 유예를 받아냈다고 했고, 나는 그가 뭘 했기에—혹은 안 했기에—그런 유예가 필요한지 알 길이 없었다.

얼마간 시간이 지나자, 나는 더 자세히 말해보라고 그를 더는 다그치지 않았다. 대신 비협조적이고 인내심이 부족한 사무실 직원들에게 좀더 정중하게 행동해보라고 조언했다. 하지만 상황은 전혀 나아지지 않는 듯했다. 여름이 되자 그는 상사와 정기 회의를 하며 자신의 프로젝트 진행 상황을 점검받았는데, 상사가 그에게 '너무 느리다'고 지적했다. 상사는 그를 불러서 집중력에 영향을 줄 만한 약을 복용중인지 물었다. 우리 둘 다 걱정이 됐고, 둘 다 아마도 (첫 고관절 수술 이전에) 진통제로 먹고 있었던 약이 그를 흐트러진 듯 보이게, 어쩌면 실제로 흐트러지게 만든 게 아닐까 결론내렸다. 논의 끝에 그는 진통제를 복용중이며 10월에 고관절 수술을 받을 예정이라고 상사에게 알리기로 했다. 그는 상사에게 사실을 말했고 얘기가 잘 끝났다고 했다.

고관절 수술을 받은 뒤 그는 팔 주간 회복 기간을 가졌다. 더는 사무실에서의 일상에 관해 얘기하지 않았고, 그다지 바빠 보이지도 않았다. 프린터와 컴퓨터, 여러 업무 규정이 그를 괴롭혔고 각종 마감일은 쏜살같이 지나갔다. 크리스마스 전, 그는 이듬해 4월에 재계약은 없을 거라는 통보를 받았다. 그의 상사는 그가 해고되는 게 아니라 재계약을 하지 않는 것이라고 강조했다. 브라이언도 나도 그가 사실상 좋은 말로 해고당했다는 걸 알았다. 그는 사무실을 정리했고 동료 모두에게 조기 퇴직을 한다고 말했다. 내게는 자기 상사가 그렇게 깐깐할 수가 없다고 했다.

이 대목을 쓰면서 다시 한번 나 스스로에 대해 놀라고 실망감을 느낀다. 모든 게 그토록 자명했는데 아무것도 보지 못하고 일 년 반이 더 지나서야 신경외과에 첫 진료 예약을 잡다니.

신경외과의사는 우리를 진료실로 불러서 브라이언과 그의 기억력 문제에 관해 몇 가지를 질문하고 그에게 간이 정신상태 검사지Mini-Mental State Examination를 풀게 한 뒤 시계를 그려보라고 한다. 지시는 이러하다. 시계 숫자판을 그리고 그 위에 모든 숫자를 쓰시오. 시곗바늘은 열한시 십분을 가리키게 그리시오. (어떤 곳에선 미리 시계를 그려놓기도 하는데, 그다지 신

(98)

뢰도가 높은 접근법은 아니며 이 의사도 그렇게 하지 않았다.)

간이 정신상태 검사(MMSE)

피검자 이름: _____   검사일: _____

검사 지침: 기재된 순서대로 질문하시오.
각 문항에서 답을 요구하는 질문이나 활동에 1점씩을 부여해 점수를 합산하시오.

최고 점수	피검자 점수	질문
5		"올해는 몇년도입니까? 지금은 무슨 계절입니까? 오늘은 몇월, 며칠, 무슨 요일입니까?"
5		"우리가 있는 이곳은 무슨 주, 카운티, 도시의 무슨 병원이고, 몇층입니까?"
3		검사자는 세 가지 서로 무관한 물건의 이름을 또박또박 천천히 말하고, 피검자에게 이 세 가지 물건의 이름을 모두 말하게 한다. 피검자의 반응이 점수에 반영된다. 가능하다면 검사자는 피검자가 세 가지를 모두 기억할 때까지 반복해서 들려준다. 시행 횟수: _____
5		"100에서 7씩 빼면서 뒤에서부터 숫자를 말해보십시오." (93, 86, 79, 72, 65…) 피검자가 숫자를 다섯 개 응답하면 중단한다. 혹은, "'세계(WORLD)'의 철자를 거꾸로 말해보십시오." (D-L-R-O-W)
3		"조금 전 제가 기억하라고 했던 세 가지 물건의 이름을 말해보십시오. 어떤 물건이었습니까?"
2		피검자에게 손목시계와 연필 같은 단순한 물건 두 가지를 보여준 뒤 이름을 말해보라고 한다.
1		"다음 문장을 따라 하십시오. '이러쿵저러쿵 왈가왈부하지 마라(No ifs, ands, or buts).'"
3		"오른손으로 종이를 받아, 반으로 접은 다음, 바닥에 놓으십시오." (검사자가 피검자에게 빈 종이를 한 장 준다.)
1		"이것을 읽고 적힌 대로 하십시오." (지시문은 '눈을 감으시오.')
1		"아무 문장을 하나 지어내 쓰십시오." (이 문장에는 명사와 동사가 반드시 하나씩 들어가 있어야 한다.)
1		"이 그림을 따라 그리십시오." (검사자는 피검자에게 빈 종이를 준 뒤 아래의 도형을 따라 그리게 한다. 그림에는 열 개의 각이 있어야 하며 두 도형이 반드시 겹쳐야 한다.)
30		합계

(Rovner & Folstein, 1987 활용)

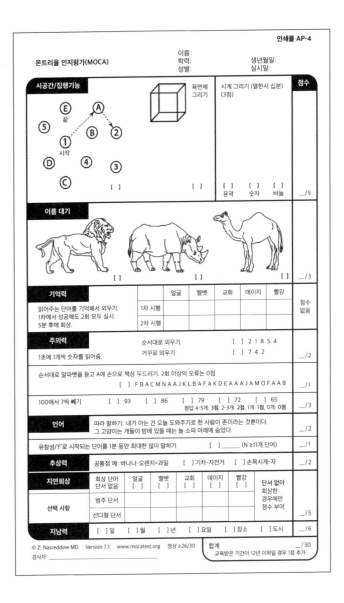

몬트리올 인지평가(MOCA)

이름:
학력:
성별:
생년월일:
실시일:

시공간/집행기능		점수

육면체 그리기

시계 그리기 (열한시 십분) (3점)

시작 끝

[ ]

[ ]

[ ] 윤곽 [ ] 숫자 [ ] 바늘

__/5

이름 대기

[ ] [ ] [ ] __/3

기억력		얼굴	벨벳	교회	데이지	빨강	점수 없음
읽어주는 단어를 기억해서 외우기. 1차에서 성공해도 2회 모두 실시. 5분 후에 회상.	1차 시행						
	2차 시행						

주의력

1초에 1개씩 숫자를 읽어줌.

순서대로 외우기 [ ] 2 1 8 5 4
거꾸로 외우기 [ ] 7 4 2 __/2

순서대로 알파벳을 듣고 A에 손으로 책상 두드리기. 2회 이상의 오류는 0점
[ ] F B A C M N A A J K L B A F A K D E A A A J A M O F A A B __/1

100에서 7씩 빼기 [ ] 93 [ ] 86 [ ] 79 [ ] 72 [ ] 65
정답 4-5개: 3점, 2-3개: 2점, 1개: 1점, 0개: 0점 __/3

언어

따라 말하기: 내가 아는 건 오늘 도와주기로 한 사람이 존이라는 것뿐이다.
그 고양이는 개들이 방에 있을 때는 늘 소파 아래에 숨었다. __/2

유창성/'F'로 시작되는 단어를 1분 동안 최대한 많이 말하기 [ ] _____ (N ≥11개 단어) __/1

추상력

공통점 예: 바나나-오렌지=과일 [ ] 기차-자전거 [ ] 손목시계-자 __/2

지연회상	회상 단어 단어 없음	얼굴 [ ]	벨벳 [ ]	교회 [ ]	데이지 [ ]	빨강 [ ]	단서 없이 회상한 경우에만 점수 부여
선택 사항	범주 단서						
	선다형 단서						__/5

지남력 [ ] 일 [ ] 월 [ ] 년 [ ] 요일 [ ] 장소 [ ] 도시 __/6

© Z. Nasreddine MD   Version 7.1   www.mocatest.org   정상 ≥26/30
검사자: _____

합계 __/30
교육받은 기간이 12년 이하일 경우 1점 추가

MMSE의 해석

구분 기준	점수	해석
단일 구분	<24	비정상
범주화	<21 >25	치매 확률 높음 치매 확률 낮음
학력	21 <23 <24	8학년 과정을 마친 경우 비정상 고등학교 과정을 마친 경우 비정상 대학 과정을 마친 경우 비정상
중증도	24-30 18-23 0-17	인지장애 없음 경도 인지장애 중증 인지장애

자료 출처:

● Crum RM, Anthony JC, Bassett SS and Folstein MF. Population-based norms for the mini-mental state examination by age and educational level. JAMA. 1993;269(18):2386-2391.
● Folstein MF, Folstein SE, McHugh PR. "Mini-mental state": a practical method for grading the cognitive state of patients for the clinician. J Psychiatr Res. 1975;12: 189-198.
● Rovner BW, Folstein MF. Mini-mental state exam in clinical practice. Hosp Pract. 1987;22(1A):99, 103, 106, 110.
● Tombaugh TN, McIntyre NJ. The mini-mental state examination: a comprehensive review. J Am Geriatr Soc. 1922;40(9):922-935.

MMSE 검사의 최고 점수는 30점이다. 건강한 사람은 25~30점, 경도 치매는 20~24점, 중도 치매는 13~20점, 12점 미만은 중증 치매로 판단된다. 알츠하이머병 환자의 MMSE 점수는 매년 평균 2~4점 하락한다.

브라이언은 23점을 받는다. 경도 치매다.

신경외과의사는 브라이언에게 다른 질문을 몇 가지 하고 내게도 몇 가지를 질문하는데, 브라이언 앞에서 대답하기가 미안하다. (진료실에서조차 현실을 축소하고 정상화하고 싶다는 내 소망을 거부하기가 힘들다. 하지만 나는 말한다. 네, 정말로 건망증이 심하고, 대화를 나눈 지 한 시간도 안 돼 같은 얘기를 반복하고, 사십오 분 뒤에 똑같은 얘기를 또 하곤 해요. 맞아요. 균형을 잘 못 잡겠다고 불평해요.) 브라이언은 간이 검사에서 어려움을 겪는다. 대통령이 누구인지는 알지만 지금이 몇월인지, 무슨 계절인지는 떠올리지 못한다. 100에서 7씩 빼며 숫자를 말해보라고 했을 때, 그는 말한다. 아무래도 이건 못하겠는데요. 첫 진료를 마치고 의사가 브라이언에게 피검사를 잔뜩 시키더니 MRI를 찍어봐야 할 수도 있겠다고 한다. 우리가 진료실을 나가려고 하는데 의사가 말한다. MRI를 꼭 찍어봐야겠다고.

종을 울려라

명상은 브라이언에게 큰 도움이 되고, 따라서 나 역시 그 덕을 본다. 나의 명상법은 정원 손질이지만, 브라이언은 옛날 방식이다. 그는 오래전 그만두었던 명상을 다시 시작해 지난 몇 년간 예일 마음챙김 프로그램에 다니고 있다. 아침에 일어나 내가 싸준 점심 도시락을 들고 열시에 문밖을 나선다. 그리고 한 시간 뒤에 돌아온다. 장소를 잘못 찾아간 것이다. 그는 매디슨으로 갔는데, 과거에 몇 번 간 적 있는 명상센터가 거기에 있었기 때문이다. 하지만 오늘의 수행 장소는 예일대학교가 있는 뉴헤이븐이다. 그는 자기 자신에게 화가 나 그냥 위층에서 명상하겠다고 선언한다. 나는 안쓰러움을 드러낸다. 바깥에 나가보니 그의 차문이 열려 있다. 나는 문을 닫고,

정원 손질을 잠깐 해야겠다고 소리친다.

　다음날, 우리는 브라이언의 옛 예일대 동창들과 근처에서 브런치 약속이 있어 외출한다. 달력에 약속을 표시하는 건 내 몫이다(왜냐면 늘 신경을 쓰는 쪽은 나니까). 그리고 나는 약속 시간인 열한시에 맞춰 이십 분 떨어진 약속 장소에 도착할 수 있도록 브라이언을 재촉해 나간다. 둘 다 근사한 차림을 한 우리는 이 만남을 기대해왔다─브라이언은 예일대에서의 과거와 현재를 이야기할 생각에 신나 있고, 나는 브런치가 하루 중 가장 좋아하는 식사인데다 만나기로 한 장소가 물위에 있기 때문이다. 차를 운전해 약속 장소에 도착하지만 다른 차들이 보이지 않는다. 식당은 어둡다. 브라이언이 나가서 살펴본다. 심지어 옆 식당에도 가본다─역시나 어둡다. 나는 내 휴대폰을 확인한다. 요일도, 약속 시간도 맞지만 한 달이나 일찍 와버렸다.

　나는 평소처럼 그를 재촉했음에, 일을 망쳤음에 연거푸 사과한다. 그는 인간이 보일 수 있는 가장 느긋하고 편안한 태도로 다정하게 날 대한다. 소리 내어 웃으며 내 코에 입맞춘다. 그리고 조수석에 다시 기대앉아 말한다. "날씨가 참 좋아. 다른 할일도 없고. 온 세상이 우리 것이지." 우리는 오늘의 목적지를 고구마튀김과 그리스식 오믈렛이 끝내주는 길 위쪽 식당으로 새롭게 정하고 그곳으로 향한다. 주차장 뷰에, 커피는 연하지만 뜨겁고, 남편은 부스 안 내 옆에 바짝 붙어 앉는다. 이 몇 시간 동안은 실로 온 세상이 우리 것이다. (아직 울릴 수 있는 종을 울려라,* 정말 그렇다.)

그다음 주말은 6월 18일과 19일로 우리의 생일이 연달아 있다. 슬픔의 파도가 덮쳐온 이후, 우리가 보냈던 모든 행복한 생일들이 내 기억 속에서 흐릿해졌다. 예전에는 이 슬픔의 파도를 감정의 밀물과 썰물 같은 존재라고 상상했는데, 사실은 실제 파도에 가까워서 마치 대서양의 거대한 푸른 잿빛 파도 같다. 무엇이든 집어삼키는 거대하고 교활하고 소금기 가득한 물이 나를 휩쓸어가 낯선 곳에 던져놓는데, 그곳에선 모든 게 더욱 막막할 뿐이다.

우리는 내 생일을 조금은 호화로운 수변 레스토랑에서 보내기로 한다. 웨이터가 물을 따라줄 때부터 내 눈에는 눈물이 고이고, 결국 거대한 메뉴판 뒤에서 울음이 터진다. 화장실에 가서 마저 울고 나왔을 때, 브라이언은 걱정스러워 보이긴 하지만 화가 나거나 미안한 기색은 아니다. 내가 왜 그렇게 서럽게 울었는지, 왜 그토록 눈물이 그치지 않는지 나도 알 길

---

* 레너드 코언의 노래 〈Anthem〉에 나오는 가사.

이 없다. 몇 달 전 브라이언은 내게 아주 비싸고 아주 이상한 선물을 줬다. 자잘한 얼룩무늬 천으로 된 후드티였는데, 가장자리에 튈 레이스가 달린 500달러짜리 옷이었다. 이게 대체 무슨 옷인지, 왜 그런 옷을 샀는지 아직도 모르겠다. 나는 가끔 남색 셔츠를, 그리고 아주 가끔은 흰색도 입지만 주로 검정 셔츠와 청바지를 입는다. 우리가 함께한 모든 세월 동안 브라이언은—현명하게도—내게 러플이나 주름 장식, 튈 레이스가 달린 거라면 절대 사주지 않았다. 왜 그 옷을 보고도 '당신 정말 알츠하이머구나'라는 생각을 못했는지 아직도 놀랍다. 그는 내게 지난 이 년간 평소와 다른 특이한 카드를, 이를테면 스팽글 달린 모자를 쓴 햄스터가 까불거리는 그림이 있는 카드를 줬다. 그의 (건축가답게 깔끔했던) 손글씨는 이제 구불구불한 목판 인쇄 활자처럼 보였고, 거기에 담긴 감정은 어떤 카드에선 틀에 박힌 듯 밋밋했지만(당신은 너무 좋은 사람이고, 다정하고, 재밌고, 아름다워) 또다른 카드에는 아직도 슬픔과 원통함으로 몸을 웅크린 채 읽을 수밖에 없는 글귀가 적혀 있었다. 당신에게 더 좋은 사람이 되겠다고 약속할게.

　브라이언의 예순여섯번째 생일을 맞아 나는 시내에 나가 근사한 하룻밤을 보내자고 제안한다. 우리가 감당할 수 있는 건 하룻밤 정도일 텐데, 아직은 어떤 밤이든 근사하게 보내는 게 가능하기를 바라면서. 아직 신경외과에 진단을 받으러 다시 방문하기 전이지만, 뭔가가 세차게 밀려오고 있음을, 기차가 덜컹거리며 들어와 새들이 놀라 달아나고 있음을 직감한다. 브라이언이 내 제안에 동의하고, 우리는 함께 시내로 간다. 멋진 방에서 쉬고, 안뜰을 감상하고, 휴식을 취한 뒤 샤워를 한다. 그는 내게 차려입어야 하느냐고 묻는다. 나는 어깨를 으쓱할 뿐이다. 내 주변 여자들의 말로는 남자가 나이가 들면 때와 장소에 관계없이 대개 티셔츠와 운동복 바지 차림을 선호한다고들 한다. 실제로 서로 전혀 딴판으로 하고 다니는 남녀 연인들이 자주 보인다. 여자는 칵테일 드레스와 하이힐 차림인데, 그 옆의 남자는 그나마 좀 나은 경우가 깨끗한 폴로셔츠 밑에 벨트 하나를 차고 있다. 나는 턱시도 두 벌과 금속 단추 네 세트, 턱시도용 벨트 여러 개를 가진 남자와 결혼했지만, 지난 이 년간 우리는 그가 차려입어야 할지 편하게 입어야 할지 많은 얘기를 나눠야 했다. 내가 최대한 상냥한 말투로 "여보, 당신이 입고 싶은 걸 입어, 당신은 잘생겼으니까"라고 말하면, 그는 스포츠 재킷에 청바지, 흰색 셔츠를 입는다. 거기다 최근에 산 안경을 쓴다(지난 몇 년간 브라이언의 얼굴이 너무도 나약하고 자신 없어 보여서 내가 다시 안경을 써달라고 부탁했다. 그는 자기도 안경이 그리웠다며 매일 쓰기 시작했고 그제야 우리 둘 다 적절히 무장한 그의 모습을 보고 안심할 수 있었다). 그러면 그는 우리 결혼식 날과 똑같아 보인다. 잘생기고 너그럽고 자기 자신과 세상을 편안히 받아들이는 사람.

우리는 아주 비싼 이탈리아 레스토랑에서 조용하지만 근사한 저녁식사를 하고, 메뉴가 나올 때마다 즐거워한다. 먹물파스타인 트로피에 네로로 시작해서 기억이 안 나는 주요리를 거쳐 디저트로 브라이언은 크레마 알 초콜라토, 즉 초콜릿 크림을, 나는 브라이언 등쌀에 역시나 초콜릿이 잔뜩 들어간 밀푀유 케이크를 주문한다. 그리고 천천히 디저트를 즐긴다. 우리는 걸어서 호텔로 돌아가는데, 신발 때문에 발이 아프기 시작해 내가 말한다. 우리 택시 잡자. 브라이언은 말한다. 몇 블록만 더 가서. 나는 한 블록 더 가서 멈춘다. 그가 나를 보더니 말한다. 택시 필요해? 내가 말한다. 필요해. 그가 팔을 들어 보인다. 둘 다 기필코 좋은 시간을 보내고 말겠다고 결심한 듯하다.

호텔에서 우리는 사랑을 나누기 시작하고, 곧 브라이언이 말한다. 미안. 오늘은 안 되겠어. 나는 말한다. 괜찮아. 정말이지 괜찮다. 시도는 이것으로 끝난다.

우리는 키스하고 서로를 껴안은 채 잠을 청한다.

다음날 집에 돌아온 우리는 어김없이 서로를 미치게 하는 대화에 돌입한다. 나는 브라이언에게 (자갈 사이로 잡초가 무성히 자라 있는) 우리의 소풍 장소에서 잡초를 뽑을 거라고 말한다. 그는 자기가 이미 반복해서 말했듯, 육 주 전에 혼자서 자갈을 추가로 깔기 시작했지만 테니스 엘보가 심해져서 그만뒀다고 한다. 그가 테니스 엘보를 언급하는 걸 내가 마지막으로 들은 건 오 년 전이다. 그리고 그는 테니스를 치지도 않는다. 소풍 장소는 넓고 울퉁불퉁한데, 마치 거대한 두더지가 땅굴을 파고 들어간 듯 군데군데 자갈이 무더기로 쌓여 있다. 브라이언은 더 많은 자갈을 깔아서 발을 단단히 디딜 수 있게 해야 한다고 주장한다. 그러면서 그 일을 해줄 사람을 고용해야 한다고 말한다. 나는 그의 말에 동의하지만, 지금은 그럴 형편이 못 된다고 말한다. (게다가 내가 감독해야 할 프로젝트가 또하나 늘어나는 건 원치 않는다. 현재로선 그 일을 전문가에게 온전히 맡길 형편이 못 되니 어떻게 작업하든 결국 내가 함께 일해야 할 것이다. 내가 돈을 쓰고 싶은 건, 내가 정말 하고 싶은 건, 신발과 옷을 사는 일이다.) 나는 그에게 내가 잡초를 뽑고 지금 있는 자갈을 고르겠다고 말한다. 그는 내게 자갈이 더 필요하다고 말한다. 나는 충분히 동의하지만 지금은 그럴 형편이 못 된다고, 내가 알아서 하겠다고 말한다. 그는 내게 자갈이 더 필요하다고 말한다. 그 순간 내 얼굴에 떠오른 표정이 분명 유쾌하진 않았을 것이다. 그가 말한다. 내가 할까? 나는 아니라고 답하지만, 실은 '그래'가 맞다. 그래, 당신이 해. 이 년 전에 했던 것처럼 이 공간이 몇 세제곱미터나 되는지, 자갈 크기가 어때야 하는지 내가 소리를 지를 지경이 될 때까지 재고 따질 수 있다면. 그래, 그럼 참 좋을 텐데. 하지만 지금은 아니다. 분명 어딘가 잘못될 거고 작업하는 내내 내가 소소한 것까지 몰래 다 챙기느라 용쓰거나 결국 직접 하겠다고 나설 것이다. 그래서 "아니"라고 답한다. 나는 사무실로 가서 스콘을 먹고 추리소설을 읽으면서 머리를 비우고 진짜 일에 집중하고 싶다.

나는 이 지난한 과정에 대해 열심히 공부했고 영미권의 관련 영상 수십 개를 봤다(2015년 알츠하이머병으로 세상을 떠난 영국 소설가 테리 프래챗의 2011년 다큐멘터리도 봤다). 그중 몇몇은 이상할 정도로 희망찼지만 다른 몇몇은 참을 수 없이 슬펐는데 나는 앞으로 그보다 더 슬퍼질 것이었다. 영화 〈스틸 앨리스〉도 몰래 두어 번 봤다. 주연을 맡은 줄리앤 무어는 아름답고 재능 있는 배우이며, 그녀가 연기한 앨리스는 매력적이고 따뜻한 마음씨를 가진 현명한 사람이다. 나는 영화를 그럭저럭 재밌게 보지만 어느 순간 그녀의 사랑스러움과 굴하지 않는 매력이 신경에 거슬리기 시작한다. 하지만 끝부분, 그녀가 과거에 녹화해둔 영상 메시지를 통해 현재의 자신에게 스스로 목숨을 끊도록 안내하는 장면에 이르자 나는 차마 보지 못한다. 수십 번이나 방을 들락날락하며, 매 순간 앨리스가 노트북을 화장대로 가지고 가, 균형을 제대로 잡고, 알약들을 떨어뜨리지 않고 결국에는 삼켜 그녀의 보다 온전했던 자아가 원한 바를 이루기를 바란다. 나는 브라이언이 운동이나 산책을 하러 나갈 때마다 불쑥불쑥 이 영화를 본다. 이것 말고 내가 보는 거라곤 등장하는 인물이 죄다 구차하기 짝이 없는, 브라이언이 혐오하는 리얼리티 쇼뿐이다. 아니면 계급 간 갈등을 희화화하는 데 도가 튼 영국 코미디 쇼를, 브라이언이 좋아해 마지않던 방송을 본다.

다음날 아침 브라이언은 복통을 호소하며 일어난다. 그는 변비라고 생각하지만 동시에 장운동도 진행중이라 우리 둘 다 난감하다. 그는 배를 만지면 아프다고 한다.

나: 맹장염일지도 몰라.

브라이언: 아니야.

나: (마음속으로, 왜 이렇게 말도 안 되는 고집을 부리지?) 왜 아니라고—

브라이언: 당신 만나기 몇 년 전에 맹장 뗐어.

나: 수술 자국은?

브라이언: 여기 봐봐.

그는 흰 바다사자처럼 몸을 쭉 뻗어 손을 수술 자국 위에 올려놓는다.

집에서 오 분 거리인 긴급진료센터를 향해 출발하면서 브라이언은 자기 혼자 운전해서 갈 수 있다고 우긴다. 나는 그를 혼자 보내는 게 영 마음에 걸린다(혼자 병원에 보내는 건 이게 마지막이다. 이다음부터 병원 진료는 무조건 공동 업무다). 그가 차를 몰고 떠난다. (지난 십사 년간 그는 차를 타고 출발할 때마다 경적을 울렸는데, 그럴 수 있는 상황이라면 내가 현관에 서서 인사해주는 걸 좋아했다. 그는 나를 현관에서 손 흔드는 부류의 사람으로 만들었고, 이제 나는 우리집 앞 진입로에서 차를 몰고 나가는 사람에게 무조건 손을 흔들어 인사해준다. 이제는 손님에게 손 흔들어주지 않는 사람들을 보면 내가 과거에 그랬듯 뭔가 빠진 것 같다는 생각이 든다.) 한 시간 뒤 그가 내게 전화를 걸어 상황을 설명한다. 스토니크리크 긴급진료센터에서 누군가가(의사, 간호사, 아니면 보조 인력?) 무슨 말을 잔뜩 했다고 하는데, 그는 들은 말을 제대로 전달하지 못하고(내 생각엔 그렇지만, 아닐 수도 있다) 나는 잔뜩 겁을 먹는다.

"긴급 MRI를 찍어야 한다고? 뭐 때문에?"

"나도 몰라."

짐작건대 초음파와 방광스캔과 피검사를 위해 그를 뉴헤이븐에 보내겠다는 의사와 내가 직접 얘기해볼 방법은 없다. 나의 본가가 사십 년 전부터 살아온 도시 뉴헤이븐은 내게 러시아워의 로마 같은 느낌을 준다. 혼란스럽고, 위험하고, 도저히 혼자 뚫고 갈 수 없는 곳. (브라이언이 예정보다 삼 년 일찍 은퇴했을 때 나는 다시 내 작은 스토니크리크 사무실에서 심리상담 일을 시작했다. 우리에게 돈이 필요할 거라는 사실을 예상한 건 현명한 일이었다. 그때 곧장 신경외과 상담을 예약하지 않은 건 멍청한 짓이었다.) 다음 상담이 있기 전 쉬는 시간에 나는 뉴헤이븐에 있는 소중한 친구이자 조수 제니퍼에게 자초지종을 설명한다. 제니퍼가 브라이언을 만나러 (그가 긴급 MRI를 찍고 있을 수도 있고 아닐 수도 있으며, 어쩌면 애초에 가 있거나 가 있지 않을 수도 있는) 응급실에 가보겠다고 하자 나는 울면서 감사인사를 전한다. 그녀는 응급실에서 브라이언을 만나고, 그 옆을 지킨다. 그리고 세 시간 동안 내게 중간중간 전화를 걸고 문자를 보내며 매번 나를 안심시킨다. 전문의 진찰은 필요 없고, MRI도 찍을 필요 없고, 애초에 MRI 얘기도 없었으며, 브라이언은 병원에 입원하지 않아도 되고, 최악의 상황 같은 건 없다고. 제니퍼는 나중에 말한다. 둘이 그냥 시간 때우면서 즐겁게 있었어. 나랑 브라이언이 어떤지 알잖아. 농담 따먹기나 했지. 브라이언은 전혀 문제 없이 잘 있었는데, 가끔 의사가 방금 무슨 말을 했는지 까먹긴 했어.

순간 짜증이 확 치솟는다. (응급실에서든 어디에서든 요사이 브라이언과 나는 즐겁게 웃고 떠든 적이 없었다.) 의사의 지시를 제대로 이해하지 못하는 건 "전혀 문제 없이 잘 있었"던 게 아니라고 지적하고 싶지만 나는 이미 너무 많이 울었고 당연히 그녀에게 감사를 전할 수밖에 없다.

게실염이라고 했다. 열흘간은 자극적이지 않고 날것이 아닌 음식을 먹어야 하고, 흰 빵에 부드러운 땅콩버터 약간은 괜찮지만 땅콩이나 팝콘은 안 된다고 했다. 제니퍼는 내게 브라이언의 게실염 관련 안내지에 열흘간 항생제를 복용하는 동안 먹어야 할 식품 목록과 쌀·유제품·닭고기 조리법 몇 가지가 적혀 있을 거라고 했지만, 그런 건 없다. 분개한 나는 차를 몰고 장을 보러 가기 전 겁에 질린 채 일단 구글 검색에 돌입한다. 초리조, 하바네로소스, 사천 고추기름을 좋아하는 사람에게는 참으로 지루한 식단이 아닐 수 없다. 딱한 마음으로 나는 그에게 쌀과 통조림 과일, 치즈와 요거트, 구운 닭고기를 계속 주고, 그가 "초콜릿은 괜찮아?"라고 세번째로 묻자 그냥 안 된다고 한 뒤 화장실에 가서 엉엉 운다. 그는 십사 년 전에도 내가 그렇게 방에서 뛰쳐나갈 때 따라나오는 사람이 아니었기에 이제 와 갑자기 그럴 리는 없다.

다음날은 좀더 차분하게 시작되고, 그후에도 별다른 일은 일어나지 않는다. 상태가 더 나빠지지는 않아서 브라이언은 헬스장에 갔다가 자기 자동차에 쓸 가민 내비게이션 케이블을 사러 간다. 우리는 그의 차에 새로운 내비게이션이 필요하다는 단도직입적인 대화를 나눈 바 있다. 지금 쓰고 있는 구형 버전에는 중요한 샛길 몇 군데가 빠져 있는 듯했다. 그는 나 없이 혼자 코네티컷 동쪽 전역을 힘들게 쏘다니며 마침내 필요한 전선을 찾아낸다. 실로 대단한 이 끈기에 나는 감탄하지만, 다섯 시간 동안 그가 돌아오지 않아 걱정하느라 제정신이 아니었다. 나는 브라이언에게 축하인사를 건넨 뒤 온갖 밍밍한 진수성찬이 그를 기다리고 있다고 말해준다. 앞으로 그의 차 키를 숨겨야 할지, 근미래에 그가 운전대를 잡으려 할 때마다 매번 협상에 나서야 할지 고민이 된다. (결국 후자의 상황에 놓인다.)

그날 때늦게 자리에 앉아 일하는데 브라이언에게서 전화가 온다. 집 근처 스톱앤드숍에서 열쇠를 (그리고 장 본 물건이 든 카트도) 잃어버렸다는 것이다. 나는 그를 데리러 가고, 우리는 군이 카트를 되찾으러 가진 않는다. 저녁식사 전 스톱앤드숍 매니저가 열쇠를 찾았다고 브라이언에게 전화를 건다. 하지만 브라이언은 음성 메시지를 절대 확인하지 않기 때문에

이를 알 리 없다. 하지만 내 생각엔 이쯤 열쇠를 찾았을 것 같아 그냥 가게에 가서 매니저에게 문의한 결과, 실제로 열쇠를 찾았다고 한다. 하지만 내가 브라이언 본인이 아니기 때문에 열쇠를 줄 수 없다고 한다. 나는 브라이언을 데리러 집에 간다. 하지만 브라이언은 레이철 매도 쇼를 보고 있고, 밖에 나가고 싶어하지 않는다. 나는 가고 싶다. 일의 매듭을 짓고 싶다. 이 빌어먹을 위기 하나쯤은 깔끔하게 해결하고 싶고, 오늘 안에 해결하고 싶다. 우리는 서로 감정이 상한 채 스톱앤드숍으로 향하고 함께 안으로 걸어들어간다. 브라이언이 매니저와 농담을 주고받고 우리는 몇 분 뒤 가게를 나온다. 브라이언은 열쇠 꾸러미를 돌리며 휘파람을 분다. 마음이 편치 않다.

2019년 7월 18일 목요일 스토니크리크
MRI 촬영일

브라이언의 MRI 촬영은 여덟시 사십오분에 있을 예정이고, 가는 덴 십오 분밖에 안 걸린다. 우리는 둘 다 여섯시 삼십분에 일어난다. 브라이언은 한동안 침대에 누워 휴대폰을 보고 투덜거린다. 그는 아침 약을 먹은 뒤 샤워할 생각이라고 말하고, 나는 그렇게 하라고 맞장구친다. 그는 두피에 건선이 심해 눈썹과 콧잔등에 건선 폭탄을 맞지 않으려면 매일 약용 샴푸로 머리를 감아야 하기 때문이다.

지난 일 년 반 동안 우리는 매일 써야 하는 건선샴푸를 두고 입씨름을 해왔다. 지금 와서 생각해보면, 우리가 함께한 십사 년간 그가 거의 매일 해온 일을 두고 계속해야 한다며 입씨름을 한다는 것부터가 이미 심상찮은 징조였다. 그는 잘생겼다. 우리가 예일대 동창회에 함께 갈 때면, 대개 같은 예일대 동창과 결혼한 늘씬한 금발 여자들이 머리카락을 쓸어넘기며(이 고령의 나이에도) 이렇게 말하곤 했다. 아, 브라이언 어미치의 부인이시라고요? 그 토르? 아, 그게 브라이언 별명이었거든요…… 예전에 알고 지낼 때.

내 남편은 언제나 좋은 향기를 풍겼고, 잘생겼으며, 본인 외모와 늑대 같은 미소, 짙고 풍성한 머리카락에 자부심이 있었다. 나는 이런 허영심에 개의치 않았다. 어쨌든 지나친 수준은 아니었고 주로 내게만 보이는 모습이었으니까. 일 년에 한 번 정도 그는 자기 뱃살을 잡고 이렇게 말하곤 했다. 복부 지방 제거술이 공짜라면 받을 텐데. 백내장 수술 이후 그는 나를 화장실로 데려가 자기 옆에 세워놓고 같이 거울을 보았다. 이 눈 밑의 불룩한 거 말이야. 왜 한 번도 말 안 해줬어? 육 주 후 그는 눈 밑 지방 제거술을 받았다. 저녁을 먹으러 나가서 동년배 남자들 무리를 함께 쳐다볼 때면, 심지어 우리가 날 세워 싸우는 중이라 하더라도, 그는 씩 웃으며 내 손을 톡톡 치고 이렇게 말했다. 이제 내가 좀 괜찮아 보이지 않아? 그러면 나는 늘 웃음을 터뜨렸다. 그랬던 그에게 갑자기 왜 내가 이런 말을 하고 있는지 알 수가 없었다. 머리 감아야지, 여보. 씻어야지, 여보.

이젠 안다. 그리고 이제는 알기에, 나는 그것이 중년 남성의 게으름이라고, 은퇴 이후 우울감 때문이라고, 혹은 잔소리에 대응하는 남자들의 흔한 반응이라고 굳게 믿고 싶다.

하지만 아니다. 최근 찾아본 자료에 의하면 그것은 '경도 인지장애'로, 이는 내가 보기에(우리에게 진짜 정보를 알려줄 MRI 촬영 이후 진료 예약은 다음주로 잡혀 있다) 치매 초기 단계를 뜻하는 아주 모호하고 완곡한 표현이다. 물론 여러 웹사이트들이 하나같이 경도 인지장애라고 해서 무조건 치매로 발전하는 건 아니라고 재빨리 덧붙이고 있지만. 일부 환자의 경우 단순한 기억 흐림 현상으로 나타나는데, 다만 이 안개가 영원히 걷히지 않는다고, 간혹 보다 희망적인 사례에선 더 나빠지진 않는다고 나와 있다.

나는 적당한 비율로 확대되는 거울 앞에 선다(LA에서 만난 한 메이크업 아티스트가 해준 이야기에 따르면, 세 배 이상 확대되는 거울을 집에 두면 집밖에 절대 못 나갈 거란다). 보습 크림을 바르고 마스카라를 칠한 상태. 내가 얼굴에 화장을 조금 하면 MRI 센터 직원들이 날 좋아할 거라고 기대하진 않는다. 장담하건대 그들은 신경도 쓰지 않을 것이다. 하지만 나는 바텐더로 일한 적이 있어서 골치 아픈 손님은(시끄럽거나, 침실 슬리퍼를 질질 끌고 나왔거나, 스웨터에 음식 흘린 자국이 있거나, 지린내가 나는 손님은) 아무도 좋아하지 않는다는 사실을 안다. 청결하고 예의바를 것, 그 이상의 노력이 필요하진 않다. 브라이언은 우리가 훌륭한 고객 서비스를 제공받는 데 필요한 최고의 무기였다. 체격 좋고 잘생긴 남자가 크게 웃으며 "도움 주셔서, 애써주셔서, 조언 주셔서 감사합니다" 하는 말을 달고 다니는 것이다. 언젠가 스타벅스에서 우리 연배의 수습 바리스타가 애를 먹고 있는 모습을 본 적이 있다. 그 남자가 우리에게 커피를 건네주자, 브라이언은 팁을 넣는 통에 5달러를 넣고 조용히 말했다. "잘하고 계신 겁니다. 저 애송이들한테 호락호락 당하지 마세요." 남자는 그에게 키스라도 할 듯 기뻐했다.

브라이언은 아래층에서 차를 마시고 있고 나는 여전히 위층이다. 거울 속 내 모습을 빤히 바라본다. 그을린 피부 아래, 나는 잿빛이다. 내 불행한 조상 가운데 하나라고 해도 될 것 같다. 라이플총에 맞거나, 가축 운반차에 갇히거나, 마을이 불에 타서 죽은. 코네티컷은 지금 여름이라 나는 흰 셔츠와 남색 바지를 입는다. 그리고 머리를 적당한 방식으로 묶는다(내 딸들과 내가 "고상한" 포니테일이라고 말하는 방식으로, 딸들이 어릴 때—포니테일 만들 때 쓰는 도구를 사용해—내가 묶어준 머리 모양인데, 이제는 큰딸이 자기 딸들의 머리를 그렇게 묶어준다. 이 최고로 멋진 포니테일 스타일이 세대를 거쳐 전해지고 있음에 뿌듯함을 느끼기보다는 눈물이 핑 돈다. "고상한" 포니테일이라니, 곧 죽을 것 같은 여자가?). 살짝 핑크빛이 감도는 립글로스를 발라보지만 내 모습은 여전히 뭉크의 그림에 나오는 여자 같다. 이제야 왜 간혹 나이든 여자들이 광대 같은 얼굴로 다니는지 알 것 같다. 거울을 보고 늘 하던 대로 눈, 볼, 입술 화장을 했는데도 거울 속에선 곧 죽을 것 같은 여자가 계속 날 보고 있는 것이다. 이게 무슨 일이야. 눈썹을 더 칠해보고, 볼도 더 빨갛게 하고, 립스틱을 차분한 색에서 밝은색으로 바꾼 다음 세상으로 나가는 것이다. 그러면 적어도 잿빛으로 보이진 않을 테니까. 나는 여전히 잿빛이다.

흰 셔츠와 팬티 차림으로 서성인다. 남색 바지가 적절한지 잘 모르겠다. 어쩌면 공항에서 좌석 업그레이드를 받는 것과 비슷할지도 모른다. 혹시 MRI 센터에도 VIP 대기실이 있을까. 당연히 그런 건 없다. 아니나 다를까, 나중에 우리는 지치고 아프고 화가 난 듯한 세 사람과 함께 대기했다. 브라이언은 왜 이렇게 시간이 오래 걸리나 궁금해 위층으로 다시 올라온다. 그는 나보고 예쁘다고 말한 뒤 엉덩이를 토닥이고, 그 바람에 난 무너져내린다. 나는 아래층에서 뭔가 할 게 있는 것처럼 내려와 층계참에서 잠깐 눈물을 쏟는다.

우리 둘 다 초조해하지만, 집을 나서는 과정은 평소보다 더 평범하게 느껴진다. 브라이언은 손에 휴대폰, 지갑, 단백질 바, 차 키, 선글라스를 들고 집을 나서고, 나는 그에게 숄더백

안에 물건을 다 집어넣으라고 말한다. 뭐 하나 잃어버리거나 두고 가지 않게, 결국 내가 그 물건들을 다 들고 다녀야 하는 일이 없도록. 가방을 챙겨오는 그의 모습을 보니 안심이 되기도 하고 슬프기도 하다. 오늘따라 왜 평소처럼 태평하고 정신없는 방식을 고수하지 않는 걸까? 늘 내 말이 맞는다. 하지만 내 말은 지난 십사 년간 줄곧 맞았는데도 한 번도 변화를 이뤄내지 못했다.

MRI 센터의 직원들은 예의바르지만 따분해 보인다. 나는 뇌 MRI 촬영시 도움이 될 몇 가지 팁을 미리 알아봤고, 빌 에번스 CD 두 장과 휴대폰에 연결할 헤드폰을 같이 챙겨왔다. 혹시 CD를 못 틀게 할 수도 있으니까. 헤드폰은 안 된다고, 따분한 표정을 짓고 있는 여자가 말한다. 그러고는 약간의 생기를 더해 덧붙인다. 헤드폰이 망가질 수 있어서요. 나는 예일에선 MRI를 찍을 때 음악을 듣게 해주는지 묻고, 그렇다는 대답에 겨우 출구 두 개 떨어진 가까운 동네의 주차가 쉬운 MRI 센터를 택한 나 자신의 이기심을 저주한다. 뉴헤이븐 시내로 갔더라면 여러모로 골치 아팠겠지만, 브라이언이 음악을 들을 수 있었을 것이다. 그는 수술복을 입은 여자 직원들에게 아티반을 복용해도 괜찮은지 묻는다.

"진정제는 드리지 않고 있어요." 그중 한 명이 답한다.

"그건 아는데요." 내가 말한다—아니, 으르렁거린다. "아티반을 챙겨왔거든요. 집에서요."

더 나이 많아 보이는 다른 직원이 고지식하게 말한다. "처방된 건 드실 수 있어요. 저희가 어떤 지침을 내릴 수는 없게 돼 있고요."

"알겠습니다." 내가 말한다. 마음속으로는 바로 항의 글을 쓰고 있다. 별것 아닌 이유로 뇌 MRI를 찍는 사람은 없다. 그런데 어째서 위로나 우려의 말 한마디, 표정 하나 없는 것일까.

어떤 웹사이트에서 눈 위에 수건을 올려놓으면 환자가 진정하는 데 도움이 된다고 해서 나도 하나 챙겨왔고, 이로써 음악의 부재나 나 자신의 이기심 때문에 부글거리던 마음이 좀 편해진다. 브라이언은 아티반을 복용하고 눈에 수건을 얹은 채 눕는다. 나는 플라스틱 의자를 당겨와 앉고, 가슴 철렁하게 시끄럽고 이따금 둥둥 울리기까지 할 소음에 대비해 우리 둘 다 귀마개를 낀다. 나는 그의 다리를 붙잡는다. 중간중간 소음을 뚫고 "조금만 버티면 돼, 여보!" "잘하고 있어" 따위의 말을 쏟아낸다. 촬영이 진행되는 내내 나는 그의 다리를 놓지 않는다. 한 번씩 발을 만지기도 한다. 그러면 그는 발가락을 꼼지락거리는 것으로 화답한다. 이게 나의 브라이언이다. 가만히 MRI를 견디며, 발가락을 꼼지락거리고, 가끔은 소음에 박자를 맞추기도 하면서, 내게 잘 버티고 있다고 알려주는 사람.

바로 이 사람을 내가 잃게 되는 것이다.

　하루하루가 오르락내리락의 연속이다. (롤러코스터 같다고 표현하면 너무 짜릿하게 들린다. 짜릿함은 없다. 오르락과 내리락 둘 다 아프고, 소리를 지르는 건 좋은 생각이 아니며, 아무것도 빠르게 움직이지 않는다.)

　MRI 결과를 기다리는 동안, 우리는 엘런 부부와 저녁식사를 함께하기로 했다. 나는 언니와 매우 가까운 사이이고, 우리 넷은 만나면 늘 즐겁다. 언니 부부의 컨트리클럽에서 식사하기로 했는데, 나는 그곳이 편하진 않지만 어쨌든 음식이 맛있고 두 사람과 시간을 보낼 수 있어 기쁘다. 브라이언은 컨트리클럽 경험이 많았는데, 그의 부모님이 잠시 잘나가던 시절 필라델피아 메인 라인의 부촌에 살았던데다 브라이언 본인이 컨트리클럽 한 군데를 디자인하기도 했다. 그래서 컨트리클럽이라면 언제나 편안해하고 심지어 열광하기도 한다. 모든 게 다 문제없이 정상적으로 흘러간다. 브라이언은 애피타이저 두 가지와 앙트레 하나, 디저트 하나를 주문하고, 적당함을 지키는 건강한 습관의 소유자인 형부는 못마땅해하면서도 애정어린 존경심으로 고개를 내젓는다. 그러다 언니 부부의 친구 한 명이 우리 테이블에 와 브라이언과 처음 인사를 나눈다(나와는 이미 아는 사이다). 식사가 끝날 때쯤 그 친구가 대화를 더 나누려고 아내와 함께 우리 테이블로 다시 오는데, 나는 차라리 못 봤으면 하는 광경을 보고 만다. 브라이언이 그를 처음 본 것처럼 자기를 소개한 것이다. 이것이 그날 저녁 그가 무언가를 잊은 유일한 순간이다.

집에 오는 길, 브라이언과 나는 최근 형부가 받은 고관절 수술에 관해 아주 전형적인(우리가 늘 하던 방식의) 대화를 나눈다. 두 번의 수술을 거치며 브라이언은 이제 행복한 전문가가 되었다. 우리는 둘 다 형부가 브라이언처럼 물리치료를 받아야 한다고 생각한다. 형부는 그럴 생각이 별로 없는 듯했고, 언니도 마찬가지였다. 브라이언과 나는 아주 기분좋은 자축의 대화를 나눈다. 브라이언이 권유받은 최소 기간보다 한 달 더 물리치료를 받았고, 그것이 얼마나 그에게 도움이 되었는지 얘기한다. 이제 운전은 거의 내 몫이 되었기 때문에 오늘도 운전대를 잡은 건 나지만, 그의 판단력은 문제없어 보인다. 브라이언은 이제 언제 어디서든 제한속도보다 10~15킬로미터 느리게 운전하는 걸 선호한다(이게 오히려 판단력이 아주 뛰어나다는 증거일 수도 있지 않을까? 자신의 의사 결정 능력이 떨어졌다는 생각이 들면 운전 속도를 더 늦추고 사망 확률을 낮추는 게 현명한 판단일 것이다). 내가 운전대를 잡으면, 우리가 매주 지나가는 교차로에서 어느 쪽으로 돌아야 하는지 그가 망설이는 모습을 보지 않을 수 있다. 이 드라이브는 우리가 함께했던 수많은 드라이브와 대체로 다를 바 없어서 따뜻한 분위기에 약간은 재미있기도 하다. 하지만 이제 나는 안다. 나보다 운전을 잘하는 내 남편이 운전대를 잡는 동안 나는 그 옆에서 아이처럼 웅크려 잠들던 시절은, 위대한 웨인의 말을 빌리자면, 이제 다른 나라에 남겨둔 채 멀리 와버렸다는 것을.

우리는 집에 도착해 위층으로 올라간다. 집을 "단속하는" 일은 언제나 브라이언의 몫이었다. 문을 잠그고, 텔레비전을 끄고, 부엌 전등도 끄고. 이제 그는 밖에 있다가 집에 돌아오면 바깥 불을 죄다 켜둔 채 들어온다. 이건 몇 달 전 새롭게 생긴 버릇이지만 나는 굳이 언성을 높이지 않는다. 그 이유는 (1) 이제 더는 언성을 높이지 않으려 엄청나게 애를 쓰고 있는데다 (2) 혹시 모르니까. 어쩌면 이 작은 마을에서는 바깥 불을 켜두는 게 현명한 선택일 수도 있으니까. 이스트헤이븐 거리의 아이들이 진입로에 세워둔 우리 차를 털어가는 걸 방지하는 효과가 있을지도 모른다—물론 차문을 안 잠갔을 경우에. (정말이지 내가 본 불량 청소년들 가운데 제일 착한 애들이다. 여기 아이들은 창문을 깨지도 않는다. 그저 잠기지 않은 차문을 열고 그 안에 있는 물건을 가져갈 뿐. 그런 다음 차문을 닫고 빠져나간다. 자기네들이 타고 온 차를 타고. 이 정도에 화를 내거나 두려움에 떨 이유는 없어 보인다. 게다가 나는 매일 밤 내 차를 잘 잠그니까. 하지만 브라이언은 그렇지 않고, 가끔은 차문을 안 잠글 뿐 아니라 살짝 열어두기까지 한다.)

침실에서 웅웅거리는 평범한 일상의 진동이 느껴진다. 완전히 안심할 순 없지만, 그래도 즐겁긴 하다. 우리는 양치질을 하고, 서로를 향해 미소 짓는다. 브라이언은 비타민 B12 보충제를 먹는다. 이것이 우리를 둘러싼 이 알 수 없는 상황의 해답이 되기를 바라지만, 아니라는 것도 안다. (비타민 B12 결핍 증상은 듣기만 해도 끔찍하다. 자살 충동 및 방황, 황달, 심각한 치매. 브라이언은 여기에 해당하지 않는다.) 우리는 근사한 외출복을 벗고, 차곡차곡 겹쳐둔 장식용 베개를 던져서 치운다. 내가 침대 안에 들어가자 브라이언이 시계 리모컨을 건넨다. 그리고 내게 보고 싶은 채널을 보라고 말한다. 내 안의 진동은 멈춘다. 나는 은색 리모컨을 그에게 돌려주며 그게 어떤 리모컨인지 말해준다. 그는 말없이 받아들고, 나는 일어나서 바닥에 놓인 TV 리모컨을 찾는다. 우리 둘 다 아무 말도 하지 않는다. 그가 정말로 아무 일 아니라고 생각해서 아무렇지도 않은 듯 행동하는 건지, 아니면 이것이 그가 매일 감당하려 애쓰는 정신 손상의 일부라고 생각해야 할지 나는 알 수 없다. 〈브루클린 나인-나인〉 한 편을 함께 보는 동안 나는 앤드리 브라우어가 좋다고 말하고, 브라이언은 "나도" 라고 말한다.

2019년 8월 15일 목요일
코네티컷 뉴헤이븐

드디어 두번째 신경외과 진료를 받는 날이다. 우리는 여유 있게 병원에 도착한다. 비서 겸 접수원이 유리 뒤에서 우리를 보고 눈인사한다. 똑같이 타탄무늬 셔츠를 입은 젊은 남자와 나이든 남자 한 쌍이 대기실 의자에 앉아 머리를 벽에 기댄 채 축 늘어져 있다. 대기실이 워낙 좁아서 다들 의자 가까이에 발을 바짝 붙여야 한다.

미국에는 알츠하이머병 환자가 대략 육백만 명 정도 있다. 경도 인지장애 환자는 여기에 포함되지 않는데, 이 단계에선 치매가 더 진행될 수도, 진행되지 않을 수도 있다(통계에 따르면 경도 인지장애를 겪는 이의 80퍼센트가 칠 년 안에 알츠하이머병으로 발전하며, 경도 인지장애 환자에게는 육 개월에 한 번씩 재검사를 권유한다. 하지만 어떤 웹사이트에서도 왜 그렇게 자주 재검사를 받아야 하는지 그 이유를 설명하지는 못한다. 경도 인지장애를 완치하거나, 진행을 늦추거나, 애초에 알츠하이머병 완치에 성공한, FDA의 승인을 받은 치료법이 존재하지 않기 때문이다). 외상성 뇌손상 환자 역시 이 육백만 명에는 포함되지 않는데, 많은 경우 이들 역시 일종의 치매로 나아간다. 또 실제로 다양한 형태의 치매를 앓고 있는 환자도 여기에 포함되어 있지 않은데, 이 경우 알츠하이머병과는 다른 양상으로 진행될 수 있으나 그 결과는 마찬가지로 비극적이다. 이 육백만 명의 3분의 2가 여자다. 알츠하이머병 환자를 돌보는 간병인의 3분의 2도 여자다. 환자도, 간병인도 여자가 더 많다.

육십대 여자가 알츠하이머병에 걸릴 확률은 유방암에 걸릴 확률보다 두 배 높다. 왜 여자가 남자보다 치매에 더 많이 걸리는지 그 이유를 분석한 다양한 이론이 있으나, 어디까지나 이론일 뿐이다. 여자가 더 오래 살기 때문에 노인성 치매에 걸리기 쉬운 팔십대까지 살아 있는 여자들이 더 많아서라는 이론도 있고, 육칠십대에 심장질환으로 사망하지 않고 팔십대가 된 남자의 경우, 대개 우울감에 시달리며 규칙적인 운동을 하지 않는 동년배 여자보다 건강하기 때문이라는 주장도 있다. 2005년 한 연구에서는 여성의 에스트로겐과 프로게스테론에 대한 반응을 사 년에 걸쳐 조사했다. 그리고 2014년, 또 다른 연구에서는 유타주의 시골 거주 여성을 대상으로 실험을 진행해 피실험자의 건강, 재산, 교육 수준과 무관하게 여성의 뇌가 어떻게 호르몬 치료에 반응하는지를 살펴봤다. 실험 결과 호르몬 치료가 많은 여성에게 여러모로 도움이 된 것으로 드러났다. 그리고 이 호르몬 치료가 알츠하이머병에 걸릴 확률을 낮출 가능성이 있다. '발병 가능성을 줄일 수 있다'는 표현은 알츠하이머 세계관에서 자주 쓰이는 문구인데, 주로 충분한 수면, 블루베리 섭취, 십자말풀이 풀기 등 누구에게나 좋은 여러 가지 습관을 언급할 때 사용된다. 그런데 아무도, 어떤 의학 웹사이트도 이런 좋은 습관이 알츠하이머병 발병을 실제로 예방한다고 말하는 경우는—눈에 불을 켜고 찾아봐도—없다.

나는 이런 이론들을 평가할 수 있을 만한 과학적 지식이 없다. 이에 비해 왜 여자들이 무보수 치매 간병인의 3분의 2를 차지하는지에 관해서는 이렇다 할 이론이 존재하지 않는다. 왜냐하면 이론이 필요 없기 때문이다. 과학자들은 이 문제에 관해 이론을 발표할 만큼 관심을 갖고 있지도 않고, 사실 그들을 탓할 수도 없다. 누가 그걸 모르겠는가? 치매 환자를 돌보는 건 당연히 자매, 딸, 아내의 몫이라는 걸. 가족과 간병인에게 유용한 정보를 주는 웹사이트에서조차 (은근히) 간병인이 여성이라고 상정하고 설명한다.

아래의 (어느 치매 관련 웹사이트에서 가져온) 정보는 기억력 감퇴를 겪는 사람이 의사의 상담을 받을 수 있게 독려하는 방법을 알려준다.

우려의 말을 전할 때 고려해야 할 몇 가지

- 조심스레 운을 떼세요. 기억력 문제가 반드시 치매와 연결되지는 않는다는 점을 짚어주는 것도 도움이 됩니다.
- 대화하는 내내 배려와 지지를 보여주세요. 상대가 털어놓는 이유나 두려움에 귀기울여주세요.
- 상대를 걱정하고 있다는 걸 알려주세요. 상대가 겪는 문제, 예를 들면 약속을 잊어버리는 것, 물건을 제자리에 두지 않는 것, 이름을 잊는 것 등 예시를 들어주세요.
- 큰 문제를 작은 문제로 나눠서 설명하세요. 한 번에 하나씩, 예를 들어 "요즘 당신 친구들 이름을 자주 잊는 것 같던데, 일차 진료의에게 상담받아보면 어떨까?" 하고 구체적으로 이야기하세요.
- 일어난 일을 일지에 기록으로 남기세요. 이는 상대에게 당신의 우려에 근거가 있음을 보여줄 '증거'가 될 수 있습니

다. 또한 의사와 상담시, 어떤 문제가 있었는지 기록한 일
지를 보여주면 도움이 될 수 있습니다.

• 대화시 친구나 가족의 지지를 구하는 데 중점을 두세요.
"의사한테 상담을 받으면 도움이 될 거고, 내가 한숨 돌릴
수 있을지도 몰라⋯⋯" 이렇게 말해보세요.

나는 이 내용에 반대하지 않는다. 이를테면 다음과 같은 내
용에 동의하지 않는다는 건 아니다.

• 상대를 걱정하고 있다는 걸 알려주세요. 상대가 겪는 문
제, 예를 들면 약속을 잊어버리는 것, 물건을 제자리에 두
지 않는 것, 이름을 잊는 것 등 예시를 들어주세요.

• 큰 문제를 작은 문제로 나눠서 설명하세요. 한 번에 하나
씩, 예를 들어 "요즘 당신 친구들 이름을 자주 잊는 것 같
던데, 일차 진료의에게 상담받아보면 어떨까?" 하고 구체
적으로 이야기하세요.

내 머릿속에는 한 아내가 단순히 건망증이 심한 정도를 넘
어선 남편을 한 각도에서(조심스럽게 우려를 표현하는 방식:
"여보. 오늘밤 독서모임 있는 줄 알았는데. 왜 안 갔어?") 다
른 각도로(죄책감을 자극하는 방식: "타이어가 펑크났는데

당신이 휴대폰 안 챙겨서 연락도 못했잖아"), 또다른 각도로 (책임 추궁 방식: "쓰레기 내다버리라고 여섯 번이나 얘기했는데 또 안 했지") 접근하는 모습이 눈에 선하다. 문제가 바뀔 때마다 접근법도 바뀌어야 하는데, 사람들은 언제나 한발 뒤처지고 만다. 못 들었다, 안 들었다, 들었는데 기억을 못한다의 유의미한 차이를 어떻게 판단할 것인가? 한 아내의 모습이 눈에 선하다, 라고 쓴 이유는 내가 바로 그 아내이기 때문이다. 나는 삼 년 동안 남편의 변한 모습을 이해하려 애썼고, 예전의 그가 이따금 내게 돌아오면 이 아름답고도 평화로운 잠깐의 시간을 보낼 때마다 우리 둘 다 왜 그를 계속 붙잡아둘 수 없는지 알아내려 애썼다.

• 대화하는 내내 배려와 지지를 보여주세요. 상대가 털어놓는 이유나 두려움에 귀기울여주세요.

나는 대체 어떤 남편이나 아내가 합리와 비합리가 뒤섞인 입씨름과 두려움을 책임감 있는 자세로 진지하게 들어줄 수 있는지, 여기서 말하는 대로 언제나 상냥함과 배려, 지지를 잃지 않을 수 있는지 궁금하다. 브라이언이 진단받기 전 이 년 동안 우리의 싸움 양상은 변해갔다. 달라진 것 가운데 하나는 그가 단순히 내 고집스러움(맞다), 권위적인 태도(싫지만 맞다), 적확한 단어 사용에 젬병이라는 점(거짓말은 아니다)과 물건을 어지르는 것에 (갑자기) 트집을 잡았을 뿐 아니라, 우리가 함께한 이후 처음으로 내 말투를 문제삼았다는 것이다. 그런 말투로 나한테 말하지 마. 그가 말했다. 난 애가 아니야. 당신 환자도 아니고.

아마 나는 분명 달래는 듯하면서도 중립적인, 텔레비전 방송에서 흔히 볼 수 있는 '상담사' 같은 말투로 말했을 것이다. 나는 그의 감정 기복, 예상치 못한 반응, 소통 오류에 점점 더 예민해지고 걱정이 많아졌다. 어느 순간부터 "당신이 무슨 말 하는지 모르겠어"라는 말을 자주 하게 됐다. 한때는 전략이었지만("이게 대체 무슨 헛소리야?"라고 말하는 것보다는 확실히 나으니까) 이제는 정말 말 그대로 무슨 말인지 알 수 없어졌다. 그는 처음에는 어떤 문제나 상황을 설명하다가 결국엔 거창한 결론을 내린다든가, 어긋난 비유를 쓰기도 했다. 내가 잘 이해되지 않는다고 말하면 그는 방금 한 말을 똑같이 반복했다. 내가 그 비유를 해석하려고 하면("그러니까 당신 말은……") 그는 실망스럽고 당혹스러운 기색을 보이며 말했다. "우린 지금 서로 다른 얘기를 하고 있어." 정말 맞는 말이었고, 끔찍한 일이었다. 내가 다시 물으면 가끔 그는 내가 그를 괴롭힌다고 말했고, 그러면 나는 그 자리에서 울음을 터뜨렸다. 나는 그가 단순히 즐기는 수준을 넘어 끈기 있게 계속

해온 것들에 갑자기 고집스럽게 거부 반응을 보이는 것을 이해해보려고 애썼다. 월요일마다 그는 헬스장이나 독서모임, 스테인드글라스 수업이 지겹다고 말했는데, 진단받고 난 후엔 나는 그 말에 그저 수긍하기만 했고 어쨌든 그는 계속 헬스장에 다녔다(트레이너와 함께 운동하며 체력 관리를 했는데, 알츠하이머병 관련 웹사이트마다 빼놓지 않고 강조하는 게 수면, 운동, 블루베리이기 때문이다). 그는 매주 스테인드글라스 작업실에 갔고(그의 마지막 기쁨이었고, 여름 이후 그도 그게 마지막임을 알았다), 독서모임에 관해선, 나도 할말이 없었다. 어쩌면 내 말투에 대한 그의 지적이 맞았을지도 모르지만, 그것보다 더 나은 말투를 나는 찾지 못했다.

- 일어난 일을 일지에 기록으로 남기세요. 이는 상대에게 당신의 우려에 근거가 있음을 보여줄 '증거'가 될 수 있습니다. 또한 의사와 상담시, 어떤 문제가 있었는지 기록한 일지를 보여주면 도움이 될 수 있습니다.

어느 날 오후 '일어난 일을 기록한 일지'를 꺼냈다가 곤욕을 치르지 않을 배우자나 자식이 과연 있을지 나는 의심스럽다. (내가 환자였다면, 이렇게 말했을 게 뻔하다. "이걸 다 적고 앉아 있었어? 그냥 나한테 말하지 그랬어!") 더 나아가 이 웹사이트는 환자가 들은 척도 안 할 경우, 그 배우자가 의사에게 직접 전화해 의료 정보 보호법을 어기지 않는 범위에서 걱정을 털어놓을 수 있는 방법을 알려준다(의사는 통화시 환자의 의료 정보를 배우자와 공유하지 않을 텐데, 굳이 그 정보가 필요한 것은 아니다). 그리고 아예 거짓이라고는 하기 힘든 이유를 들어―피로, 청력 저하, 당뇨 전 단계, 갑작스러운 관절염 재발 등―의사와 약속을 잡고 환자의 동의를 받으면, 그 배우자는 일지를 챙기면서 부디 이 의사가 이쪽 지식이 있기를 바라면 된다. 만약 그렇다면 대개 의사는 환자와 환자의 배우자를 신경외과로 보내 몇 가지 검사를, 시계 그리기나 간이 정신상태 검사 같은 걸 받게 할 것이다.

시계 그리기 검사와 간이 정신상태 검사

경도 인지장애를 가진 사람이 이런 검사에서 삐끗할 여지는 다분하다. 스펙트럼의 안 좋은 극단으로 가면 시계를 아예 그리지 못하거나 시계 같지 않은 시계를 그릴 수도 있다. 원이나 사각형 안에 숫자가 빙 돌며 이어지는 형태를 만들지 못한다는 의미다. 치매 환자에게 가장 흔히 보이는 결과는 시간이 잘못됐거나, 시곗바늘이 없거나, 숫자가 빠졌거나, 같은 숫자가 하나 이상 반복되거나, 시계 그리기를 거부하는 경우다. 시계 그리기 검사에는 최소 열다섯 종 이상의 채점 방식이 있다. 지적인 비전문가라면 어떤 종류든 대부분 직접 검사도 채점도 할 수 있고, 많은 연구에서도 가장 단순한 채점 방식이 가장 복잡한 것 못지않게 유용한 정보를 준다고 밝히고 있다. 시계 그리기 검사에서 합격하지 못했다면, 어떤 종류든 인지장애가 있을 가능성이 크다. 시계 그리기를 잘해냈다면, 무슨 문제가 있든 아마 치매는 아닐 것이다.

두번째 받은 진료에서 신경외과의사가 본격적인 설명에 돌입한다. (의사 말로는 아주 뛰어난 동료 한 사람이 브라이언의 MRI 결과를 분석했다는데, 그래도 몇 가지 질문이 남아 있다고 했다.) 브라이언은 지능지수IQ와 감성지수EQ가 둘 다 높았다―의사는 그가 정서 인식력이 뛰어나다며, 신경노화연구소 사람들이 브라이언의 사례를 기꺼이 연구에 활용하려할 거라고 설명한다. 높은 IQ와 조발성 알츠하이머병은 아무래도 미국에서 큰 키와 금발만큼이나 매력 있는 조합인 듯하다. 그다음에 이어지는 건 구구절절한 여담으로, 신경노화연구소 사람들은 원래 예일대 출신인데 어쩌다가 이러저러한 이유로 예일에서 독립해 나갔으며, 어쨌든 이들이 알츠하이머병 치료법을 발견하기만 하면―나는 눈을 치켜뜨고 싶지만, 이미 엉망이 된 얼굴로 울고 있다―브라이언은 임상 연구 참가자가 되어 치료 대기 줄의 맨 앞에 설 거라는 얘기다. 브라이언과 나는 둘 다 기본적인 내용을 알아듣는다. 브라이언은 아마도(라고는 하지만 '분명히'의 느낌으로 들리는) 치매질환을 가지고 있다. 아마도 알츠하이머병일 것이다. 아마도, 높은 확률로. 나는 혹시 혈관 문제는 아닌지, 우리 둘 다

눈치채지 못한 사이 어떤 심각한 뇌졸중이 발생해서 아직 회복중인 것은 아닌지 묻는다. 의사는 말한다. 아뇨, 그런데 소뇌에 약한 뇌졸중이 몇 번 오기는 했네요. 나는 집에 도착하자마자 '소뇌'가 무슨 역할을 하는지 찾아보기로 결심한다. 찾아보니 소뇌는 운동 기능, 균형, 그리고…… 운전을 담당한다.

내가 말한다. 그러니까 이 신경노화연구소에 다른 의견을 구한다는 거죠, 알츠하이머병이 아닐 수도 있으니까요? 진실을 말하려니 미안한 듯한 의사의 기색이 느껴진다. 사실 그렇진 않습니다. 이건 분석을 위한 거예요. 더 많은 정보를 드리기 위해서요. 다른 정보나 모순되는 정보가 아니라는 것이 명백하고, 나는 브라이언이 알츠하이머병에 걸렸다는 사실을 얼버무리거나 피하지 않으려면 실로 강한 정신력이 필요하다는 점을—아주 잠깐—깨닫는다.

의사는 브라이언에게 실금 증상이 있는지 묻고 걸어보라고 지시한다. 그의 균형 감각을 살펴보려는 거라고 나는 확신하지만 굳이 이유를 묻진 않는다. (실제로 석 달 뒤 균형 감각에 문제가 생기지만, 아직은 아니다.) 의사는 그에게 앞으로 비타민 B12를 계속 먹으라고 말하긴 하지만, 그게 근본적인 해

견책은 아닐 것이다. 하지만, 그래도, 어쩌면, 비타민 B12 보충제가 도움이 될지도 모른다. (유대인 유머집에 나올 법한 말투로 우리 아빠가 소리치는 게 들린다. "나쁠 건 없지.")

전두엽 쪽에 이상이 있는 건지 내가 묻자(전두엽 치매는 알츠하이머병보다 훨씬 빨리 진행된다는 얘기를 어디선가 읽었다) 의사는 아니라고 답한다.

의사는 우리에게 MRI를 보여주며, 브라이언의 둥그런 회색 뇌에 찍힌 흰색 반점 위에 손가락을 갖다댄다. 내 머릿속에는 다이앤 애커먼*의 문장이 들리는 듯하다. ……뇌, 존재의 반짝이는 둔덕, 세포들의 쥐색 의회…… 운동가방 안에 터질 듯 구겨넣은 옷처럼 두개골 안을 가득 채운 자아의 주름진 옷장.

브라이언의 뇌는 서서히 주름이 펴지는, 말하자면 운동가방이 비워지는 과정에 들어간 것이다. 나는 뇌가 더는 자리하지 않는 흰 공간을 보고, 브라이언 역시 그 공간을 본다.

의사는 MRI 사진상의 편도체 쪽으로 조심스레 손가락을 움직이며 말한다. 아마 여기쯤일 거예요.

그의 뇌는 정상적인 육십육 세의 뇌보다―특히 편도체가―작고 뇌실은 더 크다. 편도체, 다시 말해 측두엽 깊숙한 곳, 뇌간 위쪽에 있는 3센티미터가량의 아몬드 모양 부위가

---

* 미국의 시인이자 박물학자로, 『뇌의 문화지도』 등 과학과 예술을 넘나드는 글을 쓴다.

내 시선을 끌고 나를 고등학교 생물 수업시간으로 데려간다. 나는 말한다. 편도체가 감정이랑 기억, 학습을 담당하는 거죠? 의사는 고개를 한 번 끄덕인다. 나는 메이요 클리닉*을 언급하며(여기서 의사는 긍정의 의미로 고개를 여러 번 끄덕인다) 각종 웹사이트에서 본 바로는 알츠하이머병이 삼 년에서 사 년, 이십 년까지도 진행되는 것으로 알고 있다고 말한다. 의사는 여기에 동의하지 않는다. "팔 년에서 십 년, 어쩌면—어쩌면—십이 년까지요. 하지만 기억하셔야 할 점은, 남편분에게 이 증상이 나타난 게 적어도 이 년 전, 제 생각엔 삼 년 전으로 보인다는 겁니다." 현재 각종 알츠하이머병 관련 웹사이트에서는 모두 초기 증상 발현 전까지 십 년, 가끔은 이십 년까지도 걸린다고 설명한다. 의사는 팔 년에서 십 년, 십이 년까지가 브라이언에게는 삶의 끝, 그러니까 육신의 끝을 의미할 수도 있다는 점을 분명히 한다.

지금까지 내가 찾아본 알츠하이머병 환자 영상 일기에 따르면(이런 비극을 찍어서 유튜브에 올리는 사람이 있다고? 진심으로? 감사함을 느끼면서도 한편으로는 몸서리가 쳐진다) 자아의 죽음이 육신의 죽음보다 훨씬 선행한다는 점은 분명해 보인다. 내가 기록한 공책만 봐도 아마도 알츠하이머, 라고 쓴 부

---

* 미국 미네소타주에 위치한 권위 있는 비영리 학술의료센터로, 알츠하이머병 연구소가 있다.

분이 서로 다른 네 쪽에 걸쳐 있는데, 이미 이때부터 의심의 여지가 없었다는 게 놀랍다.

의사는 현실적인 얘기로 넘어가면서 우리에게 상담이 거의 막바지에 다다랐음을 은근히 알린다. (아마 더는 못 견디는 걸지도 모르겠다. 나도 이해한다. 브라이언은 미동도 하지 않지만, 그가 일상에서 세상에 미치던 영향은 바뀌지 않았다. 사근사근하고 편안한 기운. 우리가 받을 수 있는 도움이 고작 이게 다라는 사실에 나는 울분을 느낀다.) 의사는 내비게이션이 있다 해도 브라이언은 운전을 하지 않는 게 좋을 거라고 말한다. 그가 길을 잃을 수도 있어서가 아니라(우리는 방향치라서 내비게이션을 켜도 목적지에 겨우 도착하는 일이 다반사다. 좋았던 옛 시절, 한번은 호텔 주차장에서 출구를 못 찾아 한 시간이나 헤맨 적도 있었다) 사실…… 이때 브라이언이 끼어든다. 제가 사고를 낼 수 있으니까요. 그러자 의사가 말한다. 사람이 죽을 수도 있으니까요. 우리 둘 다 숙연해진다. 나는 주말에 브라이언의 휴대폰에 리프트* 앱을 깔아야겠다고 생각한다. (실제로 깔긴 하지만 브라이언은 그 앱을 어떻게 쓰는지 감을 못 잡는다.)

의사는 내게 브라이언의 지갑을 살펴보고 신용카드 한 장

---

* 미국의 공유 택시 서비스 어플.

외에는 내용물 대부분을 빼라고. 그런 다음 내 정보가 적힌 명함 하나를 넣어두라고 말한다. 의사의 묘사대로라면 마치 브라이언이 더는 독립적인 삶을 영위하지 못하는 사람처럼 들리는데, 나는 말도 안 된다고 생각한다. 이날 아침만 해도 내 남편이 오트밀 위에 메이플시럽과 아몬드 한줌을 뿌린 뒤 홍차 한 잔과 함께 식사를 준비하고, 〈뉴욕 타임스〉를 앞에 펼쳐놓는 걸 분명히 봤다. 곧 일하러 나갈 사람처럼.

의사는 브라이언에게 낯선 사람한테 자신의 정보를 말하고 다니는 유형의 사람이냐고 묻는다. 브라이언은 웃음을 터뜨리며 아니라고 말한다. 자기는 전형적인 이탈리아계이고, 타고난 편집증과 타인공포증이 그 방면으로는 도움이 될 거라고. 그는 분명히 이런 단어를 썼고―편집증과 타인공포증―나는 마음속으로 소리친다. 방금 들으셨죠?! 들으셨죠, 선생님?

문장 하나하나를 들을 때마다 이런 욕구를 참느라 애쓴다. 한편으로는 브라이언의 세계가 얼마나 작아질지 점점 실감이 난다. 그의 큰 기쁨 중 하나가 식료품에 과욕을 부리는 것이다. 작은 시장 곳곳을 구경하고, 치즈 가게 여러 곳을 돌고, 여자 사장님이 타이바비큐소스를 직접 만드는 이스트헤이븐의 가게에 들러 주문한 플랜틴 한 봉지가 튀겨지기를 기다리는 것. 우리 옛날 집에는 소스용 냉장고가 따로 있을 정도였다. 지금까지도 큰딸은 이렇게 말한다. 두 사람 살림인데 어떻게 냉장고가 한 번도 비어 있질 않아요? 나는 말한다. 그거 다 브라이언 거야. 부라타 치즈, 소프레사타 살라미, 마이어 레몬, 백도, 벤턴스 햄.

마지막으로 의사는 우리에게 서두를 필요는 없지만 꼭 신경노화센터에 전화하고 다시 상담을 받으러 오라고 당부한다. 병원에서 집으로 돌아오는 길에 내가 브라이언에게 (끝내주는 이탈리아 식료품점인) 리우치에 가자고 제안하지만, 그는 거절한다. 나는 실망스럽고 어리둥절하다. 마치 일요일 밤에 입으로 해주겠다고 했는데 그냥 스코틀랜드 추리물이나 보겠다는 대답을 들은 것처럼.

집에 도착한 우리는 한 시간 동안 서로 끌어안고 운다. 앞으로 스물네 시간 동안은 말을 많이 하지 않기로 한다. 우리는 가장 좋아하는 식당에 초밥을 먹으러 가고, 가장 좋아하는 웨이터의 서비스를 받는다. 일본식 억양이 강한 일본 남자인데, 속사포처럼 내뱉는 말이 중서부 지역 웨이트리스를 연상케 한다. "어떻게 지내셨어요? 날씨 정말 덥죠? 자, 이쪽에 앉으시고요. 자리 편하세요? 여름 잘 보내고 계시죠?"

우리는 하리를 사랑해 마지않고, 아주 즐거운, 초현실적인 두 시간을 보낸다.

주말은 너무도 막막하게 느껴진다. 일은 하지 않기로 한다. 우리는 친구와의 주말 약속을 취소한다. 이제 우리 둘뿐이다. 나는 성인인 내 자식들에게도 '마음을 추스르는 중'이라고 말해두었고, '며칠간 우리 둘만 있고 싶다'는 내 의사를 아이들도 정확히 파악한다. (나중에 아이들은 저마다 언제 브라이언이 변했다고 느꼈는지 내게 하나씩 털어놓을 것이다—자주 무언가를 잊어버린다든지, 말이나 행동을 반복했던 때를. 그리고 그럴 때마다 사랑으로, 관대하게 못 본 척 넘어갔던 순간들도.) 우리는 편지지를 사러 나선다—잘 있어, 사랑해 유의 편지지로. 브라이언은 자신이 떠난 후 남을 내 아이들과 우리 손주들에게 작은 편지를 쓰고 싶어한다. 그는 이미 자신의 삶을 끝내기로 마음먹었다. ("두 발로 설 수 있을 때 떠나고 싶어. 무릎 꿇고 살고 싶지는 않아." 그는 그렇게 말하고, 똑같은 말을 또다시 반복할 것이다. 이미 내게 방법을 찾아봐달라고 말했다.) 그는 자기 어머니와 네 형제자매에게도 카드를 쓰겠지만, 그걸 쓸 무렵이 되면 내가 재촉해야 할 것이다.

나는 고급스러운 상자 안에 담긴 잠자리가 그려진 카드를 가리킨다. 그는 다른 상자에 담긴, 호수를 굽어보는 집의 포치와 야외용 안락의자에 귀엽게 앉은 네 마리 강아지가 그려진 카드를 가리킨다. 우리는 개를 키우지 않는다는 사실을 내가 지적한다. (우리는 개를 원치 않는다. 개를 키워보라는 사람들의 권유도 이미 많이 듣고 있다. 심지어 내가 사랑해 마지않는 웨인조차 우리한테 개를 키워보지 않겠느냐고 제안하는 판국이다. 기억하건대 나는 빌어먹을 개 따윈 필요 없다고, 나한텐 알츠하이머병에 걸린 남편과 자식 셋과 손녀 넷이 있고 내가 돌봐야 할 포유동물은 그걸로 족하다고 포효했다. 웨인은 고개를 끄덕이며 말했다. "그럼 개는 됐고.")

홀마크 축하 카드 판매대에서 브라이언과 나는 서로를 끌어안고 몇 분 동안 엉엉 운다. 아무도 우리에게 눈길을 두 번 이상 주지 않는다. 나는 펜과 잉크로 그린 등대 카드가 담긴 상자를 가리킨다. 브라이언이 고개를 끄덕이며 그 옆의 상자를 내게 보여준다. 스누피가 빨간 개집 위에 앉아 반짝거리는 타자기를 맹렬하게 두드리는 그림이다. "이거면 애들이 웃어주겠지." 그가 말하고, 우리는 여기가 우리집 안방인 것처럼 또다시 울음을 터뜨린다. 이번에도 어김없이, 걱정이나 불쾌함이 담긴 시선 하나 우리에게 꽂히지 않는다. 나는 브라이언에게 당신은 대단한 사람이라고, 나의 영웅이라고 말한다. 그러는 동안, 불경한 문구의 냄비잡이가 내 눈에 들어온다. 나는 그에게 좆까, 라고 적힌 것을 보여주고, 그는 소리 내어 웃는다.

우리는 옆 가게에서 망고스무디를 사 먹는다. 가게를 보던 뚱한 여자애는 망고스무디를 한 번도 안 만들어본 게 틀림없다. 이 순간 우리는 이 작고 허름한 쇼핑센터를, 홀마크 카드 가게 옆에 과일 간식류를 파는 텅 빈 에더블 어레인지먼트 가게가 자리한 이곳을 우리가 제일 좋아하는 장소로 새로이 지정한다.

우리는 주말 내내 울고 얘기하고 밤에는 텔레비전 방송을 몰아 본다. 어떤 인습에 따른 도덕적 잣대가 있는 건 아니지만, 낮에는 이렇게 몰아 보기를 하지 않는다. 우리는 여러 가지 일을 한다. 대마초를 피우고, 아웃렛에서 손녀 넷을 위한 귀여운 원피스를 사고, 늦은 오후에는 영화를 보러 가고, 대개 서로의 품에 안겨 흐느끼고 나면 누군가에게 몽둥이로 얻어맞기라도 한 것처럼 깊은 낮잠에 빠진다. 자고 일어난 후에는 정원이나 뉴스, 혹은 끝나가는 여름에 관한 얘기를 나눈다―노동절에 끝나는 스토니크리크 시장 '피자의 밤' 행사 얘기를 나누지, 브라이언의 쇠락을 얘기하진 않는다. 우리는 손녀들 얘기를 나눈다. 사랑받는 손녀들이 그러듯 그를 이용하고 괴롭히길 좋아하며, 할아버지의 약한 마음에 마음껏 매달리고, 꼬마 미식축구 선수인 척 스윔 무브로 할아버지를 제치고 통과하는데(내가 알기로는 미식축구에서 디펜시브 라인맨이 쓰는 수비 전술인 패스러시 기술이다), 넷 가운데 막내

외의 아이들에게는 꽤 익숙한 놀이다. 브라이언은 죽음을 스스로 선택하길 원하며 내가 그 과정을 도와줬으면 한다는 소망을 말한다. 그는 사십팔 시간 이내에 그런 결정을 내렸고, 결심은 흔들리지 않았다. 우리는 울었고, 내가 동의했고, 그가 내게 말했다. 당신이 알아봐줘. 당신 그런 거 잘하잖아— 이 말은 바로 내가 엑시트 인터내셔널*과 헴록 소사이어티**와 각종 웹사이트를 뒤지면서 거기서 파는 칠면조용 오븐 비닐봉지와 헬륨 기계로 어떻게 고통 없는 DIY(거기선 이렇게 부른다) 질식사가 가능한지 알아보는 한편, 어떻게 하면 다크웹에서 펜토바르비탈나트륨을—15~20그램이 필요한데, 이건 정말 어마어마한 양이다—구할 수 있을지 알아보게 될 거란 얘기다. 또한 나는 의학 학위가 있는 내 친구들의 한계와 일산화탄소중독의 가능성을 발견한다. 이 방법은 개인 차고의 차 안에서 실행할 수 있는 계획이긴 하나 1975년부터는 성공이 불확실해졌다. 자동차 업계에서 일산화탄소 배출량을 조절하고 촉매 변환 장치를 설치하기 시작했기 때문이다. 게

---

* 자발적 안락사와 조력사를 지지하는 국제 비영리단체로, 홈페이지 소개에 따르면 "합리적인 성인에게 실용적인 DIY 생명 중단 정보와 교육을 제공"한다.

** 1980년부터 2003년까지 운영된 죽을 권리와 조력사를 지지하는 미국 단체로, 소크라테스가 마시고 죽었다는 독약의 성분 '헴록(hemlock, 독당근)'에서 이름을 따왔다.

다가 우리집에는 차고도 없다.

우리 사이에 놓인 가능성을 전부 펼쳐놓는 동안, 우리는 이따금 가까운 친구로부터 제안을 받거나 장애물에 부딪히기도 한다. 친한 친구 한 명이 선뜻 자기 차고를 쓰라고 제안해줘서 나는 친구를 얼싸안은 채 함께 운다. 하지만 다음날 친구는 내게 전화해 배우자가 너무 위험 부담이 크다고 했다며 제안을 무른다. 1979년부터 인연을 이어온 브라이언의 오랜 벗이자 낚시 친구는 이렇게 제안한다. "지금 당장 세상을 뜰 생각이 아니라 조금 더 있고 싶으면, 일이 년 후에 공터에서 내가 총을 쏴줄게." 브라이언이 그를 얼싸안는다. 같은 제안을 해온 브라이언의 형제 한 명에게 거절을 하며 그러다 감옥에 갈 수도 있다고 말하자 그는 어깨를 으쓱하며 말한다. "난 감옥에서도 잘 지낼 텐데, 뭘. 어차피 밖에 별로 나가지도 않아." 그가 이토록 사랑스러워 보였던 적이 또 있었을까.

나는 검색창에 익사할 때 느낌이라고 치고(그렇게만 검색해도 익사할 뻔한 경험을 쓴 수많은 글을 읽을 수 있다. 대략 반으로 나뉘는 듯한데, 고요하게 머릿속이 흐려지며 흰색 빛이 점점 밝게 보이는가 하면, 겁에 질린 채 끔찍한 질식의 고통을 겪기도 한다) 또 익사하는 방법에 관해서도 검색한다. 지인의 친구 얘기인데, 수술이 불가능한 칠십대 암환자가 주머니에 돌을 집어넣고 코네티컷강으로 걸어들어갔다고 한다.

친구 말로는 코네티컷강이 거의 그 집 뒷마당이었다고 한다. 이 가능성도 고려해봤다. 아마 작은 보트가 필요할지도 모르겠다. 우리집 마당에는 강이 없으니까. 정말 보트가 필요하려나? 어느 저녁, 나는 크레이그리스트에서 중고 보트를 뒤지기 시작했다. 그다음 며칠 밤 내내 뜬눈으로 브라이언과 내 모습을, 겨울 재킷으로 몸을 동여맨 채 밤늦게 보트를 끌고 이웃집 선착장에 가서 보트를 물에 띄우는 장면을 머릿속에 그렸다. 브라이언과 함께 보트를 타고 가야 할까, 아니면 강변에서 손 흔들어주며 그를 혼자 보내야 할까? 내가 같이 타지 않으면, 고통을 느끼지 못하게 퍼코셋*을 몇 알 꺼내 미리 복용해야 한다는 걸 그가 무슨 수로 기억해낼까? 과연 약을 먹고 나서도 스스로 몸을 기울여 강물로 빠질 수 있을 만큼 정신을 차릴 수 있을까? 이런 생각 때문에 나는 며칠 밤을 뜬눈으로 지새웠고 다음날 아침을 망쳤다. 그러다 이런 생각이 들었다. 본인은 다르게 생각할 수도 있지 않을까? 그리고 생각했다. 정말 이건 미친 짓이야. 또 생각했다. 그래도 어쩔 수 없지. 결국 나는 브라이언에게 어떤 사람들은 물에 몸을 던져 삶을 끝내기도 한다는 말을 꺼낸다. 브라이언은 나를 뚫어져라 보며 말한다. "진심이야? 춥잖아. 싫어."

---

* 마약성 진통제.

나는 그가 어떤 방법을 선택하든 그의 곁에 있고 싶다고 말한다. "당신만 괜찮으면." 나는 덧붙인다. 마치 이게 겨우 두번째 데이트고, 상대를 압박하고 집착하며 관계가 어떻게 진전될지 파악하려는 여자는 되지 않으려고 애쓰는 것처럼. (실은 데이트에 대해선 잘 모른다. 나는 열아홉 살 이후로 데이트다운 데이트를 거의 해보지 않았다. 나중에 위대한 웨인이 지적한 내용에 따르면, 내가 과부가 되면 그제야 싱글이 될 기회가 생기는 거란다. "성인이 되고 나서 최초의 기회지." 그는 이렇게 말하며 지난 사십칠 년간 내게 짧은 휴지기만 있었다는 점을 강조한다.)

"내 첫번째 선택지는 이거야." 브라이언이 말한다. "이렇게 살다가 내 상태가 정말로 심각하다고 생각될 때 당신이 나한테 말해주는 거지. 그럼 같이 누워서, 우리 침실이 아니라 아마도 내 사무실에서—뭐, 침실이 될 수도 있겠다. 그건 두고 보고—당신이 나한테 뭐가 됐든 날 죽게 할 뭔가를 주는 거야. 난 당신 판단력을 믿어."

"그렇게는 못해, 여보. 그건 살인이야. 내가 당신을 죽일 뭔가를 줄 순 없어. 그런 얘긴 매일 읽는 거잖아. 그러다가 기소될 수도 있다고." 나는 말한다. 물론 내 나이의 백인 여성이 남편의 생명 중단을 도왔다는 이유로 실제 감옥살이를 할 것 같진 않지만. 브라이언이 자주 하는 말로 '변함없는 자들의 땅'이라 불리는 코네티컷주 같은 곳에서는 더더욱.

"내가 감옥에 갈 수도 있다니까. 감옥이라고."

브라이언은 곰곰이 생각하더니 서서히 딴생각으로 넘어가다가 다시 열의를 띤 채 돌아온다.

"당신은 감옥에 가서도 아주 잘 지낼 거야. 당신은 지략가잖아. 진정한 리더지. 거기서도 아주 잘해낼 거야."

나는 브라이언에게 그렇게 하지 않을 거라고, 그리고 우리가 어떤 방법을 택하든, 그를 죽음으로 인도하는 행위는 그의 손으로 직접 이루어져야 한다고 말한다. 그는 잠이 든다. 구글의 깊은 웜홀로 들어가 생명 중단, 자살, 조력자살, 안락사, 불치병, 생애말 선택을 헤집고 다니던 나는 마침내 8월에 디그니타스를 찾는다. 디그니타스는 몇 가지 기준을 충족하면 외국인의 동행자살 신청도 받아주는 기관이다. 온전한 정신, 이를 뒷받침할 의학적 기록, 1만 달러의 비용, 취리히 외곽까지 올 수 있을 만큼 거동이 자유로울 것. 나는 이미 취리히까지 어떻게 갈지 상상하고 있지만, 디그니타스가 우리를 받아주지 않으면(이들은 신청과 임시라는 단어를 여러 번 강조한다) 어떻게 우리가(특히 의료 수련 과정도 거치지 않은데다 눈과 손의 협응력이 현저히 떨어지는 내가) 집에서 일을 치를 수 있을지는 상상이 잘 가지 않는다.

죽을 권리

미국에서 죽을 권리란 먹을 권리나 괜찮은 주택을 소유할 권리와 비슷한 정도의 무게를 가진다. 권리는 있지만, 그렇다고 해서 그걸 반드시 손안에 넣을 수 있는 건 아니다. 브라이언이 자신의 결정을 내게 알린 뒤, 나는 내 딸이 아는 여자의 아는 여자가 일하고 있다는 '뉴욕 생애말 권리'라는 단체에 연락했다. 이들의 사명은 "개인의 의사를 존중하고 최선의 삶의 질과 평화로운 죽음을 위해 노력하여 생애말 선택의 폭을 넓히는 것"이다. 이 단체 웹사이트에 따르면, 이들은 생애말 선택에 관해 사람들을 교육하는 데에도 힘쓰고 있다. 뉴욕에서 죽어가는 사람들에게 적어도 완화 치료나 호스피스 의료에 관해 알리는 것이 합법화될 수 있게 힘썼고, 2011년에는 그들이 받을 수 있는 치료에 관해 알 권리를 보장하는 법을 통과시켰다. 이들은 교육과 권리 옹호에 힘쓰고, 목표를 추구하며, 상담 실력이 특히나 뛰어나다.

나는 뉴욕 생애말 권리의 임상 부문 책임자로 훌륭하고 푸근한 주디스 슈워츠 박사와 단체에 관한 얘기를 나누기 위해 전화를 걸었으나, 전화가 연결되자마자 내가 눈물부터 쏟는 바람에 그녀는 내 상담을 먼저 진행해야 했다. 슈워츠 박사는 곧장 내게 자신이—그리고 단체가—할 수 있고 할 수 없는 것에 관해 조언해주었다. 이들은 정책 변화를 도모하며, 불치병 말기 환자가 아니더라도 도움과 의료 지원을 받을 수 있도록 생명 중단 관련법을 확대하고자 노력하고, 적어도 생명 중단에 도움을 준 배우자나 친구가 기소되지 않도록 힘쓰고 있다. (총을 들거나 배우자의 음식에 독을 탄 경우 주로 치르는 대가는 '감독 없는 보호관찰 이 년'에 그치지만, 그땐 이미 체포되고, 법적 실랑이를 벌이고, 지역신문에 기사가 난 이후다.)

슈워츠 박사는 말한다. "생명 중단 권리법이 어떤 식으로든 발의되면, 그러니까 생명 중단을 선택할 수 있어야 한다는 얘기가 들리면 바로 어디선가 반대파가 1천만 달러를 들고 등장하죠."

뉴욕 생애말 권리는 자발적 단식을 지지한다. 이것은 신체적 제약이 많은 사람도 선택할 수 있는 유일하게 효과적이고,

합법적이며, 확실한 방법이다. 이는 누구에게나 엄청난 절제력과 굳은 의지가 필요한 일일 것이다. 수년 전, 한 친구는 자신의 소중한 친구를 그렇게 떠나보내며 침대맡에서 몇 주간 매일 친구의 손을 잡아줬다고 했다. 처음에는 평화로웠고, 극심한 고통이 뒤따르다가, 어느 순간 끝이 났다고 한다. 내가 보기에 친구는 그 일이 있은 후 더 나은 사람이, 예전과는 다른 사람이 되었다.

"쉬운 일은 아니죠." 슈워츠 박사가 말한다.

내가 말한다. "알아요. 한 이 주 걸리죠."

정적이 흐른다.

"남편분이 얼마나 크세요?" 그녀의 질문에 나는 정확하게 답을 할 수 있다. 브라이언은 미식축구와 레슬링, 식이장애로 점철된 청소년기를 보냈기 때문에 자신이 슈퍼모델이라도 된 양 체중의 모든 변화를 내게 알린다. "185센티미터에 97킬로그램이요." (알츠하이머병 진단을 받고 그는 순식간에 4.5킬로그램이 빠졌다. 디그니타스 신청이 완료될 무렵, 빠졌던 살은 전부 다시 쪘다. 그는 먹어야 할 사명을 띤 사람처럼 먹어댔고, 늘 그랬듯 기꺼이 음식을 나눠 먹고, 더 시키고, 기쁜 마음으로 주방장을 만났다.)

그러자 주디스 슈워츠가 말한다. "아. 그러면 삼 주, 아니면 사 주 정도 걸릴 수 있겠네요." 그녀는 친절하게 얘기한다.

"힘든 과정이에요, 대부분은."

내가 듣기에 이 대부분은 사실상 무조건이라는 뜻이다. 이즈음 내가 나누는 대화에서 언급되는 드물게가 실은 늘이 두 쪽 나도 절대의 의미이듯. 내가 두 번이나 묻자, 그녀는 자기네 단체의 직접 지원 부서에서는 사실상 아무것도 하지 않는다고 답한다.

"아, 아뇨." 그녀는 즉각적으로, 하지만 다정하게 대답한다. 나는 주디스 슈워츠와 사랑에 빠진다. 이제 나는 이런 과정에서 가혹하거나, 겁에 질리거나, 전혀 쓸모가 없지 않은 사람이라면 누구와도 사랑에 빠진다.

나는 그녀에게 디그니타스에 관해 들어본 적이 있는지 묻는다.

"아, 네. 그쪽은 진짜죠." 그녀의 말에 나는 다시금 그들이 사기꾼이 아님을 확인하고 안심한다(2018년 5월, BBC 뉴스에서 디그니타스의 전 직원이 미넬리를 고발한 내용을 보도했다. 미넬리가 사망자의 부유한 유가족, 디그니타스에 만족하고 고마워했던 유가족에게서 대가를 받았다는 의혹을 제기한 것이다. 하지만 누가 그 유가족을 탓하겠는가? 그들로서는 사랑하는 가족이 삶을 고통 없이 끝낼 수 있는 방법을 찾은 것이다. 고통으로 가득하고, 고통으로 사그라드는 삶을. 혹은 호주 생태학자 겸 식물학자 데이비드 구달이 그랬듯 아주 지친 삶을. 그는 백사 세에 죽음을 택했고, 이렇게 말했다. "내 기능은 지난 일이 년간, 시력은 지난 육 년간 쇠퇴했다. 나는 더이상 삶을 지속하고 싶지 않다. 이제는 내 삶을…… 끝내고 싶다").

이미 나는 디그니타스에 대한 찬반양론을 모조리 읽었고, 관련 다큐멘터리를 전부 찾아봤다. 디그니타스에서는 알려진 그대로의 도움을 제공하는 듯하다. 우선 신청서를 작성하고, 에세이(자신이 어떻게 살아왔고 왜 '동행자살'을 원하는지 이유를 설명한 몇 문단의 글)를 쓴 뒤, 마지막으로 1만 달러(화장 절차와 시신의 재를 간소한 단지에 담아 받기를 원한다면 추가 비용이 청구되는 것으로 기억한다)와 서류 한 무더기를 보낸다. 그런 다음 취리히에 가서 두 번의 면담을 거친다(전에는 한 번이었는데 일각에서 판단 절차가 더 필요하다고 주장해서 두 번이 되었다. 스위스 정부와 관련된 누군가가 그런 불만을 제기한 게 아닌가 싶다). 그리고 스위스 경찰이 시신의 신원을 확인할 때 골머리를 앓지 않도록 신원 확인을 위한 온갖 증빙 자료를 가져와야 한다(집에 도착한 미국인 유가족이 두어 번 전화를 받은 경우도 있다).

"스위스 단체잖아요." 주디스 슈워츠가 살짝 웃으며 말한다. "그들이 원하는 건 분별력이에요. 분별력." 그녀는 이 단어를 강조해서 말한다. 작년 디그니타스에 아버지를 데려간 경험이 있어 이 여정의 마지막 단계에서 나의 코치가 되어준 친구의 친구도 그랬다. 마치 그 단어에 어떤 특별한 의미라도 있는 것처럼. 물론 스위스 사람들에게는, 혹은 디그니타스에겐 정말로 그럴지도 모른다. "분-별-력이요." 그녀가 말한다. "온전한 판단력이 필요해요. 그게 그들이 원하고 확인하는 요소예요. 절차의 처음부터 끝까지, 완전한 인지와 이해를 기반으로 선택을 분명히 내릴 수 없다면 절대로 누구도 받아주지 않을 거예요."

그들은 이제 취리히로 오기를 희망하는 자에게 치과 기록까지 요구하고 있고, 그래서 그것도 구해야 할 판이었다. 나는 슈워츠 박사에게 이를 언급한다. 말이 안 된다는 뉘앙스로.

"그냥 시키는 대로 하는 게 좋을 것 같아요." 주디스 슈워츠가 말한다.

나는 시키는 대로 하기로 한다.

치과 매니저(아마 치과의사의 아내인 듯하다): 남편분이 혹시 병원을 바꾸시려고 하는 건가요? 혹시 L 선생님이 마음에 안 드는 부분이 있으셨나요? 저희 병원을 그동안 오래 다니셨어서……

나: (속으로는 이렇게 말한다. 그렇게 미식축구를 좋아하고,

환자 경과 기록

환자: 브라이언 어미치

제공 기관:

전화번호:

사무실:

날짜: 2019/11/21

차트번호:

사회보장번호:

생년월일:

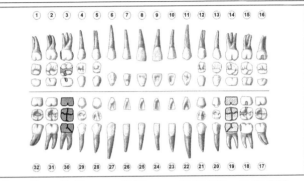

■ 치료 계획   ■ 완료   ■ 질환   ■ 보유-본 기관   ■ 보유-타 기관

날짜	치아	표면	시술	기관	설명	상태	금액
2006/5/4	19		D2750	DDS1	금속도재관	TP	950.00
2006/5/4	19		D2940	DDS1	진정제 충전	C	40.00
2006/5/12			D0120	DDS1	정기 구강 검진	C	39.00
2006/5/12			D0272	DDS1	교익사진-2장	C	40.00
2006/5/12			D1110	DDS1	예방적 치료-성인	C	77.00
2009/7/27			D0120	HYG1	정기 구강 검진	C	39.00
2009/7/27			D0274	HYG1	교익사진-4장	C	60.00
2009/7/27			D1110	HYG1	예방적 치료-성인	C	77.00
2009/8/12	19		D2750	DDS1	금속도재관	C	950.00
2009/9/21	18	MOL	D2393	DDS1	복합레진 3면, 구치부	C	210.00
2010/3/16			D0120	HYG2	정기 구강 검진	C	39.00
2010/3/16			D1110	HYG2	예방적 치료-성인	C	77.00
2011/8/23	30		D2750	DDS1	금속도재관	C	950.00
2011/10/11			D0120	DDS1	정기 구강 검진	C	39.00
2011/10/11			D0274	DDS1	교익사진-4장	C	60.00
2011/10/11			D1110	DDS1	예방적 치료-성인	C	77.00
2012/4/13			D0120	HYG1	정기 구강 검진	C	39.00
2012/4/13			D1110	HYG1	예방적 치료-성인	C	95.00
2012/10/19			D1110	HYG2	예방적 치료-성인	C	95.00
2013/5/3			D0274	DDS1	교익사진-4장	C	60.00
2013/5/3			D1110	HYG1	예방적 치료-성인	C	95.00
2013/11/13			D1110	HYG1	예방적 치료-성인	C	95.00
2014/6/26			D0120	HYG2	정기 구강 검진	C	42.00
2014/6/26			D1110	HYG2	예방적 치료-성인	C	95.00
2015/1/7			D0120	HYG2	정기 구강 검진	C	42.00
2015/1/7			D1110	HYG2	예방적 치료-성인	C	95.00
2015/8/27			D0120	DDS1	정기 구강 검진	C	42.00
2015/8/27			D1110	HYG2	예방적 치료-성인	C	95.00
2016/3/1			D0120	DDS1	정기 구강 검진	C	42.00

브라이언이 예일 볼 경기장에서 활약한 모습을 직접 보기까지 한 의사를, 게다가 같은 이탈리아계이기까지 한 치과의사를 브라이언이 놓칠 리가. 하지만 브라이언이 취리히에서 편안한 죽음을 맞이하려면 치과 기록이 필요하다고.) 아뇨, L 선생님은 전혀 문제없으세요. 그냥 치과 기록이 필요해서요.

매니저: 네, 그런데……

나: 그냥 치과 기록만 주시면 돼요.

매니저: (그냥 꺼져) 그게, 근데 직접 와서 받아가셔야 해요. 점심 전에요.

나: 내일 아침에 뵐게요.

매니저: 딸깍.

2019년 9월
뉴헤이븐

　우리는 디그니타스에 모든 희망을 걸기로 한다. 미국의 생명 중단 관련법은 우리에게 도움이 되지 않을 테니까. 디그니타스는 나보고 브라이언의 정신과의사를 만나보라고 했다. 디그니타스의 담당자 하이디 말이, 브라이언이 현재 상담을 받고 있으니 그의 정신 건강에 관해 담당 정신과의사의 소견서가 필요하다는 것이다. 나는 브라이언의 정신과의사가 이미 그의 MRI 결과를 알고 있을 거라고 확신한다. 왜냐면 나는 인터넷을 쓸 줄 알기 때문에 브라이언의 신경외과의사와 정신과의사가 동갑일 뿐 아니라 같은 도시에서 진료를 보고 있다는 사실을 알아냈다. 그리고 두 사람이 서로 환자를 소개해주고 소개받을 뿐 아니라 같은 의대를 나왔다는 사실도 알고 있다. 두 사람이 일 년에 두 번 정도 함께 저녁식사를 하는 장면이 눈앞에 그려지는 듯하다. 피노그리지오 두어 잔을 마시며 신경외과의사가 브라이언의 상태를 정신과의사에게 설명한다. 상태가 안 좋아. 뇌가 줄어들었어. 흰 부분이 많이 보여. 간이 검사에서 23점이 나왔다니까. 23점. 예일 졸업생이. 둘 다 고개를 젓는다.

실은 이 두 의사가 내 이야기의 악역이라면 악역이다. 나는 소설을 쓸 때 어지간해선 악역을 잘 등장시키지 않는다. 이따금 냉혹한 아버지가 등장하기는 하지만, 대개 그들은 위대하고도 창피스러운 연애 사건으로 결국 구원받거나 아주 미미할지언정 한 가닥 연민이나 체면은 있는 것으로 드러난다. 내 소설엔 신의 없는 아내도 많이 등장하지만, 자세히 들여다보면 이들이 진짜 악역인 경우는 거의 없다. 그저 심히 실망스러운 남자와 결혼한 것일 뿐. 이 여자들은 가끔 쌀쌀맞아 보이고 딱딱 끊어지는 말투를 쓰며 포옹에 인색하지만, 난 그들을 좋아한다.

한 동료는 브라이언의 정신과의사를 평균 이상의 지능과 평균 이하의 사회성을 가진 사람이라고 묘사했다. 좋은 쪽이든 나쁜 쪽이든 나는 호감도가 제각각인 정신과의사스러운 사람을 많이 아는데, 사회복지사, 심리학자, 실제 정신과의사 등 다양하다. 브라이언은 내게 자기 정신과의사가 똑똑하고 차분하며 자길 좋아한다고 말한 적이 있다. 내 생각에 브라이언을 상담했던 사람 가운데 그를 인간적으로 좋아하지 않은 사람은 한 명도 없었을 것이다.

수년 전, 브라이언이 당시 그의 담당 정신과의사였던 뉴헤이븐의 저명한 정신분석가와 상담을 마치고 집에 돌아왔을 때 내가 상담이 어땠느냐고 묻자—물론 그의 상담이 내가 간섭할 일이 아니라는 점은 충분히 인지하고 지지한다—그가 이렇게 말했다. 이번 시즌 예일 미식축구 프로그램 얘기를 나눴어. 카먼 코자(브라이언이 예일에 있을 당시 미식축구 코치) 얘기도 했고. 예일대 라크로스의 초기 시절 얘기도(당시 라크로스팀은 미식축구 선수를 몇 명 뽑았는데, 브라이언의 손에도 라크로스 스틱을 찔러주고 경기장에 내보내 사람들에게 겁을 줬다). 물론 자기 아버지와의 갈등, 우리의 신혼생활, 건축가가 넘쳐나는 뉴헤이븐에서 건축가로 사는 것의 어려움에 관해서도 얘기를 나눴다는 걸 나도 알지만, 그는 상담받는 동안 즐겁게 수다나 떨고 왔다고 말할 뿐이었다. 반면, 새로운 정신과의사는 완전히 그의 정신생활에만 집중하는 듯해서 나도 만족한다.

새로운 의사는 우리에게 중요한 역할을 할 것이다. 브라이언의 '온전한 정신'을 주장하는 데 중요한 근거를 제공해줄 테니까. 브라이언에게 내 생각을 말하자 그가 자기 휴대폰을

건네며 말한다. 예약을 잡자. 나는 내 휴대폰으로 그의 정신
과의사와 문자를 주고받는다. 의사에게 브라이언의 인지기능
에 문제가 있음을 알고 있었느냐고 묻자 그녀는 그렇다고 답
한다.

　나는 상담 예약을 잡고 (셋이서) 함께 봤으면 좋겠다고 말
한다. 의사는 브라이언 본인이 직접 상담 예약을 잡아야 한다
는 답장을 보내오고, 나는 마음속으로 읊조린다. 네, 네, 알다
마다요. 나도 이십오 년간 임상 사회복지사로 일해서 잘 알아
요. 나는 대략 이렇게 답장한다. 그리고 기억하시겠지만, 얼마
전에 브라이언을 신경외과에 인계하셨잖아요. 인지평가를 위해서
요. 그다음 MRI를 찍었고요. 이 과정을 쭉 살펴보면―이중 하나만
고려해봐도―브라이언이 자기 스스로 예약을 잡기가(기억해서,
일정을 잡고, 전달하기가) 어려우리라는 점이 분명하지 않나요?
(문자의 말투를 적절히 설정했는지는 모르겠으나, 의사는 날
본 적이 없고, 아마 내가 그저⋯⋯ 퉁명스럽다고 생각할지도
모른다.)

　정신과의사: 네, 기억해요.

　나는 흥분을 가라앉힌다. 몇 주 내로 예약을 잡을 수 있느
냐고 묻는다.

　정신과의사: 물론이죠. 브라이언이 직접 요청한다면요.

　브라이언이 내 어깨 너머로 흘끗 보고 말한다. 나인 척하고

문자 보내서 예약 잡아. 나는 그렇게 한다.

MRI 결과가 나온 뒤 이 정신과의사는 우리의 목록에서 최우선순위로 부상한다. 우리는 만나서 간이 정신상태 검사 결과 얘기를 나눌 텐데, 정신과의사와 만나게 될 즈음에는 신경외과에서 검사한 MRI 결과지가 디그니타스로 가는 길에 걸림돌이 되어, 나는 그 결과를 반박해줄 정신과나 신경외과 의사를 찾아 헤매게 된다. 결과지에는 브라이언이 우울증을 겪고 있다고 나와 있으며, 이게 진짜라면 디그니타스에서는 절대 받아주지 않을 것이다―따라서 정신과의사의 지지가 필수적이다.

우리의 유일한 만남이 될 이 정신과 상담에서, 우리가 알츠하이머병 진단과 MRI 결과를 이해했으며 디그니타스와 접촉 중이라는 말을 꺼내자 의사는 불편함을 감추지 못한다. 우리는 친척들이나 의료인과 만났을 때 으레 이탈리아 라벤나나 콜로라도주 텔루라이드로 휴가나 마지막 여행을 떠나라든지, 아니면 플로리다키스제도로 청새치 낚시 여행을 떠나라든지 하는 제안을 흔히 받는다. 나도 안다. 알츠하이머병과 그 진행에 관한 유튜브 영상을 1만 개 정도 보지 않았어도, 의료 전문가들 역시 브라이언의 병이 얼마나 빨리 혹은 천천히 진행될지는 모른다는 걸 알고 있다. 의료인이든, 성직자든, 수심에 찬 자녀든, 희망을 버리지 않은 배우자든, 누구나 그 사실을 안다. 절대 그런 말을 꺼내진 않겠지만, 우리는 이 병이 겨울만큼이나 꾸준하게 진행되며, 위치나 역사, 약속과 고지서는 잊을지언정 올해까지만 해도 삐딱하지만 사랑이 담긴 미소를 지을 줄 알던 사람이 이 년 뒤에는 알아들을 수 있게 말하거나 타인과 관계를 맺을 수 없게 되고, 십 년 뒤에는 걷거나 누군가를 알아보며 미소 지을 수 없게 되리라는 사실을 안다. 내 친구 하나는 사랑하는 사람이 오십 세에 알츠하이머병에 걸려 칠십 세까지 살았는데, 환자를 바라보는 이의 입장에서 바라는 건 차라리 사랑하는 사람이 음식을 삼키는 걸 잊는 것뿐이라고 말했다.

나는 정신과의사에게 혹시 필요할 수도 있으니 우리를 위해 디그니타스에 서신을 보내달라고, 브라이언의 정신이 온전하며 자신의 결정을 충분히 이해하고 있음을 밝혀달라고 요청한다. 브라이언은 자신이 조력자살을 신청하려면 인지기능이 일정 수준 이상이어야 한다고 설명한다. (의사에게 설명할 때 우린 '조력자살'이라는 용어를 쓰는데, 아직은 디그니타스에서 쓰는 '동행자살'이라는 용어에 익숙해지지 않았기 때문이다. '동행자살'이라고 하면 내 귀에는 옆에 오케스트라라도 있어야 할 것처럼 들린다.) 그가 정말로 정신이 온전하며 자신의 결정을 잘 이해하고 있다는 것이 내게는 분명해 보인다. 정신과의사는 그의 정신상태라는 주제 자체에 대해서 어떠한 주장도, 언급도 하지 않는다.

그녀는 불안해 보이는 입가로 손을 가져가며 말한다. "그 문제에 지금 당장 답변을 드려야 하나요?"

나는 한발 물러선다. 지금 당장 대답하지 않아도 되지만, 빠른 시일 내에 답을 해주셔야 할 것 같다고. 우리가 곧 그 서신을 요청하게 될 테니까. 정적이 흐르고 그녀는 의자에 반쯤 걸터앉아 〈사운드 오브 뮤직〉의 마리아 폰 트라프 같은 열정을 보이며 우리에게 좋은 시간을 보낼 수 있게 계획을 짜고 즐거운 활동을 찾아서 하라고 조언한다. 머리 위로 두 손을 올리고는 유럽으로 떠나는 휴가, 아름다운 호숫가 여행을 언급한다. 의사는 즐거움이라는 말을 여러 번 언급하고, 브라이언과 나는 그녀를 빤히 바라본다. 우리도 즐거움을 원한다. 진심으로 원한다. 하지만 우리 중 누구도 앞으로 팔 년간의 꾸준한 쇠락과 자아의 완전한 소멸을 즐겁게 생각할 수 없다.

집에 돌아와 브라이언이 말한다. 일이 잘 풀릴 것 같지 않네. 의사는 우리 편이 아니야. 나도 동의한다.

브라이언은 정신과의사에게 문자로 이별을 통보한다. 그후 며칠간 의사는 그에게 문자를 보내 진료실로 와서 매듭을 짓자고 청한다. 나도 이해한다. 나라도 똑같이 했을 것이다. 하지만 나는 브라이언이 그 의사를 만나지 않았으면 한다. 의사가 또 한번 강과 보트가 함께하는 휴가 얘기를 꺼내거나 생전에 치료법이 개발될 수 있다는 말로 그의 기분을 상하게 하거나 그를 혼란스럽게 할까봐 두렵기 때문이다. (심지어 알츠하이머병 관련 웹사이트를 봐도, 거기 올라온 최근 소식 중 그나마 가장 긍정적인 것을 꼽자면 일정 정리에 도움을 주거나 알츠하이머병 환자를 찾을 수 있는 휴대폰 앱이 출시됐다는 소식 정도다. 최근 실패한 주요 임상 실험의 결과는 하나같이 알츠하이머병과의 싸움에 매우 도움이 되었다고 포장된다.) 정신과 의사는 아마 브라이언의 마음을 바꾸려 들 것이다. 하지만 과연 바뀔까. 나조차도 그의 마음을 바꾸긴 힘들 텐데.

브라이언은 의사에게 미안해하며 이렇게 말한다. 마음이 상했을 거야. 그는 의사를 만나러 가는 쪽으로 마음이 기운 채 산책을 하러 나간다. 그러고는 돌아와서 말한다. 그 사람은 우리 편이 아니야.

결국 의사는 시간을 계속 끌다가 우리가 감당할 수 있는 마지노선에 도달했을 때에야 마침내 디그니타스에 짧은 서신을 보낸다.

2019년 9월 21일

관계자분께,

브라이언 어미치(1953년 6월 19일생) 씨의 요청을 받아 이 서신을 보냅니다. 어미치 씨는 2018년 1월 22일부터 최근 상담을 종료한 2019년 9월 9일까지 저에게 정신과 상담을 받았습니다.

어미치 씨는 저와 상담을 진행하는 동안 정신이상, 사고장애, 우울증, 자살 충동을 보이지 않았음을 입증할 수 있습니다.

감사합니다.

브라이언이 정신이 온전하며 정신이상, 사고장애, 자살 충동을 보이지 않았다는 것을 보증한 이 서신은 결국 충분하지 않았다. 스위스 사람이 보기에도 의사가 필요한 만큼만 최소한으로 진술한 게 분명했기 때문이다. 브라이언은 정신과의사에게 더 강력한 서신을 써달라고 문자를 보내고, 그녀는 하나를 더 써 보낸다. 이번에 보낸 것도 그다지 강력하진 않지만, 그의 정신상태를 묘사할 때 몇 가지 긍정적인 형용사를 추가했으며 그가 '분별력'을 갖췄음을 분명히 언급했다.

브라이언의 MRI 검사 결과에 관해 신경외과의의 소견서를 받아서 디그니타스에 보내야 하는데, 이것 때문에 모든 상황이 뒤틀리고 만다. 검사 결과의 내용 때문이 아니다. 문제는 검사 결과지의 오른쪽 상단에 적힌 문구 때문이다. 검사 이유: 주요 우울삽화, 현재 진행중인 우울증 삽화. 브라이언은 우울증을 앓은 적이 전혀 없고, 어떤 식으로든 우울증으로 치료받은 전력이 없다. 우리로서는 어쩌됐든 신경쓸 일이 아니지만, 디그니타스 웹사이트는 우울증 진단을 받은 환자의 조력자살은 돕지 않는다는 점을 매우 분명히 하고 있다. 우리와 연락하는 디그니타스의 담당자 하이디도 MRI 결과를 확인했고 이미 그렇게 얘기했다. 나는 하이디에게 신경외과의사가 잘못 기재한 거라고 최선을 다해 설명하지만, 하이디는 기본적으로 이런 입장이다. 그럴 수도 있겠죠. 하지만 더 잘해오지 않으면 도와드릴 수 없어요.

다음날 나는 신경외과에 전화를 걸어 의사와 짧게 대화를 나누고, 그녀가 말한다. 그게, MRI 검사를 요청할 때 뭐 때문에 필요한지 적어야 하거든요. 브라이언이 정신과 상담을 받는 걸 알고 있어서 그렇게 적은 거예요. 별로 중요한 건 아니에요, 에이미.

나는 중요하다고, 디그니타스에서 우울증이라는 단어를 보면 브라이언의 신청을 받아주지 않을 거라는 언급 없이 어떻게든 이유를 설명하려고 애쓴다. 신경외과의에게 MRI 신청 양식에 기재된 사유를 더 정확하게, 인지적 어려움으로 변경할 수 있는지 묻는다. 별로 안 중요하다니까요. 그녀는 전화를 끊는다.

나는 다음날 다시 전화를 걸지만 신경외과의사는 내 전화를 받지도, 내게 다시 전화를 주지도 않는다. 대신 전화를 받은 행정 직원이 즉각 의사와 나 사이에 비집고 들어와, 브라이언과 내가 MRI 검사지와 관련해 논의하고 싶다면 상담 예약을 잡으라고 말한다. 물론 원칙을 지키자는 의미이니 존중한다. 나는 예약을 한 달 뒤로 잡고, 그것을 최후의 수단으로 생각하기로 한다. 이 약속은 다른 모든 방법이 통하지 않을 때를 대비해서 남겨둘 것이다. 지금껏 나는 회복력과 결단력이 뛰어난 사람으로 살아왔지만(내 남편보다는 아니더라도 어쨌든) 이제는 어떤 사람 혹은 이 우주에게 거절당하는 게 참을 수 없는 지경에 이르렀다. 내 하루와 그 이상의 것이 무너진다.

며칠 뒤, 우리는 디그니타스의 하이디에게서 이메일을 받는다. 내가 그녀에게 보낸 모든 것에 대한 답신으로, 첫 전화 통화 일정을 잡는 이메일이다. 나는 희망에 부푸는 동시에 긴장한다. 브라이언은 커피 한 잔을 내려 부엌 아일랜드 식탁에 차분히 앉아 준비를 한다. 나는 그가 미식축구 경기를 뛰는 모습을 본 적이 없지만, 경기할 때 그가 어떤 표정을 지었을지 알 것 같다. 인상적이다.

하이디가 뉴욕 출신의 유대인이나 이탈리아계 사람이었다면 아마 내게 소리를 질렀을 것이다. (이 전화 통화에서 우리는 브라이언이 '분별력' 있는 사람답게 자기 스스로 모든 연락과 답신을 처리해온 척은 하지 않기로 했기 때문이다.) 하이디는 우선 브라이언과 인사를 나누고 곧바로 나와 얘기하고 싶다고 말한다.

"기분은 어떠세요, 어미치 씨?"

"전반적으로 좋습니다."

"다행이네요, 어미치 씨."

하이디가 내 친척 가운데 한 사람이었다면, 이렇게 낮고 명확한 목소리로 얘기하지 않았을 것이다. 대신 유대인스럽게 목청을 높였을 텐데 이 유대인스러운 고성이란 이런 것이다.

뭐야, 귀먹었어? 이렇게 엉망진창인 검사지를 보내놓고 말이야. 여기 바로 위에 뭐라고 적혀 있어? 묻는 말에 대답해, 이 사람아. 뭐라고 적혀 있어? 검사 이유: 주요 우울삽화. 이러면 안 돼. 내 말 듣고 있어? **이러면 안 된다고.**

이 MRI 결과지, 이게 문제야. 지금부터 뭘 해야 하는지 알려줄 테니까 잘 들어. (여기서 친척은 내가 들고 있는 게 뭐든─컵이든, 스푼이든, 신문이든─손에서 낚아챌 것이다.) 우린 알츠하이머병을 정신질환으로 간주해. 네가 가져와야 하는 건 제대로 된 결과지야—미적지근한 편지가 아니라, 정말 제대로 된 소견서—내 말은, 제대로 된 정신과의사가 써준 걸 들고 오란 말이야. 우리 스위스 사람들이 누굴 숭상하는지 알아? 프로이트야! 프로이트 박사를 찾아가서 길고 자세한 진단서를 받아오라고. 허송세월할 시간 없어. 프로이트한테서 확인받고 올 때까지 우린 꿈쩍도 안 할 거니까 알아서 해. 프로이트한테서 연락받지 못하면 우리도 연락 못 줘. 알아들어? 가봐.

내가 전화를 끊자 브라이언이 미심쩍은 표정으로 나를 본다. 나는 몇 분 동안 조용히 앉아서 눈만 깜박이고 고개만 끄덕이며 통화했다.

"별일 아니야." 내가 말한다. "정신과 소견서를 더 잘 준비해서 보내달래."

"그래야지." 그가 대꾸하고는 보던 뉴스를 마저 본다.

브라이언은 계속 뉴스를 보고 나는 저녁을 준비한다. 속에서 욕지기가 올라온다. 언제나 능숙하고 가끔은 아주 훌륭한 요리사였던 내가 이제는 형편없고 궁지에 몰린 여느 요리사가 됐다. 이젠 팬이나 냄비를 확인하고 경악하거나 놀라는 일이 다반사다. 구운 건 탄다. 볶은 건 들러붙거나 흥건해진다.

아무것도 제대로 된 맛이 나지 않는다. 거의 모든 게 너무 짜거나, 기름지거나, 쇠맛이 난다. 일주일에 한 번 정도는 요리한 걸 전부 갖다버리고 피자나 샐러드를 사서 먹거나 샌드위치를 만든다. 나는 집중하고 있다고 생각하지만, 한순간도 집중하고 있지 않다. 어김없이 또 한번 저녁 메뉴를 전부 쓰레기통에 버렸을 때, 브라이언의 마음챙김 및 명상 지도자 도나가 전화를 걸어 그가 저번 명상 수업에 빠졌다며(날짜는 맞췄지만 엉뚱한 시간에 갔던 것이다) 무슨 일이 있는지 묻는다. 그의 얼굴에 화색이 돌고 나는 다른 방으로 들어간다. 삼십분 뒤, 그는 전화 통화를 마치고 아주 기분좋은 상태가 된다. 나는 그에게 제안한다. 다시 도나에게 전화해서("지금 당장." 내가 말하며 그의 휴대폰을 그에게 건넨다) 새로운 상담사가 되어줄 수 있는지 물어보라고. 그가 제안하자 그녀가 수락한다. 부디 도나에게 신의 축복이 있기를. 그녀의 이름이 생명의 책에 올라가기를.

한 동료는 말한다. "그 사람 괴짜라던데." 나는 신경쓰지 않는다. 도나가 사프란색 로브를 두르고 장미석 수정구슬로 저글링을 한다 해도(실제로 그러진 않는다) 신경 안 쓴다. 도나와 상담이 있을 때마다 집을 나서는 브라이언의 발걸음이 기분좋은 듯 살짝 폴짝거린다.

일주일에 두 번 두 달간 도나에게 상담받은 브라이언이 내게 같이 가보겠느냐고 제안한다.

"커플 상담하러?" 내가 묻는다.

브라이언은 내가 왔으면 하는 이유를 다시 골똘히 생각해본다.

"맞아. 그리고 상담이 끝나고 나면 무슨 얘기를 나눴는지 기억이 잘 안 나기도 해서. 당신이 와서 도와주면 좋겠어."

나는 그 자리에서 승낙하지만, 사실은 가기 싫다. 우리는 함께 커플 상담을 많이 받으러 다녔다. 상담사 가운데 우리 둘을 모두 아꼈던 노령의 여자 상담사가 있었다. 조용히 해요, 그녀는 건널목 안전 지킴이처럼 손을 들어 나를 제지하곤 했다. 에이미 차례가 아니에요. (브라이언을 보며) 집중해요. 이 부분이 중요하니까. 그녀는 브라이언에게 자기밖에 모르는 아기처럼 굴지 말라고, 내게는 브라이언에게 너무 가혹하게 굴지 말라고 조언했다. 그녀는 브라이언에게 말했다. 스스로 에이미를 선택했잖아요. 이 사람은 당신 뒤를 쫓아다니면서 시중드는 사람이 아니에요. 내가 그런 사람이나 다름없다고 말하려던 찰나, 그녀는 염색한 눈썹을 내 쪽으로 치켜세우면서 말했다. 당신이 브라이언을 선택했고, 화이트와인과 우울함 대신 오페라와 레드소스를 선택한 거예요. 여기서 그녀는 킬킬거렸고 브라이언과 나도 웃음을 터뜨렸다. 우리 셋의 만남을 대단히 흡족해하면서. 우리는 그녀에게 푹 빠져 사실상 첫 상담이 끝나자마자 그녀를 우리의 지정 상담사로 결정했다. 이때가 우리가 결혼하기 일 년 전이다. 우리는 어쩌다 한 번씩 그녀와 상담을 이어가다가 몇 년 전 다시금 안정적인 관계에 들어섰을 때 중단했다.

　오래전이었는데 언젠가 브라이언이 몇 주간 무슨 이유에서인지 상태도 안 좋고 괜히 퉁명스럽게 굴던 때가 있었다. 나는 너무 화가 나서 그에게 바람피우는 거 아니냐고 물었다. 그는 입을 떡 벌린 채 나를 쳐다보더니 말했다. "바람을 피운다니. 난 그냥 재수없게 구는 것뿐이야." 그러더니 그는 내게 자기 휴대폰을 건네며 말했다. 레이철한테 전화해. 가서 상담받고 트레 스칼리니에 가자. 차에서 그가 물었다. 내가 누구랑 바람피운다고 생각했어? 가능성 있는 후보가 떠오르지 않았고, 그러자 우리 사이의 전운도 걷혔지만, 어쨌든 우리는 레이철을 보러 갔고 트레 스칼리니에도 갔다. 브라이언이 그곳의 70년대 초 이탈리아 식당 분위기와 훌륭한 볼로네제소스와 그저 그런 안티파스토 메뉴를 좋아했기 때문이다. 뿐만 아니라 그는 사람들이 흔히 돈과 건강을 중시하듯 레스토랑에서의 식사를 '있으면 늘 좋은 거'라고 생각했다.

　언제든지 전화해요. 레이철은 오 년 전 마지막 상담에서 유쾌하게 얘기했다. 2019년, 레이철에게서 전화가 왔다. 그녀는 내 친구였던 자신의 환자로부터 브라이언이 알츠하이머병에 걸렸고 디그니타스에 간다는 말을 들었다고 했다. 그냥 내 아파트로 한 번만 와줘요. 그녀가 말했다.

레이철의 아파트에 도착해 초인종을 여러 번 울리고 나서야 그녀가 등장한다. 야위고 산만한 모습이다. "아." 그녀가 말한다. "초인종 소리인지 몰랐어요." 그녀의 집은 정신분석 이론, 마리메꼬, 전 세계에서 가져온 미드센추리 소품들의 성지다. 그녀는 나를 낡은 소파로 안내한다.

레이철은 환자들에게 건강 문제로 곧 은퇴할 예정이라고 말해뒀지만 실은 알츠하이머병에 걸렸다며, 환자 몇 명을 내가 맡아주기를 원한다. 그녀는 환자들의 이름을 기억하지 못하고, 우리는 함께 앉아 얘기를 나눈다. 브라이언 얘기 들었어요. 두 사람이 나도 데려가줬으면 좋겠는데. 그녀는 우리 셋이 함께 스웨덴에 갈 방법을 설명한다. 스위스 말씀이죠. 내가 정정하며, 일이 그렇게 쉽지 않다고, 기나긴 신청 과정이 있다고 설명한다. 그녀는 실망한 눈치다.

"내가 알츠하이머병에 걸린 거 알아요?" 그녀가 묻는다.

"네, 알아요."

"그걸 어떻게 알지? 누가 말해줬어요?"

나는 브라이언에게 이 방문을(다음 방문도, 그다음 방문도) 언급하지 않는다. 레이철에겐 당분간 나와 연락이 안 될 거라고 말한다(브라이언과 나는 취리히로 갈 준비중이며 내가 그를 데리고 간 다음에 또 레이철을 데리고 갈 순 없다는 걸 나도 알기에). 그녀는 자기 변호사가 자기편이며 어쩌면 스웨덴에 가는 걸 도와줄 수 있을 거라고 말한다. 스위스요. 나는 괜찮은 사람인 듯한 그녀의 변호사에 관해 긍정적인 말을 건넨다. 그리고 당신이 어떤 생각을 하고 있는지 당신 딸들에게 말해야 한다고 거듭 당부한다. "내 고관절 얘기를 하는 거죠?" 그녀의 말에 내가 아니라고, 건망증에 대한 거라고 정정한다. "뭐, 애들이 알 필요는 없지." 그녀가 말한다. "저기, 에이미가 어떻게 해주면 어떨까요."

나는 또 한번, 지금 걱정하는 문제에 관해 딸들과 의논하라고 말해보지만, 내가 지금 말하는 이 모든 게 의미 없다는 것도 안다. 결국 나는 그녀에게 딸들 전화번호를 알려달라고 말하지만, 레이철은 번호를 알려주지 못하거나 알려주지 않는다. 결국 나중에 딸 하나가 레이철을 돌보는데, 그녀는 디그니타스에 가지 못한다. 아마 그 문은 이 년 전에 닫혔을 것이고, 그녀는 여생을 기억 치료 병동에서 보낼 것이며, 내가 그녀에게 바랄 수 있는 최선의 결말은 하루빨리 세상을 뜨는 것밖에 없다. 하지만 그녀는 하루빨리 세상을 뜨지 않고 우리가 다음에 얘기를 나눌 땐 기억 치료 병동에 들어가 있다. 그

리고 이렇게 말한다. 뭔가 일이 아주 이상하게 돌아가고 있어
요. 와서 나 좀 꺼내줘요.

새 모이

어느 날, 아침식사 후 브라이언이 말한다. "새 모이를 사야 겠어. 다 떨어졌더라고. 내가 원래 일 년 내내 새 모이를 뿌리는데, 몇 주 전엔 모이에 벌레가 생겨서 한 이 주간 안 뿌렸지 뭐야."

"일 년을 안 뿌렸어." 그렇게 말해놓고 나는 생각한다. 너 머리가 어떻게 됐니, 에이미? 누가 신경이나 쓴대?

그 신경쓰는 사람이 바로 나다. 왜냐하면 새들이 고초를 겪었고, 아무리 벌레 먹은 모이 문제가 심각했다고 해도(정말 끔찍했다. 날개 달린 벌레떼가 공포영화의 한 장면처럼 날아다녔다) 사실 그가 거의 이 년 가까이 무관심하게 지냈다는 점을 지적하고 싶기 때문이다. 실은 그가 신경을 안 쓴 기간이 이 주보다 더 됐다는 사실을 콕 집어 얘기한 것이다. 조류 관련 일은 전부 브라이언 담당인데, 그가 새를 제대로 돌보지 않았다는 걸 지적함으로써 그에게 모욕을 준 것이다. 나는 이런 말을 하지 않으려고 용을 쓰지만 가끔은 내 말이 옳다는 걸 증명하고 싶은 욕구, 그런 저열하고 못난 욕구를 제어하지 못하고 기어이 그가 들어서 좋을 것 없는 말을 하고야 만다. 그런 나 자신이 부끄러워지는데, 브라이언이 다짜고짜 왜 새 모이를 가지고 자기를 그렇게 '닦달하는지' 모르겠다며 날 비난하고 나선다. 목소리를 약간 높이며 짜증을 내고 갑자기 집을 나가 낚시하러 가버린다. 다행이다. 그가 가버려서가 아니라, 내게 소리를 질렀으니까. 그것도 꽤 부당한 이유였으므로 (새 모이를 안 줬다는 걸 힘주어 지적하긴 했으나 내가 그를 닦달하진 않았다) 이제 더는 부끄럽지 않기 때문이다.

며칠 뒤, 우리는 도나의 사무실에서도 여전히 새 모이 이야기를 다소간 한다. 브라이언이 도나의 창문 밖 새들을 보며 말한다. 새 모이를 좀 사야겠어. 나는 고개를 끄덕인다.

우리는 이곳에 커플 상담 비슷한 걸 받으러 왔다. 정말 커플 상담처럼 보인다. 베이지색 카펫을 깐 작은 방에서 상담사를 마주보고 나란히 앉아 간간이 서로를 애정어린 눈길로 초조하게 바라보는 우리 모습은. 두어 번 내 눈에 눈물이 차오른다. 이건 커플 상담 같은 게 아니다. 왜냐면 우리 둘 다 상대가 바뀔 거라는 희망을 품고 있지 않기 때문이다. 지금 브라이언이 어떤 모습이든, 우리가 함께 사는 동안 그는 이 모습 그대로일 것이다. 그러다 문득 이런 생각이 든다. 어쨌든 상담하러 온 커플 대다수가 변하지 않는 건 마찬가지지. 물론 내가 상담사일 때 이런 말로 첫 상담을 시작하진 않지만.

2019년 11월 도나의 사무실, 진단받고 수개월이 지났지만 디그니타스의 승인은 아직 받지 못했을 때 브라이언이 말한다. 죽기 전에 마지막 휴가를 가고 싶어요.

도나: (그녀는 브라이언한테 그가 어떻게 하면 내게 지지를 보일 수 있을지 얘기를 끌어내려던 중이었다) 아, 휴가요.

나: (내면의 목소리) 지금 나랑 장난해? 여행 계획을 잡자고? 지금? 어디로 갈 건데? 우리가 이미 가봤고 좋아했던 곳? 다시 가봤자 진짜 여행을 가장한 반쪽짜리밖에 안 될 텐데? 새로운 곳? 새로운 델 가면 당신이 별일 없이 다닐 수 있게 내가 다 뒤치다꺼리해야 하고 그러면 당신은 내 관심에 신경질이나 내면서 낯선 도시의 이십사 시간 영업 술집 같은 델 들어갈 텐데. 주머니에 든 유로 몇 장과 사람 좋은 웃음만 장착하고.

나: (실제로 뱉은 말) 아. 휴가. 좋지. 그래.

나는 집에 도착할 즈음에는 그가 거창한 휴가에 관해 잊기를 바라고 있다. 그에게 짧은 휴가를 떠나는 건 어떤지 제안한다. 거창한 휴가는 언급하지 않는다. 일주일 전 위대한 웨인을 만났을 때, 그는 브라이언이 마지막으로 근사한 낚시 여행을 원할 수도 있다고 내게 언질을 줬다. 어차피 브라이언이 날개다랑어를 잡는 동안 나는 뉴저지의 어디 모텔에 들어가 있으면 된다고. 보아하니 웨인도 애호가 수준으로 낚시를 잘 알아서 동료 낚시 애호가들에게 가벼울지라도 진정한 애정을 가진 듯했다. 그는 낚시하고 싶은 욕구에 공감한다. 웨인의 제안이니만큼, 나는 뉴저지의 낚시 가이드 다섯 명에게 전화를 건다. 하지만 벌써 11월 초인데다 날씨도 추워져서 아무도 나서지 않는다. 나는 웨인에게 내가 낚시 가이드 다섯 명한테 전화를 돌렸다고 설명한다. 내가 남편의 행복에는 신경도 안 쓴다고 생각하지 않았으면 하는 마음에. 모든 행복은 찰나적이지만, 이제 나는 브라이언의 행복이 찰나적인 것은 물론이고 다시는 누릴 수 없는 것임을, 진정한 불가능의 벽에 맞닥뜨렸음을 안다. 지금으로부터 일 년 뒤는 고사하고 다음주에도, 단 한 번조차도 허락되지 않을 것이다. 우리를 둘러싼 모든 문이 계속해서 닫히고 있다. 나는 마지못한 마음이 들긴 하지만 희망을 놓지 못하고 캐롤라이나 지역에서 일하는 가이드 세 명에게 다시 전화를 걸어본다. (그리고 웨인에게 이 얘기도 빼놓지 않고 한다.)

하지만 결국 브라이언에게 실망을 안기고 만다.

그에게 실망을 안기는 건 의사들도 마찬가지다. 내과의사 '속 편한 찰리'도 여기 포함되는데, 그는 나쁜 소식을 극도로 싫어한다. 진단이 내려지기 몇 년 전인 2016년에 브라이언이 기억력 감퇴에 관해 불평하자 속 편한 찰리는 전혀 걱정할 것 없다며 그를 안심시켰고, 브라이언도 집에 와 내게 그렇게 전했다.

우리가 비타민 B12 복용 때문에 그를 찾았을 때, 속 편한 찰리는 늘 그랬듯 브라이언을 반기며 내가 온 것에 관해선 아무 언급도 하지 않았다. 그가 신경외과의사의 소견서를 보고 말했다. 자, 비타민 B12 말이죠. 그가 설명하길 비타민 B12가 예전엔 주사로 투여되었고 그게 표준이었지만 다행히 더는 그렇지 않다고 한다. 브라이언의 경우 다량의 비타민 B12를 (혀 밑에 넣어 녹여 먹는) 설하정으로 복용해야 하며, 앞으로 평생 먹어야 한다고. 찰리는 두번째 검사로 좀더 상위 수준의 비타민 B12 검사를 신청할 계획인데, 거기선 바라건대 비타민 B12 결핍의 또다른 원인이 밝혀질 것이고 아마 위축성위

염 때문, 즉 위벽이 얇아져 흡수에 문제가 생겼기 때문일 거라고 설명한다. 그는 우리를 친절한 눈으로 바라보며 자리에서 반쯤 일어선다. 나는 이제 그만 나가라는 의미라는 걸 눈치채고, 브라이언도 더 얘기를 들을 의지가 없어 보인다.

브라이언의 피검사 결과가 정상 수치로 돌아와 다행이지만, 나는 여전히 지난번 진료를 생각하면 화가 나고 혼란스럽다. 그래서 찰리에게 음성 메시지를 남긴다.

며칠 뒤 그가 전화했을 때 나는 대체 왜 진료받는 동안 그가 한 번도 신경외과 소견서나 브라이언의 인지 문제에 관해 묻지 않았는지 이해할 수 없다고 말한다. 그는 말을 더듬으며 소견서를 받은 건 두통 문제 때문인 줄 알았다며 얼버무린다.

두통이라고요? 나는 찰리에게 차트를 보면 알 수 있겠지만 브라이언은 일생 두통을 제대로 앓아본 적 없는 사람이라고 말한다.

"예, 좋습니다." 긴장해 고집부리는 열네 살 남자애처럼 그가 말한다.

"그게 무슨 뜻이죠? 이게 좋아 보이나요? 오랫동안 봐온 환자가 신경외과에서 소견서를 받아왔는데 이게 좋다고요? 그게 어디가 좋은 상황이죠?"

"예, 좋습니다." 그가 말한다.

"좋지 않다고요." 내가 말한다.

길퍼드 축제의 끝

길퍼드 축제는 악몽으로 끝났다. 쌍둥이 손녀들이 문제의 그 시점에 우리와 함께 있지 않았다는 것이 유일하게 다행스러운 점이었을 뿐 그 외에는 모두 최악이었다. 그래도 브라이언은 아이들에게 아이스크림을 사주고 유령의 집에 들어가는 것까지는 성공했고, 아이들은 부모와 함께 집으로 돌아갔다. 9월이 다가오고 있었고, 우리는 MRI 촬영일을 받아놓은 상태에서 쌍둥이 손녀 주위에 잡초처럼 불쑥 솟아오르는 브라이언의 치매 증상을 요리조리 피해가느라 여념이 없던 시기였다.

은퇴 이후 지난 한 해 동안 브라이언은 일주일에 한 번씩 아이들을 학교에서 데려왔고, 여름에는 캠프에서 데리고 왔다. 이번 여름, 그는 캠프에 아이들을 데리러 갔지만 찾지 못했다. 애들 엄마와 나는 우리집 진입로에서 계속 기다렸다. 나는 그의 휴대폰으로 계속 전화를 걸었다. 거의 한 시간이 지나도 받지 않아서 내가 차를 끌고 남편과 손주들을 찾으러 나섰고, 도로에서 한번 더 전화했을 때 마침내 그가 전화를 받았다. (우리는 다른 모든 일을 합친 것만큼이나 그의 휴대폰 문제로 많은 싸움을 치렀다. 휴대폰 사용이 점점 어려워지면서 그는 더욱더 휴대폰과 멀어지기 시작했고, 필요한 경우를 대비해 가지고 다니기는 했지만 종일 무음으로 해놓곤 했다.) 그는 숨을 거칠게 몰아쉬었는데, 녹초가 된 듯한 목소리였다. 아이들이 있는 교실을 찾을 수 없었던데다 아이들이 여기저기 쏘다니고 있었다고 했다. 그리고 애들이 울고 있었다고, 모두가 기분이 상해버렸다고 말했다. 마치 방금 막 폭발한 차에서 간신히 빠져나와 길가에 서서 어쩔 줄 몰라하며 차를 바라보는 사람과 대화하는 기분이었다. 나는 그를 데리러 가야 하는지 물었다. 그는 괜찮다고, 곧 쌍둥이를 데리고 집에 가겠다고 말했다.

가끔 아이들의 기억을 더듬어보지만, 둘 다 이 사건을 기억하진 못하는 듯하다. 이든은 하부지가 체커 게임을 뭔가 새롭고 '이상한' 방식으로 했다는 건 기억하는데, 아이의 기억 속에는 그가 일부러 엉뚱하게 군 것으로 보정이 된 듯하다. 그날 그가 아이들을 데리러 늦게 도착한 것, 길퍼드 레이크스

학교 건물에서 아이들을 찾지 못한 것, 애들이 그를 향해 소리치고 그도 애들을 향해 소리친 일은 기억 속에서 사라져 수면 밑으로 가라앉은 듯하다.

그날 밤 나와 내 딸은 가족 저녁식사 자리에서 그날 일어난 사건을 수습하느라 바빴다. 브라이언은 모두가 있는 자리에서 맹세컨대 아이들에게 "다신 너희를 데리러 오지 않을 거다"라고 말한 적이 없다고 주장했다. (하지만 분명 그렇게 말했을 것이다. 독서모임에서 온 이메일이 감당할 수 없는 수준에 이르렀을 때, 그리고 낚시 계획에 관한 온라인상 소통이 버거워졌을 때도 그는 역시나 화를 내며 말했다. 이건 말도 안 돼. 다시는 이런 짓 안 할 거야.) 브라이언은 당연히 언제든 기꺼이 데리러 갈 거라고 아이들을 안심시켰다. (이후 그는 아이들을 데리러 갈 때마다 꼭 나와 함께했다.) 눈물이 마르고, 포옹이 이어졌다. 아이들은 할아버지 무릎에 앉아 그의 감자칩을 거의 다 먹어치웠다. 그리고 두 달 뒤 다 같이 길퍼드 축제에 갔을 때, 우리 손주들과 친구 대부분은 브라이언의 알츠하이머병과 디그니타스에 건 우리의 기대와 계획을 모르고 있었다. 우린 이들을 보호하고, 이들로부터 보호받고 싶었다.

코네티컷주의 소도시에 축제가 열리면 드넓은 공터가 수천 대의 스바루와 혼다를 위한 주차장으로 바뀐다. 형광색 조끼를 입은 나이든 남자들과 취한 십대들이 주차 자리를 안내한다. 우리 눈앞에 햇볕을 받아 번쩍이고 후끈대는 자동차의 무수한 열이 펼쳐져 있었다. 주차 안내원 대다수는 이미 집에 가고 없는 시간이었다. 나는 왼쪽을 살펴보고 브라이언은 오른쪽을 살펴보고 있었는데, 순식간에 그가 사라졌다. 다른 쪽의 더 멀리 있는 줄에서 차를 찾아보려고 했던 것이다. (이쯤 되면 우리가 처음부터 주차장 자체를 착각했다는 건 놀랍지도 않을 것이다. 우리가 차를 댄 곳은 다른 장소로, 옆 공터의 더 황폐한 흰색 농가 옆이었다.) 이 분마다 한 번씩 그에게 전화를 걸었다. 나는 울기 시작했다. 내 머릿속에 몇 시간이 지나 축제가 폐장한 뒤에야 상봉하는 우리의 모습이 떠올랐다. 브라이언이 (주차 안내원보다 약간 더 우람한 체구의) 길퍼드 축제 보안 요원의 손에 이끌려 굴욕감과 분노에 사로잡힌 채 내게 오는 모습이.

실제로는 사십 분 동안 머리부터 발끝까지 눈물과 땀으로 범벅이 되고 나서야 마침내 브라이언과 전화 연결이 되었고, 그에게서 위치를 들은 다음—난 지금 라마 옆에 서 있어, 여보—그쪽으로 달려가다가 그와 가까워지자 속도를 늦춰 겁에 질린 모습을 애써 감췄다. 나는 극심한 공포와 불안에 사로잡혀 있었고, 말도 제대로 하지 못했다. 그저 계속해서 그를 얼싸안고 또 안았다. 브라이언은 길을 따라 내려가보자고,

이번엔 뒤에서 앞으로 가보자고, 높은 곳에서 볼 수 있게 전
망이 트인 곳을 찾아보자고 제안했다. 우리는 그렇게 했고,
내 눈에 드디어 다른 주차장이 들어왔다. 그리고 우리 차를
찾았다. 차를 몰고 집에 돌아온 뒤, 브라이언이 치즈 플레이
트를 차려 먹고 뉴스를 보는 동안 나는 샤워를 하며 내 인생
두번째 공황 발작에서 회복했다.

2019년 11월 14일 목요일, 스토니크리크
버몬트의 달빛

11월 말이 되자, 서리가 내리고 공포는 내 일상이 된다. 추수감사절이 가까워진다. 시계가 돌아가고 있지만, 시간의 흐름은 알 수 없다. 이 째깍이는 시계는 내가 남편을 부축하여 데리고 갈 유일한 문에 걸려 있다. 이 세상에서 우리에게 허락된 유일한 문인 디그니타스가 내 앞에서 닫히고 잠기려 한다. 가끔 사무실로 가서 이리저리 서성이다 눈물을 쏟는다. 질문할 수 있는 용기가 날 때면 누구든 붙잡고 혹시 우리를 도와줄 수 있는 사람을 아느냐고 묻는다. 대개는 견딜 수가 없어서, 나는 아무에게도 묻지 않는다.

상담을 받으러 간 어느 날, 평화롭게 삶을 끝내려는 브라이언의 선택을 꾸준히 지지해주고 내게 필요할 땐 울어도 된다고, 포기하지 말라고 격려를 아끼지 않는 도나가 자신의 오랜 친구인 본스트롬 박사에게 연락해보라고 제안한다. 나는 본스트롬 박사가 무슨 일을 하는지 도통 이해하지 못한다. 실제로 생애말 권리 관련 활동을 하는 건지, 아니면 칠면조 재우는 봉지나 파티용품점 파티시티에서 파는 헬륨 탱크를 소개해주는 건지. 전부 도나의 사무실 주차장에 앉아서 들어가본한 뉴질랜드 웹사이트에서 내가 섭렵한 내용이다. 오 분 전까지만 해도 이런 기술에 관해 아무것도 몰랐는데 이젠 제법 많이 파악이 됐다. 거기서 본 조언은 모두 합리적이면서도 공포스럽고, 내가 절대로 못할 짓이며 브라이언도 원치 않을 것이다. 하지만 그게 누가 됐든 우리를 도와줄 사람을, 우리가 뭘해야 하는지 알려줄 사람을 나는 여전히 찾아 헤맨다.

브라이언이 화장실에 있는 동안, 도나는 내게 그가 버몬트주에 가서 환각을 이용한 사전 죽음 체험을 해보면 어떻겠느냐고 제안한다. 그녀는 실로시빈이라는 물질이 임박한 죽음에 대한 공포심을 줄여주며, 지상에서의 유한한 시간을 더 쉽게 받아들이고 죽음을 평화롭게 수용할 수 있도록 돕는다고 설명한다. 좋은 생각처럼 들리지만 난 거절한다. 내가 감당할 수 있는 방법이 아니고, 따라서 여기에 기대를 걸면 안 된다. 차를 몰고 집으로 돌아오는 내내, 환각 약물에 대한 내 이기심과 공포와 혐오감 때문에(고교 시절, 내가 어울렸던 작은 무리의 남자애 셋이 일주일에 한두 번 약에 취해 몸을 제대로 가누지도 못하고 온종일 환각에 빠져 지냈던 기억이 있다. 나는 누구네 집이든 엄마가 없는 집 부엌에서 사과 프리터를 만들었고, 남자애들한테 담요를 덮어주고 나오곤 했다) 브라이언에게 도움이 될 만한, 심지어 특별한 경험이 될 기회를 차단하는 건 아닌지 걱정이 된다. (그는 대학 시절과 그 이후에 약을 몇 번 해봤고, 그로부터 어떤 영향도 받지 않은 듯했다. 황야가 아닌 곳에서도 길을 심하게 잃는다는 점만 빼고.) 집 앞 진입로에서 나는 브라이언에게 환각 경험도 해볼 수 있다고, 원한다면 언제든 버몬트로 갈 수 있다고 말한다. 브라이언은 내 손을 잡고 말한다. 나는 슬프고, 사실 아직도 좀 화가 나. 하지만 두렵진 않아. 우린 버몬트까지 가지 않아도 돼.

2019년 가을
스토니크리크

우리는 디그니타스를 기다리고 있다. 브라이언은 그들에게
보낼 자기 삶의 이력을 구술한다.

브라이언 어미치의 삶의 이력

고교 시절 만나 결혼한 노동계급 이탈리아계 미국인 부
부 이민 1세대 가정의 장남으로 위스콘신주 커노샤에서 태
어났다. 아버지는 유명한 대학 미식축구 선수였고 후에 프
로 선수가 되었다. 아버지와 어머니는 스물다섯의 나이까
지 총 다섯 명의 자녀(나, 형제 셋, 자매 둘)를 두었다. 내
가 맏이이고 자녀는 원래 여섯이었으나, 막내 폴이 스무 살

에 세상을 떠났다. 우리 모두 여전히 폴을 그리워한다.

어린 시절 우리 가족은 네다섯 차례 이사했고, 나는 청소년기 대부분을 펜실베이니아주 필라델피아에서 보냈으며 그곳의 사립학교에 다녔다. 레슬링, 라크로스, 미식축구 팀에 몸담았고, 고교 시절 내내 세 종목 모두 팀에서 주장을 맡았다. 예일대에 선발되어 사 년간 대학 미식축구 대표팀에서 뛰었다. 다른 많은 미식축구 선수가 그렇듯, 수년간의 경기 중 과격한 접촉이 치매질환으로 이어졌을 가능성이 있다고 주치의들은 설명한다.

잠시 휴식기를 가진 후 대학원에 진학했으며 콜로라도에서 가이드로(하이킹, 클라이밍, 낚시) 일 년간 일했다. 나는 여전히 열렬한 제물낚시 애호가이며, 은퇴 이후 가이드와 강사로 일하고 싶었다.

디자인, 건축, 시각예술에 늘 매력을 느꼈던 나는 미네소타대학교에 입학해 건축으로 석사학위를 땄다. 나는 (아버지가 그랬듯) 고교 시절 연인과 결혼해 함께 코네티컷주 뉴헤이븐으로 돌아갔고, 그곳에서 건축 경력을 쌓았다. 지난 사십여 년 동안 (내 작업물 중 최고로 손꼽히는) 공공주택, 예일대 여성 스포츠 경기장, 컨트리클럽, 최첨단 요양 시설, 아파트, 기업 사무실, 멋진 걸스카우트 캠프장을 디자인했다. 나는 디자인 일을 사랑했고, 알츠하이머병만 아니었다면 여전히 그 일에 몸담고 있었을 것이다.

　첫 결혼생활은 오십대 초반에 끝이 났다. 에이미를 만나 사랑에 빠졌고, 우리는 십이 년 전 우리의 친구들과 내 가족, 에이미의 멋진 세 아이가 지켜보는 가운데 결혼식을 올렸다. 우리는 함께 멋지고 행복한 삶을 꾸려왔고, 알츠하이머병으로 그 삶에 종지부를 찍는다는 사실이 이루 말할 수 없이 유감스럽다.

　　　　　　　　　　　　　Ben A. Anhe

　나는 글을 살짝 손본 다음 그에게 읽어준다. 그는 몇 가지를 수정하여 다시 내게 건넨다. 그가 수정을 원하는 부분은 내가 전부 고친다. 결국 그는 자기 아버지가 하이스먼 트로피를 받았다는 부분은 덜어내기로 하는데, 내가 이렇게 말했기 때문이다. 세상에, 여보, 이 사람들은 스위스인이야. 그런 건 신경도 안 쓴다고. 포기해. 우리는 일종의 기념으로 스콘과 커피를 먹는다(브라이언은 베이컨과 달걀도 먹는다). 디그니타스 지원은 이제 거의 내 일이나 다름없다. 우리는 저녁식사를 하고, 아이들을 봐준다. 무엇이 됐든 나에게는 할일이 있고, 그에게는 스테인드글라스 수업과 상담과 운동이 있다. 나는 10월까지 각 장소로 그를 차로 데려다준다. 브라이언은 디그니타스 지원 과정과 관련해 며칠에 한 번씩 내게 확인하고 격려하는 일에 어느 정도 만족한다. 이따금 우리는 과속방지턱에 부딪히고 이걸 인지할 때마다 그는 말한다. 말도 안 돼. 이건 내 인생이라고. 내 인생을 어떻게 끝낼지는 내가 정할 수 있어야지. 대개 그는 내가 상황을 잘 통제하고 있다고, 끝이 확실히 빨리 오고 있기는 하지만 너무 임박하지는 않아서 아직 초밥도 먹고 영화도 볼 날이 많이 남았으며, 이 과정에는 아무런 나쁜 일도 일어나지 않을 거라고, 모든 게 우리가 예상한 대로 흘러갈 거라고 생각하는 듯하다. 나쁜 일이 없으리라는 건 사실이 아니므로, 내게는 위안이 허락되지 않는다. 이 현실을 나 홀로 감당하는 건 외롭지만, 그가 지금 느끼는 그 심정이야말로 정확히 내가 그에게 바라는 것이다.

아침마다 브라이언은 자주 내게 손을 얹으며 말한다. 오늘은 기분이 아주 좋아. 가끔은 이렇게도 말한다. 기억력이 90퍼센트는 살아 있는 것 같아. 나는 잘됐다고 말한다. 그는 이렇게도 말한다. 어떤 날 아침에는 헬스장까지 다시 운전해서 가볼까 하는 생각이 들기도 해. 그러면 우리는 헬스장까지는(이십오 분 거리) 나나 사위 코리가 차로 데려다주고, 육 분 거리인 스테인드글라스 작업실은 브라이언 혼자 운전해서 가는 것으로(길을 따라 직진하다 차우더팟에서 우회전) 언제나처럼 적절히 합의를 본다.

스테인드글라스, 오늘 11시.

스톱앤드숍을 지나 길을 따라 쭉 직진한 다음 커다란 랍스터 앞에서 **우회전**.

제인의 작업실은 도로 왼편 애플 오처드 갤러리에 있음.

그리고 나는 그 옆에 하트를 그린다.

이번에는 브라이언이 마지막 스테인드글라스 작업(일몰 아니면 일출)을 하러 나섰다가 삼 분 만에 들어온다. 가는 길을 까먹었어. 그렇게 말하기 위해, 내게 가는 길을 물은 다음 다시 나가기 위해 용기를 냈을 거라는 사실에 난 무너져내린다. 이 남자가? 하필 왜 이 남자가 생의 굴레에서 벗어나야 한다는 말인가? 매일 아침 브라이언이 침실을 나가자마자, 나는 울부짖는다. 마음속으로 다른 모든 사람을—나쁜 사람도 아니고, 내가 어쩌다 알게 된 사람들을—심사하며 브라이언 대신 죽어야 한다고 생각한다.

약간의 도움

디그니타스로 향하는 모든 관문을 통과하려고 애쓰면서도, 나는 그들의 느리고 신중한 접근과 정말 거절당할 수도 있다는 강조를 진지하게 받아들이고 있다. 브라이언의 지시에 따라 차선책을 세우려 노력하고, 그가 아이들에게 둘러싸여 내 손을 잡은 채—주사 투여 없이—마실 수 있는 완전히 고통 없는 치사량의 물질을 찾고 있다. (정말 많이 조사하고 읽어봤는데, 무엇보다도 중요한 것은 그가 치사량을 마시고 죽어가는 동안 나는 영화를 보러 나갔거나 긴 산책중인 것처럼 보여야 한다는 것이다. 하지만 영국 추리물 애호가인 내 눈에 이건 아주 수상한 행동으로 보인다. 대체 어떤 아내가 알츠하이머병에 걸린 남편을 저녁에 혼자 두고 영화를 보러 가거나 습지를 뚫고 긴 산책에 나서겠는가?)

　브라이언이 습지를 통과하는 멋진 산책로 트롤리 트레일에 산책 나가 있는 동안, 나는 잭을 위해 달걀을 두른 소시지와 파프리카 요리를 준비한다. 잭은 내 소중한 친구이자 예전에 가르치던 학생으로, 자기가 손재주 있고 큰 도움이 되며 약삭빠르고 교활하다는 데에 자부심이 대단하다. 약삭빠름과 교활함의 필수 조건인 긴 속눈썹과 둥글고 순수한 눈동자, 분홍빛 뺨의 소유자이기도 하다. 어쩌면 잭은 차선책을 실행하는 데 필요한 최선책일지도 모르겠다. 잭은 우리집의 이것저것을 고쳐줬고, 친구들의 계단과 캐비닛도 고쳐줬으며, 나를 위해 자료 조사까지 해주었다. 나는 자주 그에게 아침을 만들어주고, 읽을 책을 추천해주며, 그의 글을 첨삭해준다. 이렇게 쓰고 보니 실제보다 더 거래 같은 느낌이 나지만. 어쨌든 나는 잭에게 음식을 해준다. 어쨌든 잭은 내 흔들리는 탁자를 고쳐준다. 약간은 창피하지만(나는 그렇다. 어쩌면 잭도 그럴지 모른다) 우린 그저 서로를 아끼는 것뿐이다. 우리 사이에는 사십 년의 세월이 놓여 있지만 아주 비슷한 결점과 상성이 맞는 성격, 기벽, 취미 덕분에 행복하게 잘 어울린다. 브라이언도 잭을 아주 좋아한다. 알츠하이머병에 걸린 이후 브라이언에게 신뢰는 애정보다 훨씬 더 중요한 요소가 되었는데, 물론 그는 잭을 신뢰하기까지 한다. (브라이언은 누구보다 친절하고 능력 있는 우리 전기기사가 "태만"하며 "일을 제대로 하지 않는다"고 결론지었다. 그 전기기사는 우리집을 십 년 동안이나 구원해줬는데, 지난 석 달 사이에는 여러 차례 와야 했다. 브라이언이 중요한 전선을 엉뚱하게 만져놓거나 연결하거나 연결을 끊어놓았기 때문이다.)

잭과 내가 마실 커피를 내리며 나는 곁눈질로 시계를 확인한다. (브라이언은 이 프로젝트에서 마치 어떤 CEO의 전형 같다. 자기보다 아랫선에서 결정할 논의에는 참여하려 하지 않고, 곤란하거나 당혹스러운 논의는 엿들으려고도 하지 않으며, 나쁜 소식을 듣기 싫어하고, 해결되지 않은 문제를 들고 오는 걸 싫어하고, 정기 경과보고는 감사히 듣는다. 어떤 회의도 십 분을 넘기면 안 된다.) 이 주 전 나는 잭에게 브라이언이 받은 진단을 털어놓았고, 눈물을 삼키면서 문장을 끝맺으려 노력했다. 대체 왜 이런 전화 통화를 하면서 계속 눈물을 쏟는지 알 수가 없었다. 나는 MRI 검사를 하기 전부터 브라이언이 알츠하이머병에 걸렸다는 걸 확신했다. 그래서 생각했다. 놀랄 일도 아니잖아. 하지만 나쁜 일은 뭐가 됐든 놀랍다는 게 새삼 놀라운 일이다. 멀리서 이는 불꽃을 미리 본다 한들, 끔찍한 일이 목전에 닥쳐서 귓가에 숨을 불어넣고, 가는 뼈를 후려친다 한들.

나는 일단 미국의 의료 체계를 성토하는 것으로 시작해, 이 나라가 존엄하고 편안하게 죽을 권리의 보장을 어떻게 거부하고 있는지, 고통을 착취해 벌어들이는 돈이 얼만지, 의사들이 대체 왜 한계를 인정하고 환자의 필요를 충족하지 못하는지 불만을 토로한다. 잭은 내 얘기를 들으며 식사를 한다. 나는 지치지도 않고 뻔한 욕을 퍼붓는다.

"아무도 그 얘길 제대로 못해." 내가 말한다. "지금 자기들이 뭘 어쩌고 있는지도 몰라. 말 그대로 어떠한 치료법도 존재하지 않는다고. 세계에서 가장 선진적인 알츠하이머병 연구라면서 뭐라고 떠드는지 알아? 그놈의 블루베리. 그놈의 수면 타령뿐이라고."

잭이 고개를 끄덕인다.

브라이언이 집에 오고 두 사람은 아침을 먹는다. 나는 여자가 아이를 낳는 한 이 지구상에 성차별은 존속할 거라는 생각이 든다. 이 두 남자, 젊은 남자와 젊지 않은 남자 둘은 물론이고 심지어 나까지도, 둘은 돈을 낸 식당 손님처럼 앉아 있고 나는 베이컨을 뒤집고 빵을 굽고 머그잔을 채우는 이 구도에 표현할 수 없는 행복을 느끼기 때문이다.

며칠 뒤, 브라이언이 스테인드글라스 작업실에 가 있는 동안 책이 내 사무실에 온다. 나는 생각을 소리 내어 말하고 싶다. 소설의 장면을 구성할 때처럼 나는 소파에 누워 손을 눈 위에 올리고, 책은 서성거리다 안락의자에 앉는다. 우리에게 얼마만큼의 펜토바르비탈나트륨이 필요한지 찾아봤다. 엑시트 인터내셔널 아니면 디그니타스의 어떤 문서에 언급되어 있을 그 양에 관한 정보를 나는 기어이 찾아내(그리고 까먹는데, 그것도 두 번이나 까먹어서 다시 찾는다―아무래도 브라이언의 알츠하이머병이 내 기억력까지 파괴하는 듯하다) 마침내 20그램이라고 색인 카드에 적는다. 내가 말한다. 브라이언은 구토억제제를 먹어야 해. 먹은 걸 다 토해내지 않으려면. 그런 다음 약물을 믹서에 갈아 스무디를 만들어야겠지. 내가 조금이라도 이 일을 돕는다면 장갑을 껴야 해. 브라이언의 지문만 남고 내 건 안 남게. 잭, 이건 범죄야.

　나는 아이들이 우리와 함께했으면 좋겠고 이 계획을 실행에 옮긴다면 아이들이 내 곁을 지키고 싶어할 거라는 걸 알지만, 키워야 할 자식이 있는 내 아이들에게 도저히 어떠한 법적 책임도 지울 수는 없다. 따라서 아이들에게는 일이 끝난 후 오라고 하면 되겠지만, 그러면 아이들은 다들 어디서 기다리고 있어야 할지, 그뒤엔 어떻게 되는지 상상조차 할 수 없다. 상상조차 할 수 없어서 나는 눈을 감고 아주 사소한, 가장 쓸데없는 세부 사항에—어떤 방에서 어떤 시간대에 일을 치를 건지—자꾸자꾸 집중한다. 잭은 조용히 자리를 뜬다.

조사할 때는 공공도서관에 간다. 개인 휴대폰도 금물, 개인 노트북도 금물이다. 인터넷에서 반복해 강조하는 점은 개인 컴퓨터로는 어떤 것도 검색하지 말라는 것이다. 뭔가 알아봐야 한다면 전화를 걸어야지 문자를 남기면 안 되고, 개인 노트북도 사용하면 안 된다. 실제 수사가 진행되기라도 한다면 노트북을 산이 든 통에 담근다고 해도, 경찰이 내 검색 기록을 쉽게 찾을 수 있을 거라는 점을 나는 잘 알고 있다. 펜타닐을 검색하자 그 단어가 등장하는 모든 웹사이트에서 그것이 모르핀보다 오십 배에서 백 배는 더 세다고 확언한다. 합법적인 목적으로 사용하는 거라면 패치나 정맥주사로 극소량을 꾸준히 투여받을 수 있다. 성공 가능성이 희박한 건 누군가가 '연구실'에서 만든 길거리 버전으로, 가루, 점안액, 비강 스프레이, 압지 같은 것이다. 현재 나는 예전의 그 길거리 약쟁이 무리와 연락이 끊겼지만, 더 귀한 물건일수록 딜러가 내세우는 이름과 실제 물건의 정체가 일치하지 않을 가능성이 크다는 사실은 여전히 유효하리라 생각한다. 거짓말의 대가는 무시해도 되는 수준이다. 만약 물건에 치명적 결함이 있다면, 고객은 목숨을 잃는다. 문제 해결. 그저 순도가 낮거나 효과가 없는 수준이라면, 고객은 불만을 제기할 수 있지만 소송을 걸 순 없고 딜러를 죽일 가능성도 희박하다. (짐작하건대 만약 딜러를 죽일 수도 있는 고객이라면 딜러가 처음부터 알아서 조심할 것 같다.) 클로그를 신고 메이드웰 청바지를 입고 어슬렁어슬렁 걸어가 펜타닐을 손에 넣을 수 있다 해도 내가 구한 게 아예 펜타닐이 아닐 수도 있고, 펜타닐이라고 해도 브라이언이 죽기 전 고통스러운 혼란, 불안, 발작을 겪을 수 있다. 약효가 돌 때까지 얼마나 걸리는지는 분명하게 알아내지 못했는데, 보고된 펜타닐 과다복용 사례의 대부분이 덩치 큰 중년 남성의 자살과는 관계없기 때문이다. 지난 이 년 간 과다복용 문제가 심각해진 펜타닐은 이제 구하기가 힘들고, 따라서 구매하기도 힘들다. 펜타닐은 탈락이다.

엑시트 인터내셔널의 웹사이트를 자세히 읽어본다. 한눈팔지 않으려고 애쓰지만, 엑시트 인터내셔널 설립자 필립 니츠케와 한 네덜란드 디자이너가 만든 '사르코'에 자꾸 눈길이 간다. 사르코는 미래에 나올 법한 인체 크기의 자살 캡슐이다. 예술이 목적과 만났을 때…… 산소 농도를 급격히 떨어트리고 낮은 이산화탄소 수치를 유지하는(평화롭고 쾌감마저 느껴지는 죽음을 위한 조건) 캡슐이라는 콘셉트가 사르코의 개발로 이어졌다. 이건 예술인가, 아니면……? 외관은 특별한 이벤트를 빛낼 수 있도록 우아하게 디자인되었다. 이 '새로운 목적지'로 향하는 여정에 '우웩' 하는 요소는 빠져 있다.

난 못한다.

디그니타스에서 준 자료를 샅샅이 파헤쳐보기로 한다. 이제 우린 적어도 디그니타스의 회원이며 가능성이 있는 후보다. 수많은 다른 선택지는 제외한다. 헬륨 튜브와 칠면조 재우는 봉지는 고통이 없다고는 하지만 무시무시해 보인다. 너무 유난스럽지 않은 멕시코 수의사에게서 페노바르비탈을 구하는 선택지도 제외한다(군이 멕시코까지 가지 않으려면, 집에 안락사시키고 싶은 말이 한 마리 있는데 혼자 조용히 보내주고 싶다는 말을 믿어줄 수의사를 알아야 한다). 그러나 펜토바르비탈나트륨은 흔하고 한때 매우 인기 있던 바르비투르산계 중추신경 억제제로, 이것이 정답이다. 과다복용시 반드시 사망하고 고통 없이 죽는다. 일 분이 채 지나지 않아 가벼운 잠이 들고, 십 분 안에 깊은 잠에 빠진다. 이십 분이면 심장이 멈춘다. 펜토바르비탈나트륨의 치사량은 대략 4.5킬로그램당 1그램이다. 브라이언에게 확실하게 들으려면 적어도

20그램이 필요하다. 규제 약물치고는 말도 안 되게 많은 양이다. 애보트랩스는 1999년 이 약물의 제조를 중단했다. 미국에선 사형집행시 사용되는 약물이다보니, 제약 회사들은 엄격하게 규제되는 약물을 굳이 나서서 제조해 언론의 비난을 사고 싶어하지 않는다. 알약으로는 50 혹은 100밀리그램정으로 제조된다. 우리에겐 오백 정이 필요하다. 나는 우리의 몇 안 되는 의사 친구들에게 도움을 요청한다. 그들은 진심에서 우러난 애정을 담아, 펜토바르비탈을 구하는 건 (1) 자기 소관이 아니고 (2) 정말정말 힘들다는 점을 분명히 밝힌다. 그 중 한 명은 이렇게 말했다. (치사량 자가 투여는) 대부분 실패로 끝나. 나이가 더 많은 다른 친구는 이렇게 말했다. 브라이언은 정말 확고한 거야? 나라면 버틸 수 있을 때까지 살면서 이기적으로 아내에게 기댈 텐데. 정말 그게 맞는 얘기일지도 모르겠다고 생각했다.

이제 마지막 남은 의사 친구에게 전화를 건다. 이미 브라이언의 알츠하이머병에 대해 아는, 전에 내가 커피를 연거푸 마시며 흐느끼는 동안 옆에 앉아서 이야기를 들어줬던 친구다. 친구는 이렇게 말한다. "그러니까, 앰비엔으로는 불면증이 해결이 안 돼서 바르비투르산이 필요하다는 얘기지?" 나는 조금 늦게 받아치지만 그래도 더듬거리며 내 대사를 이어나간다. 불면증이 도저히 나아질 기미를 안 보여서 유일하게 도움이 될 만한 건 펜토바르비탈나트륨이라고 (삼 주 전까지만 해도 전혀 알지 못했던 단어를) 말한다. "그러면," 의사가 말한다. "펜토바르비탈나트륨을 처방해줄게. 대신 정말 조심해서 취급해야 해." 이보다 고마울 수가 없지만, 결국 이 계획도 수포로 끝난다. 나는 CVS의 약사에게 처방을 건넨다. 약사는 경찰이나 FBI에 신고하지 않고 심지어 매니저를 부르지도 않는다. 다만 처방을 보더니 어디론가 전화를 걸고, 나는 여성용품 판매대 근처에서 어슬렁거리다가 그녀가 고개를 쳐들자 약 받는 곳으로 간다.

"주문은 넣었어요." 약사가 말하고, 그녀의 독일어 억양이 이제야 들린다. "기대하진 마세요. 정말 구하기 힘들거든요."

"법적으론 문제될 게 없잖아요." 나는 친절한 도우미 같은 말투로, 그녀도 이미 아는 것을 지적한다.

"그렇죠. 근데 미국 내 유통 상황이…… 안 좋아요. 열흘 뒤에 전화 주세요."

열흘을 기다린 후 약사에게 전화한다.

실패다.

"월그린에 한번 가보세요." 그녀가 말한다. "거긴 유통 체계가 다르거든요. 저희 쪽에선 절대로 못 구하실 거예요."

월그린에 전화를 걸자 그곳 약사는 즉각 대답한다. 안 됩니다. 저희 쪽에선 못 구하실 거예요.

실패다.

여전히 펜토바르비탈나트륨을 생산하고 유통하는 독일이
나 덴마크, 중국에서 물건을 주문해볼 수도 있겠지만, 인터넷
에서 읽은 바로는 세관에서 수출입 화물에 무작위 약물 검사
를 실시한다고 한다. 누가 보냈는지 모른다고 주장할 수도 있
고 또 내 인종과 나이가 방패가 되어줄 수도 있겠지만, 내가
감옥에 가지 않는다 해도 펜토바르비탈나트륨은 결국 구할
수 없을 것이고, 브라이언은 여전히 알츠하이머병 환자로 현
재보다 더 상태가 악화된 채 지내야 할 것이며, 결국 나는 그
를 실망시킬 것이다. 경찰이 우리집 문간에 들이닥쳐 나를 심
문하고 텔레비전이 놓인 방으로 들어와 브라이언을 심문하는
장면이 머릿속에 그려진다.
　잭에게 다크웹에 관해 물어보자, 그가 내게 설명하려고 애
쓴다.
　"그러니까, 기본적으로 옐프* 같은 거예요. 다크웹은 딥웹
의 아주 일부라고 보시면 되는데, 딥웹에는 특정 소프트웨어
가 있어야 접근할 수 있는 암호화된 사이트들이 있어요. 그

───────────

* 미국의 식당 검색 및 리뷰 사이트.

런데 일단 들어가보면 요즘 세대 버전의 신문 광고란에 가까운데, 사실 더 나은 점은 거기 판매자들한텐 리뷰가 달린다는 거예요. 리뷰가 좋으면 좋을수록 실제로 사려고 하는 물건을 받을 가능성이 커지는 거죠. 여기선 비트코인으로 거래하는데요. 전자지갑에 저장되는 파일이에요. 신용카드나 송금을 통해 구매하거나 다른 상품과 교환할 수 있고, 그걸로 물건을 구매하는 거죠."

그렇구나.

"기본적으로 컴퓨터를 돌려서 아주 복잡한 연산을 풀게 하는 거예요. 그러면 한 번씩 비트코인이 나와요. 그런데 요즘은 그게 너무 복잡해져서, 정말 성능 좋은 컴퓨터를 써도 하나 나올 때까지 몇 년씩 걸릴 수도 있어요."

그렇구나.

나는 잭에게 정말 큰 도움이 되었다고 말한다. 그러고는 곧바로 인터넷에 들어가 블록체인과 암호화폐 믹서 등등을 공부하고, 어느 날 아침 FBI가 다크웹 시장을 폐쇄했으며 가장 규모가 큰 판매자 리뷰 사이트 한 곳과 심지어 믹서도 몇 군데 폐쇄했다는 소식을 접한다. 기사에 따르면 다크웹 커뮤니티가 불만을 토로했다고 한다.

그만 알아보자.

우리의 일상에 생기를 불어넣으려고 지역 카지노로 눈을 돌려본다. 브라이언은 내가 처음 알고 지낼 때부터 행복한, 그리고 내 생각이지만 실력 있는 블랙잭 선수였기 때문이다. 나는 도박에 대해서는 아무것도 모른다. 바보 같은 짓이라고 생각할 뿐이다. 경견, 경마, 사이드베팅, 슬롯머신, 바카라, 블랙잭까지 내 눈에는 죄다 창밖으로 돈을 던지는 것과 다를 바 없어 보이지만, 그건 내가 추격의 짜릿함을 몰라서 그런 것이다. 브라이언은 안다. 나는 모히건 선 카지노 웹사이트를 둘러보다가 이런 걸 발견한다.

어스파이어 럭셔리 스위트

어스파이어 럭셔리 킹 스위트룸은 넓게는 106제곱미터에 달하는 공간에 호화로운 킹사이즈 침대가 자리한 침실, 접이식 소파침대와 자동 조명이 달린 드레스룸이 구비된 거실을 포함해 럭셔리한 가구로 가득한 공간입니다. 자쿠지가 있는 넓은 욕실과 미니 욕실을 비롯해 함께 제공되는 고급 어메니티가 최고급 경험을 완성합니다.

나는 광고 카피라이터로 일한 적이 있는데, 당시 상사가 해준 말이 있다. '최고급'이라는 건 실은 안 그렇단 얘기야. 남자가 스스로 재밌는 사람이라고 하는 거랑 똑같아.

브라이언에게 설명을 읽어주니 어깨를 으쓱한다.

"가서 블랙잭이라도 하면 어때." 내가 말한다. 그가 여전히 블랙잭을 할 수 있을지는 잘 모르겠지만.

"방 사진 한번 볼래?" 내가 묻는다.

방은 내가 예상한 그대로 터프트 카펫과 폴리에스테르 침대보가 깔린, '호화 스위트룸'의 평범한 버전이지만, 그래도 1박에 1천 달러나 한다. 우리한테 있지도 않은 돈을 쓰는 것이다. 나는 글을 쓸 수 없는 상황이고 브라이언은 예정보다 삼 년이나 일찍 갑작스럽게 은퇴하긴 했지만, 그래도 여기에서 도박을 조금 즐기고 괜찮은 스테이크를 먹을 수는 있을 것이다. 둘이서 어두운 조명 아래 고급 의자에 앉아 방안의 향기를 맡으며 그는 라임 조각을 여러 개 넣은 소다수를, 나는 마티니 반잔을 마실 거고, 그런 다음 그는 블랙잭을 하러 갈 것이다. 내가 사람들을 구경하는 동안 그는 이기고 지고 어쩌면 몇 시간 후에는 500달러를 딸지도 모른다. 나는 신용카드를 꺼낸다. 그의 표정이 환해지는 걸 보고 싶다. 한때 많은 것들에 그러했듯. 표정이 환해진다는 건 맞장구가 필요한 기쁨이다. 우리 두 가지 치즈케이크를 다 사보자. 우리 은퇴하면 이탈리아 마르케에서 한 달 동안 지내면서 포도넝쿨을 키우자—까짓거, 아예 와이너리를 열지 뭐!—이번 주말은 몬트리올까지 운전해 가서, 오전 내내 침대에 누워 〈사라진 여인〉을 보자. 이런 것들이 나는 그립다.

무엇에도 관심없는 이 해질녘은 견디기 힘들다.

브라이언은 내 장난에 맞춰주지 않는다. 이건 누가 뭘 받아야 하고 공정한지 억울한지 따지는 부부생활에서의 게임 같은 게 아니다. (우리는 대체로 그렇게 따지고 드는 부류는 아니다. 다만 내 경우, 물론 좋은 점이 없는 건 아니지만, 우리 집에서 이탈리아 음식이 다른 모든 요리를 장악하고 바비큐소스가 기초 식품으로 묶이는 현상을 따지고 들 뿐이다. 브라이언의 어머니는 언젠가 우리에게 기념일 선물로 절인 고기를 선물한 적도 있다. 절인 고기 4.5킬로그램과 바비큐소스 세 가지를.) 브라이언은 내가 피렌체나 파리 휴가 얘기를 다시 꺼내도록 일부러 카지노에 관심이 없는 척하는 게 아니고, 결국 맨해튼에서 긴 주말을 보내는 것으로 합의하는 일도 없을 것이다. 그는 내가 의미 있게 생각하는 일을 하나도 하지 않을 것이다. 카지노는 그의 흥미를 끌지 못한다. 도박을 한다는 생각, 돈을 따고 상대를 따라잡고자 하는 열망은 희미해졌다. 노트북으로 몇 시간 동안이나 블랙잭을 연습하고 딜러와 다른 손님들과 함께 카드를 치며 저녁을 보낼 준비를 하던 건 아주 오래전 얘기다. 브라이언은 다시는 휴가를 가자는 얘기를 꺼내지 않는다.

가을 내내 별로 떠나고 싶지도 않은 여행을 계속 제안하는 나 자신을 발견한다. 피렌체와 파리, 아니면 둘 중 한 곳―11월 말이면 정말 좋지 않을까, 나는 말한다(진심으로 그렇게 생각하진 않는다. 분명 울적함을 넘어서서 우울하기까지 할 것이고 내가 술꾼이 아닌 게 억울해질 것이다). 또 우리가 두 번 갔던 해변, 내 부모님이 차례로 돌아가실 때마다 갔던 해변 얘기도 다시 꺼낸다. 브라이언은 그곳을 정말 좋아했고, 나는 그가 좋아했던 걸 하나하나 말해본다. 그때 갔던 한 사유지 바닷가에서, 벌거벗기엔 너무 늙었지만 그래도 벌거벗은 채 펠리니 감독의 영화에 나오는 엑스트라처럼 몇 시간 동안 즐겁게 뛰놀았던 기억. 쓸데없이 비싼 점심을 건너뛰게 해준 거한 애프터눈티 타임에서 그가 얼그레이 두 주전자를 마시고 주머니를 쿠키로 채우며 행복한 한 시간을 보냈던 기억. 어느 저녁, 길 위쪽 작은 식당까지 걸어갔다가 우리에게 들러붙는 웨이트리스를 만나 둘 다 어쩌지 못하고 넘어갔던 기억. 브라이언은 이 모든 기억에 희미한 미소를 짓는다. 그래서 나는 인터넷에 들어가 그가 가장 좋아하는 맨해튼의 한 호텔 사진을 몇 장 보여주며 호텔방에서 아침식사를 하고 산책을 갔다가 다시 돌아와 또 한번 더 호화로운 아침식사를 했던 기억을 얘기하지만, 그는 고개를 젓는다. 누군가가 중요치 않은 사소한 얘기를 계속 꺼낼 때처럼.

　나는 어김없이 그를 실망시키고 만다.

행운이 따르기를

좋은 날은 여전히 달콤하다. 좀처럼 잠이 오지 않는 밤이면 나는 브라이언에게 껴안아도 되느냐고 묻고, 그는 내가 안을 수 있게 오른쪽으로 돌아눕는다. 가끔은 예전처럼(삼 년 전) 그의 티셔츠 아래 손을 넣고 놀랍도록 부드러운 피부 감촉을 느끼며 여전히 변치 않은 그의 냄새를, 나무와 시나몬 향을 맡는다. 때로는 그의 어깨에 기대어 이해하기 어려운 스코틀랜드 추리물을 함께 본다. 나는 졸다가 중요한 십 분을 놓치고, 내가 깨면 브라이언은 흔들의자나 컨버터블이나 닭장이 왜 피범벅이었는지 설명해준다. 우리는 침대 위에서 쿠키 두어 개를 먹고, 내가 레이철 매도의 립글로스 색이 (나쁘다는 건 아니지만 그래도) 바뀌었다고 지적하면 그는 내 눈썰미에

감탄하고, 아무도 보는 사람이 없으니 마음 편히 바닥에 쿠키 부스러기를 턴다. 숨이 죽은 베개를 터는데 내 힘이 얼마나 좋은지 베개로 침대맡 탁자 위 물건을 모조리 쓰러뜨린다. 그가 웃으며 나보고 스스로와 타인에게 모두 위협적인 존재라고 말한다. 이런 순간들이 내가 원하는 모든 것이다. 나는 이런 순간으로 가득한 삶을 원한다. 그가 한숨을 쉬고 나도 한숨을 쉰다.

나쁜 날은 온종일 새 모이 소동이 벌어진다고 생각하면 된다. 가끔은 사실관계를 두고 다투거나 무거운 우울감이 그를 뒤덮는 것 이상으로 나쁘게 흘러가는데, 물론 우울해한다고 그를 탓할 수는 없지만 집안 분위기가 어두워지는 데 한몫하는 건 사실이다. 브라이언은 옛 동창에게서 이메일을 받는데, 본인과 남편이 떠날 낚시 여행 계획을 잡아줬으면 한다는 부탁이다. 그가 은퇴하면 하고 싶어했던 일이 바로 이런 거였다―이십대 시절 콜로라도에서 부유한 사람들을 이끌고 하이킹과 낚시 여행을 다녔던 것처럼 낚시 가이드가 되는 것. 그는 고민에 빠지고 나는 입을 다문다. 실제로 어느 시점엔 두어 번 손으로 내 입을 막는다. 이건 그가 할 수 있는 일이 아니다. 직접 낚시를 하거나 누군가에게 낚싯줄을 던지는 법을 보여줄 순 있겠지만 여행 계획을 짤 수는 없을 것이다. 우선 그렇게 하기를 내가 원치 않는다. 그들이 후서토닉강에서 평생 다시는 없을 특별한 낚시를 즐기도록 돕는 걸 내가 원치 않는다. 이메일을 주고받고, 점심식사를 준비하고, 매 순간 브라이언을 보좌하는 일은 내가 도맡을 것이다. 브라이언은 십 분 정도 중얼거리며 고민하다가 슬픈 기색을 띠며 말한다. 아무래도 거절해야겠지. 그가 모자를 쓰고 낚시를 하러 나가자 나는 안도하지만, 당장 그에게 달려가 이렇게 말하고 싶어진다. 같이 해보자, 당신이 정말 하고 싶으면.

가을 내내 나는 손 떨리는 두려움과 단호한 결단력 사이를 왔다갔다한다. 새해 명절인 로쉬 하샤나가 지나가고, 속죄일인 욤 키푸르도. 브라이언이 예상과 다르게 유명 인사 대접을 훌륭하게 해내 걱정했던 내가 약간 바보같이 느껴졌던 디너파티도, 우리 가족만의 옥토버페스트도 마찬가지로 지나간다. 이 옥토버페스트 때 내 아들과 큰손녀이자 우리의 '1번' 이사도라가 로체스터에서 오고(그애가 조금은 갑작스레 태어났던 날, 우리는 새집을 고쳐주기 위해 방문한 참이었다. 그날 우린 복도를 걸어다니면서 전화를 받으며 간호사들을 비롯해 누구든 붙잡고 포옹하고 입맞췄고 무신론자 버전의 기도를 올렸다. 이제 브라이언은 혹시 모를 상황을 대비해 이사도라를 '우리 강아지'라고 부른다), 내 딸과 며느리와 우리의 등불 조라가 브루클린에서 온다. 우리는 모두 단서를 쥔 채 옥수수밭 미로를 통과하고, 아이들은 얼굴에 호박 페이스페인팅을 받은 뒤 당나귀 타기 체험을 하고, 비숍스 오처드에서 다 같이 푸짐한 점심식사를 함께한다. 나는 조라가 작은 기차를 타고 들판을 통과하며 손을 흔들던 모습을, 이사도라와 쌍둥이가 건초 탑의 건촛더미에서 다른 더미로 폴짝폴짝 뛰어다니던 모습을 기억한다. 이 장면에서 브라이언은 찾을 수 없다. 그가 옥수수밭 미로를 통과했다는 건 안다. 커다란 미끄럼틀도 씩 웃으며 타고 내려갔을 것이다(그는 커다란 미끄럼틀만 보면 타지 않고는 못 배겼다). 구운 옥수수와 비싼 감자튀김도 시켰을 테지만, 내 마음의 눈에 그는 보이지 않는다. 그해 가을에 있었던 일은 잘 떠오르지 않고, 추수감사절이나 하누카나 크리스마스 정도가 조각조각 기억날 뿐이다. 나는 안다. 우리는 이 모든 명절을 기념했고, 그도 거기 있었으며, 그러니 나도 거기 있었다는 걸. 이게 마지막일지 모른다고 생각하며, 그리고 마지막이 아닐까봐 두려워하며. 내가 그를 돕지 못하게 될까봐, 그가 취리히에 못 가게 될까봐, 우리가 어떻게든 가야만 하는 강의 반대편에 도달하지 못할까봐 걱정하며. 크리스마스를 기억하는 건 평소보다 소규모로 치렀기 때문이다. 딱 우리 둘과 아이들과 손주들하고만 보냈다. 언니와 언니 가족들에게는 한사코 오지 말라고 했는데, 다들 실망하면 어쩌나 신경도 쓰이지 않았다. 내가 그해 크리스마스를 기억하는 건 순전히 브라이언과 함께 찍힌 사진 덕분이다. 그는 자기 아버지의 보석빛 실크 로브를 입은 채 거대하고 웅장하게, 나는 낡아빠진 로브를 입고 찡그린 채 서 있다. 우리 뒤의 큰 창문으로 햇빛이 들어오고, 나는 장거리 기차 여행중에 겨우 몸을 일으켜세운 늙은 여자처럼 보인다.

기억 치료

잎은 노랗고 빨갛게 물들어가고, 나는 이제 더는 치매 관련 자료를 읽지 않는다(알츠하이머병과 그 외의 치매 관련 자료 모두. 예를 들면 후두엽이 손상되면 시력부터 잃고, 전두측두엽 치매는 더 빠르게, 간혹 더 극적으로 진행되며 성격 변화도 동반하는데, 아주 확실하게 다정한 성격이 되거나 공격적이고 가끔 폭력을 분출하는 쪽으로 변하기도 한다는 정보 같은 것). 삶을 끝내는 방법과 관련 법률에 관해서도 더는 읽지 않는다. 지난 몇 주간 브라이언과 나는 집에서 십 분 거리에 지어지고 있는 기억 치료 병동을 단순한 관심 이상의 마음으로 지켜보고 있다. 우리는 매번 공사장 옆을 지나치고, 지나칠 때마다 우리의 방식대로 한마디씩 한다. 브라이언은 제곱미터에 관해, 나는 레드 루프 인 호텔처럼 생긴 외관에 관해. 어제는 식료품점에서 함께 차를 타고 돌아오는 길에 그 옆을 지나며 내가 속도를 늦추자 브라이언은 손을 휘저었다. 계속 운전해.

브라이언이 옆에 없으면 여전히 나는 가끔 치매에 걸린 사람들과 가족을 담은 영상물을 몰래 본다. 〈치매 일기〉와 루이스 서로의 2012년 다큐멘터리 〈극한의 사랑: 치매〉 같은 영상을. BBC에서 방영한 〈생의 한 해〉 시리즈는 보다 말다 하는데, 여기엔 치매에 걸린 세 사람이 나온다. 자꾸만 보게 되는 한 커플은 육십대 후반과 칠십대 초반으로, 그야말로 파란 눈에 완벽한 영국인의 전형 같은 외모에다 영국 작가 (앤서니 아니면 조애나) 트롤럽의 소설에 나온 특정 계급의 특정 행동 양식을 지닌 인물처럼 보인다. 백발의 잘생긴 남자 크리스토퍼는 눈 색깔과 같은 색의 스웨터를 입는 뱃사람 유형인데, 지난 십 년간 배와 관련된 일을 했으며, 은퇴 전에는 치안판사였고, 칠 년 전에 치매 진단을 받았다. 벽난로 위에도, 선반에도 사진이 즐비하다. 이십 년 전의 그는 아주 멋지고 무심한 듯 존재감을 뽐내고 있으며, 그의 현재 아내가 푹 빠졌을 거라는 게 보인다. 어쩌면 그녀가 떠난 옛 남편은 머리가 벗어진 부동산 변호사가 아닐까 나는 상상한다. 아마 자녀들은 화가 났을 것이고 아직 응어리가 남았겠지만, 휴일엔 모두가 즐겁게 지내고 손주들도 있으며, 그녀는 일생일대의 사랑과 함께 행복한 여생을 즐기다가 어느 날 알츠하이머병을 맞닥뜨렸을 것이다. 열렬하고 다정하며 뼛속까지 영국인인 아내는 말한다. "치안판사로 있을 때 당신은 흔히들 하는 말처럼 모든 게 지나간다는 걸 깨달았지." 그는 웃음을 터뜨리며 동의한다. 그녀도 격려하듯 웃음을 터뜨리고 말한다. "게다가 당연히, 자기가 감방에 누굴 집어넣었고 또 넣지 않았는지 알 길이 없었을 거고." 그가 또 웃는데, 마치 이렇게 말하는 듯하다. 정말 맞는 말이야, 여보. 나는 이 다큐멘터리를 세 번 봤다. 위스콘신, 코네티컷, 펜실베이니아에 브라이언의 각종 서류(출생증명서, 이혼 서류, 우리의 혼인신고서)를 요청하는 이메일을 한번 더 보내면서. 크리스토퍼는 주먹 쥔 손으로 다른 손바닥을 탁탁 치면서 말하는데, 이 몸짓이 삶에 대한 그의 메시지를, 계속 나아가야 한다는 것을, 멈추거나 겁먹지 말아야 한다는 교훈을 강조한다. "계속 나아가야 하지만, 어느 시점이 되면 앞으로 어떻게 할지 결정을 내려야 할 때가 오죠."

내 생각에 이 말은 치매라는 인피니티 풀의 어느 한 지점에 도달했을 때, 앞으로 얼마나 더 머물 것인지 결정해야 한다는 뜻으로 한 것 같다. 그의 아내는 그의 발언을 나와는 사뭇 다르게 해석한다. 아니면 그녀도 나와 같은 해석을 공유하지만 거부하는 것일지도 모른다. 그녀는 힘차게 말한다. 맞아요, 상황에 대처할 줄 알아야 하죠. 그는 동의하지만, 확신은 없이 말한다. 그래요, 대처.

　나는 그가 마음에 든다. 몇 분 뒤, 그의 아내는 얼굴에 환한 미소를 띠며 치매와 노령으로 인한 건망증의 차이를 설명한다. 그냥 잊어버리잖아, (크리스토퍼를 가리키며) 안 그래, 당신? 차에 들어가면 거기 왜 들어갔는지 까먹지, 안 그래? 그는 고개를 끄덕이며 껄껄 웃는다. 고통 속에서 그녀는 웃음을 터뜨릴 뻔하다가 카메라를 보고 말한다. 처음엔 꽤 충격적이죠.

구명보트

　우리는 여전히 승인을 받지 못한 상태다. 나는 위대한 웨인 맞은편에 앉아 말을 잇지 못한다. 그의 사무실에 올 때, 그의 집 지하에서 나는 자주 그의 소파에 몸을 내던진다. 마치 구명보트라도 되는 양 거기서 깊고 짧은 낮잠에 빠진다. (3월부터 상담 예약을 잡아 웨인과 일주일에 한 번씩 보기 시작했다. 몇 차례 상담을 진행한 후 웨인이 내 긴장을 풀어줄 요량으로 이렇게 말했다. 넌 지금 내 반응에 지나치게 신경쓰고 동조하고 있어. 저 소파에 누우면 좀더 수월하고 힘이 덜 들 거야―그러고는 모퉁이에 있는 다분히 프로이트적인, 페루 스타일의 러그가 깔린 소파를 가리켰다. 정말로 그가 이걸 의도한 것인지 아니면 슬픔 때문에 내가 똑바로 앉지 못할까봐 걱정했던 건지는 상관없었다. 나는 즉각 의자에서 튀어나가 소파에 누웠다.)

　이번만은 방으로 들어와 웨인의 땅딸막한 안락의자에 등을 세우고 앉는다. 신도들이 몰려드는 어떤 유물—눈물 흘리는 성모마리아상이든 석화된 천조각이든—앞에 선 순례자처럼. 과연 내가 절박하고 겁에 질린 이들을 두고 이러쿵저러쿵 떠들 수 있는 처지인가? 잘 알지 못하는 신경외과의사 두 명에게, 최대한 좋게 말해도 약간 별나다는 평판이 있는 이들에게 가보는 것도 고려해봤다. 여전히 나는 디그니타스라는 단어만 들어도 움찔하지 않는 유순한 의사, 신경외과의사 혹은 정신과의사를 찾고 있었다. 하지만 도무지 찾을 수 없었다.

　예전의 나라면 '가슴이 찢어진다'는 표현을 썼을 것이다. 이제 나는 '가슴이 찢어지는' 게 뭔지 더 잘 알게 됐고, 과거 나의 풍부한 정서에 도취해 그토록 가볍게, 바보같이 그 말을 썼던 게 조금은 부끄럽다. 정말이지 멍청했다.

　나는 웨인에게 내가 도움을 요청했던, 혹은 도움을 요청하길 망설였던 모든 이들에 관해, 그리고 내가 맞닥뜨린 모든 실망에 관해 털어놓는다. 여러 의사와 있었던 문제도 상세히 설명한다. 순전히 내가 애쓰고 있다는 걸 보여주기 위해서다. 내가 신경외과의사 얘기를 꺼내자 그는 멋진 눈썹을 치켜세우고, 나는 숨죽이며 생각한다. 아, 어쩌면 이게 그토록 찾아

헤맸던 강하신 손, 내게 내려온 정의와 자비의 팔일지도 몰라. 그에게 우리가 필요한 것을 말한다. 현재, 그리고 과거에도 브라이언에게는 임상적 우울증의 증거가 전혀 보이지 않는다는 의학적 소견서가 필요하다고.

나는 말한다. 만약 우리에게 주어진 삶이 지상에서의 유일한 시간이라는 이유로, 혹은 신이 인간에게 할당해준 거라면 뭐든 감사히 받아들여야 해서, 혹은 사는 동안('사는 동안'이 충분히 길기만 하다면) 우릴 괴롭히는 질병의 치료법이나 치료약이 개발될지도 모른다는 가능성 때문에 당신이 장수를 중요한 가치로 여긴다면, 당신은 나와 생각이 다르다고. 만약 당신이 죽음은 적이고 삶의 지속 그 자체가 승리라고 여긴다면, 그 삶이 정말 외롭고 괴롭고 제약이 많더라도 그렇게 믿는다면, 삶의 질이라는 것을 거대한 숲속의 가느다란 한 그루 나무로, 거대한 싸움에서 논쟁할 만한 덕목 하나쯤으로 여기는 사람이라면, 당신은 나와도, 브라이언과도 생각이 다르다고.

내 남편은 세 가지 원칙을 따르는 사람이야. 내가 말한다.

좋다는 대답을 있는 그대로 받아들여라.

허락을 구하는 것보다 용서를 구하는 게 낫다.

그리고—좋든 나쁘든—싸움이 날 것 같으면 첫 주먹은 내가 날려야 한다.

과거 예일대에서 미식축구 선수로 뛰던 시절, 브라이언은 하버드를 방문했다 계단에서 하버드 남학생 셋의 공격을 받은 적이 있다. 그때 두들겨맞은 걸 그는 자기 탓으로 돌렸다. 하버드 애들이 말뿐인 줄로만 알고 자신은 손 한 번 올리지 않았다고 한다. 웨인은 웃음을 터뜨리며 고개를 끄덕인다.

각종 검사와 MRI 촬영이 있고 나서, 신경외과의사는 소견서에 브라이언이 진단 이후 충격을 받은 것처럼 보였다고 썼다. 나는 웨인에게 말한다. 내 생각에 브라이언은 충격을 받은 게 아니야. 그는 자신이 느낄 수 있는 최악의 공포가 현실이 됐다는 게 끔찍했을 거고 이것이 미칠 영향을 최대한 빨리 파악하려고 했을 거라고, 나는 말한다. 브라이언은 무방비로 당하고 싶지 않았던 거야. 하버드 애들한테 당했을 때처럼.

웨인은 나를 쳐다보지 않고 이야기를 듣는다. 그는 내게 베트남전에 참전했을 때 경험을 들려준다(그는 의사로 파병되었다. 그의 말로는 당시 의사나 보병 둘 중 하나를 선택할 수 있었는데, 어찌됐든 징집이었다고 했다). 그는 징병 유예를 원하는 젊은 남자들을 돕기 위해 군 안팎에서 뭐든 했다고 한다. (대략 그렇게 말했던 것 같다. 실은 그때 난 손이 아플 정도로 의자를 꽉 붙잡고 있었고, 귀에서 심장 뛰는 소리가 울려서 그의 말을 제대로 따라갈 수 없었다.) 얼마 있다가 그가 말한다. 그래, 내가 도와줄게. 나는 의자에서 몸을 웅크리고 얼굴을 감싸며 눈물을 쏟는다. 웨인은 응당 그래야 하듯 가만히 자리에 앉아 있는다. 내가 고개를 들자, 웨인은 브라이언의 면담 예약을 잡으라고, 면담은 구십 분 정도 소요될 텐데 뭐가 됐든 결과를 써주겠다고, 만약 면담 결과가 우리의 목적에 도움이 된다면 자기 서신을 디그니타스에 보내도 된다고 말한다. 그는 나에게 면담시 함께 오라고 제안한다. 왜? 내가 묻는다. 내가 꼭 있어야 해? 웨인은 어깨를 으쓱하며(복잡 미묘한 이 동작은 정신과의사 특유의 제스처로, '아주 타당한 이유가 있지만, 말은 안 해줄 것'이라는 의미다) 말한다. 나중에 돌아보면 그 자리에 있어서 다행이라고 생각할지도 모르잖아.

정말 그렇다. 그 자리에 내가 있어서 진심으로 다행이다. 가히 인터뷰 명인의 강좌 같았다. 누군가 동굴 벽을 전등불로 비춘 것처럼 브라이언의 인지적 틈이 전부 눈에 들어왔다. 나는 웨인이 브라이언을 과거로 미래로 안내하며, 깊은 관심과 애정을 기울여 매우 구체적인 활동과 광범위한 대화로 이끄는 모습을 지켜봤다. 그리고 내 남편이 미식축구를 아는 또다른 예일 출신의 남자를 만나 마지막으로 따뜻하고 깊고 즐거운 대화를 나누는 모습도 지켜볼 수 있었다.

다음은 브라이언에 관해 쓴 웨인의 서신 후반부로, 이 서신

덕분에 우리는 디그니타스로부터 승인을 받을 수 있었다.

어미치 씨의 과거 이력이나 구술에서 임상적 우울증의 증거는 보이지 않았습니다. 체중 감소나 수면장애, 업무 시간 허비를 동반한 심각한 기분장애도 없었습니다. 그의 과거 경험을 되짚어보면, 브라이언 자신도, 수년 전 그를 진료했던 이들도 그의 상태를 과잉 진단한 것으로 판단됩니다. 그가 고충을 토로했던 건 예상 가능한 생활 스트레스 요인, 어려움, 실망스러운 상황으로 인한 불쾌감이었다고 설명하는 편이 더 적절해 보입니다. 그의 성인기 스트레스는 유년기의 역기능적 가정환경이 근본 원인일 수 있습니다. 그는 전설적인 미국 미식축구 영웅과 자애롭지만 한계가 있었던 아내 사이의 여섯 자식 중 맏이입니다. 본인 또한 예일대학교에서 뛰어난 미식축구 선수로 활동했고, 그곳에서 건축 공부도 시작했습니다. 그는 십대 시절 연인과 결혼했습니다. 이 결합은 성년의 삶에 뒤따르는 성숙을 위한 시련을 견디지 못했습니다. 그들은 자녀 없이 이혼했고, 이 이혼이 어미치 씨의 독실한 이탈리아계 미국인 가톨릭 원가족에 격변을 일으켰습니다. 지난 십이 년간 그는 에이미의 자녀와 손주들과 함께 안정적이고, 만족스럽고, 충만한 결혼생활을 지속했습니다. 그가 감동적으로 구술했듯,

가족으로 둘러싸인 삶에서 큰 사랑과 기쁨, 의미를 찾았습니다.

어미치 씨는 본인의 최근 기억력이 과거의 60~80퍼센트 수준이라고 추정합니다. 나는 40~50퍼센트로 추정합니다. 편안한 분위기에서 사회보장번호를 물었을 때, 그는 주저하며 번호를 읊었습니다. 거꾸로 말해보라고 했을 때는 읊지 못했습니다. 그의 기억 기능은 상담 중간에도, 하루 단위로도 변화가 심합니다. 아마도 주변 사람들의 반응에서 자신의 실수를 알아차리고 당혹감과 좌절을 더 많이 느끼게 된 듯합니다. 그는 자신의 이야기를 있는 그대로 직설적이면서도 통렬하게 전달합니다. 그의 구술 내용의 일부 면면은 상당히 흔한 것이기도 합니다. 그와 그의 아내는 심부름이나 살림용품 쇼핑 같은 평범한 일상 속 활동에서 기쁨을 느낍니다. 그는 낚시를 즐기고 건물을 짓는 등(은퇴자 주거단지, 스포츠 시설 등) 물리적으로도 충만하고 자연과 가까운 삶을 살았습니다. 그는 깜박이며 스러져가는 인지의 불꽃에 기댄 위태로운 삶을, 꺼져가는 삶과 그후에 올 죽음의 어둠으로 침잠하는 과정을 끔찍하게 여깁니다. 현재 그의 정신은 어떠한 정신질환이나 심각한 성격장애의 제약을 받지 않는, 온전한 판단력을 갖춘 정상적인 상태입니다. 당면한 고난 속에서도 그는 정상 범주 안에서 자신의 인생 궤적을 기록하고 결정을 내리고 있습니다.

그는 패기와 용기를 지닌 강하고 결단력 있는 사람입니다.

위대한 웨인은 일주일 만에 이 서신을 내게 보내줬다. 나는 그에게 답신 이메일을 보내 감사인사를 전하며 그가 가진, 혹은 가진 적이 있던 직함을 모조리 말해보라고 했다. 그는 자신의 직함을 나열했는데 어쩌다보니 정신분석학의 명사 인명록 패러디 같은 느낌이 되어버렸다. 그가 만약 장난기가 넘치는 부류였다면 아마 '프리도니아 수상, 루퍼스 T. 파이어플라이'*도 추가했을 것이다. 나는 디그니타스에 서신을 보낸 뒤 하이디로부터 소식이 오기를 기다린다. 브라이언에게 서신을 보여줄 필요는 없을 것 같고, 그도 굳이 보여달라는 말은 하지 않는다.

"웨인이랑 얘기하는 거 즐거웠어." 그가 말한다. "그 양반은 포덤대학교 오펜시브 라인인 '일곱 명의 돌덩어리'에 관해 빠삭하게 알더라고. 훌륭하지."

---

* 코미디의 고전으로 평가받는 영화 〈식은 죽 먹기〉(1933)의 주인공.

2019년 11월 말
스토니크리크

추수감사절 전날, 브라이언은 디그니타스 전화 면담을 한
차례 더 치른 상태로(이번에는 '알츠하이머병'이라는 단어를
기억해냈고, 스웨덴이 아니라 스위스라는 것도 기억해냈다),
하이디는 이제 우리가 임시 승인 단계로 넘어갔다고 알린다.
그리고 자신의 본명이 S라고 밝힌다. 우리는 그녀에게 조용히
감사를 전한다. S는 안전하게 비행기를 착륙시킨 조종사처럼
한숨을 내쉰다. 그녀는 말한다. 어미치 씨, 즐거운 주말 보내
세요. 블룸 씨도요. 그녀는 구체적인 내용과 필요한 서류를 알
려주기 위해 이메일이 더 오고갈 거라고 말한다. 우리가 8월
부터 그토록 애면글면하며 기다려온 전화다.
    우리가 들어야 할 내용을 다 들은 순간, 브라이언이 나를

힘껏 껴안는다. 그토록 이루고 싶었던 걸 드디어 이뤄냈고, 그것도 함께 해냈다. 그는 팀워크를 사랑한다. 그 순간 조명이 바뀌고 어두워진다. 나는 그가 없는 세상 속에 서 있다. 그는 자기 없이 돌아가는 세상을, 자기 없이 부엌에서 홀로 있는 내 모습을 선명하게 본다. 전화를 적절히, 제대로 끊고 나서 우리는 서로의 품안에서 눈물을 쏟다가 말없이 오전 열한시에 낮잠을 자러 올라가고 아이들이 우리집에 도착할 무렵에야 추수감사절 준비를 위해 내려온다.

브라이언이 평소처럼 법석을 떨면서 행복하게 집중한 채 샌드위치를 만드는 동안 내가 아이들에게 소식을 전한다. 우리는 모두 부엌에 비좁게 들어앉아 브라이언이 원하는 바를 드디어 이루게 됐다는 안도감에, 끔찍한 안도감에 휩싸이고, 본인만 빼고 모두 심란해하며 훌쩍인다. 브라이언은 내 딸 케이틀린을 옆으로 데리고 가 나를 잘 보살펴달라고 당부하고, 케이틀린은 그러겠다고 약속하며 나는 문간에 서서 운다. 그는 샌드위치를 마저 만들고 위층에 뉴스를 보러 간다.

나는 물건을 떨어뜨리기 시작한다. 세라믹으로 된 파이 누름돌을 부엌 바닥에 떨어트린다. 뚜껑 열린 옥수수시럽을 병째로 버터와 달걀이 담긴 볼에 떨어트린다. 토스트를 태운다. 오븐에서 파이 하나를 통째로 태우고 또다른 파이에는 버번 위스키를 원래 들어가야 할 양의 네 배나 넣어 켄터키 출신

술꾼이 아니고서야 아무도 먹을 수 없게 만들어놓는다. 물건이든 정신머리든 제대로 붙들고 있지 않고 상황을 해결하려는 의지도 노력도 없다. 나는 파이 누름돌을 대충 다 주운 다음 모두에게 걸을 때 조심하라고만 말한다. 손주들의 엄마들이 나머지 누름돌 조각을 주우러 다니고, 그러거나 말거나 나는 내버려둔다. 옥수수시럽 병을 버린 다음 버터와 달걀도 버린다. 토스터에 아직 들어 있는 까맣게 탄 토스트도, 누군가 토스터를 쓸 사람이 그때 버리겠거니 하고 그대로 둔다. 나는 생각한다. 이렇게 '그레이 가든스'*로 가는구나.

레오타드와 발목양말 차림으로 뛰어다닐 힘은 없지만 나는 어떻게 노인들이 먼지와 끈적거림, 경미한 수준의 오물과 곰팡이 핀 수건에 익숙해지는지 이해하게 된다. 꼭 눈이 침침하거나 몸이 약해져서 이런 문제를 어찌지 못한다기보다는, 그저 지금껏 너무 많은 일을 겪었기 때문이다. 친한 친구들을 전부 땅에 묻은 마당에, 커피잔의 립스틱 자국이나 다시는 못 볼 사람의 사진 액자에 내려앉은 먼지에 어떻게 일일이 흥분하겠는가? 사랑했던 아내와 형제를 땅에 묻은 마당에, 의자 등받이의 (이제는 거의 구멍이 날 지경인) 닳은 곳을 어떻게

---

* 다큐멘터리 〈그레이 가든스〉(1975)에 나오는, 한때는 아름다웠지만 다 쓰러져가는 저택의 이름. 주인공 '리틀 이디'가 레오타드를 입고 발목양말 차림으로 등장한다.

심각하게 생각하겠는가? 물론 관록은 유용하다. 그래서 열여덟 살로 돌아가라면 다들 싫다고 하는 것이다. 하지만 관록이 너무 많이 쌓여서 안 좋은 점은, 실제로 눈앞에서 일어나는 일에 신경쓰는 게 도무지 쉽지 않다는 것이다.

아이들은 내게 언제나 예외이며, 나는 모두를, 내 아이 셋과 그들의 아이 넷을 늘 지켜보고 있다. 만약 아이들이 아니었다면 나는 이미 손에 리모컨을 든 채 오물 속에서 살고 있을 것이다.

추수감사절은 끝났고 이제 크리스마스가, 그리고 시어머니가 오고 있다.

시어머니의 오십 년 지기 단짝의 알츠하이머병 투병기라면 브라이언과 나는 이미 대략적인 개요와 자세한 내용까지 다 알고 있다. 시어머니 이본의 친구이자 브라이언에게는 이모였고 단골 저녁 손님이었던 그녀는 낸시 레이건 스타일로 가공할 만하게 차려입는 인물(맞춤 바지 정장에, 거기 어울리는 남색과 흰색 실크 꽃을 라펠에 꽂고, 또 거기에 어울리는 사파이어 귀걸이까지, 감탄만 나올 뿐이었다), 실력이 출중한 골퍼, (내가 경악하는 대의에) 헌신적인 자선가였고, 이본의 영화 관람, 저녁, 클럽 술자리에 늘 함께하는 절친이었다. 지난 몇 년간 그녀의 알츠하이머병 증세는 급행열차를 탄 듯 빠르게 진행됐다. 제일 처음 그녀는 청소부에 불만을 표시했고, 그다음엔 가끔 방문하는 손님들에, 어느 순간부터는 아들에 대해 불평하기 시작했다. 머지않아 귀중품이 엉뚱한 장소에 있었다든가 누가 뭘 훔쳐갔다든가 하며 불만을 토로했다. 그다음엔 길을 찾지 못하게 됐는데 심지어 낮에도, 오십 년을 한결같이 달려온 도로에서도 길을 못 찾아서 클럽에 가거나 늦은 오후 영화를 보러 갈 때면 이본이 운전대를 잡아야 했다. 어느새 그녀는 폭력적으로 변하고 눈물이 많아졌으며, 본인이 통제할 수 없는 실제 및 상상 속의 끔찍한 힘을 두려워했다. 그러자 아들이 그녀를 요양 시설에 보냈고, 거기서 그녀는 분개하며 소리 높여 불평을 늘어놓다가, 공동 식당에서 예의를 갖추거나 요가 수업에 적절한 옷을 입고 가지 못했고 심지어 청결을 유지하지도, 건강 도우미와 잘 지내지도 못하는 상황에 이르렀다. 결국 아들은 그녀를 기억 치료 병동으로 옮겼다. 거기서 그녀는 치아를 하나 잃었고, 하나 더 잃었으며, 침대에 앉아 그곳에서 나갈 때만 기다렸다. 청결은 유지할 수 있었으나 옷차림이 형편없었고, 여전히 이본을 알아봤지만 이본이 방문할 때마다 집에 데려가달라며 훌쩍였다. 이본은 자세한 이야기를 굳이 우리에게 숨기지 않았다.

12월 초, 이본이 우리집을 방문한다. 우리는 일종의 저녁식사를 함께하는데, 모두 이본이 가져온 훌륭한 이탈리아 음식이다. 이본은 보드카를 조금 마시고 우리는 일찍 잠자리에 든다. 이본과 나는 아주 이른 시각에 눈을 뜬다. (그해엔 해가 뜨는 걸 매일 아침 봤던 것 같다.) 브라이언과 나는 이제 대강의 계획을 그녀에게 알릴 때라고 판단한다―취리히로 출국하기 직전 브라이언은 자기 가족에게 디그니타스로 가기로 한 자신의 결정을 알리는 이메일을 보낼 것이며, 그후 내가 가족 친지 모두에게 그의 지시대로 쓴 두번째 편지를, 그의 죽음을 알리는 편지를 보낼 예정이다.

　친구들에게,

　여러분 가운데 몇몇은 알 것이고 몇몇은 모르겠지만, 브라이언은 지난여름 조발성 알츠하이머병 진단을 받았습니다. 어렵고 힘들고 가슴 아픈 시간이었지만 그러는 동안에도 이 두 가지만은 변치 않았습니다. 가족은 그에게 사랑과 지지를 아끼지 않았다는 사실, 그리고 브라이언이 숙고를 거쳐 내린 결정, 즉 앞으로 십여 년 동안 이어질 알츠하이머병의 '긴 작별'의 길로 들어서지 않겠다는 확고한 결정입니다.
　브라이언은 운좋은 아내와 자신의 삶을, 그 안에서 누린 낚시, 미식축구, 문학, 가족을 사랑했으며, 취리히의 디그니타스에서 고통 없이 평화롭게, 제 곁에서 삶을 마감하기로 했습니다.

이를 준비하는 내내, 삶의 마지막을 향해 가는 동안 그는 놀라울 정도로 용감했고, 슬픔에 잠겼지만 따뜻함과 애정을 잃지 않았으며, 우리 모두와 함께했습니다. 예술활동을 계속했고, 스토니크리크의 트롤리 트레일에 산책하러 나갔으며, 평소 깊이 헌신했던 가족계획연맹*의 봉사에도 참여했습니다.

브라이언 어미치의 추모식은 2020년 2월 8일 토요일 3시, 코네티컷주 브랜퍼드에 위치한 윌러비 윌리스 도서관에서 치를 예정입니다. 그곳에서 뵙기를 희망합니다. (추모식에 관한 문의는 다음 이메일 주소로 연락해주십시오. XXX, XXX@gmail.com)

브라이언의 삶을 기리고 싶으신 분은 가족계획연맹에 기부해주시기 바랍니다.

사랑을 보내며,

에이미

---

* 미국 사회운동가 마거릿 생어가 세운 민간 비영리단체. 미 전역에 진료소를 운영하며 피임이나 임신 중단 등 여성 보건 관련 서비스를 제공한다.

브라이언은 비행기에 타기 직전에 이메일을 전송할 계획이다. 그러면 아무도 방해할 수 없을 거야. 그가 말했다. 물론 각자에게 작별인사는 해야지. 사람들은 그게 작별인사인지 모르겠지만.

아주 좋은 계획은 아니었고, 결국 우린 계획을 수정했다. 그대로라면 그의 형제자매에겐 마음의 준비를 할 기회가 허락되지 않을 것이고 우리에게도 진정한 최후의 작별을 위한 시간이 허락되지 않을 것이었다. 하지만 브라이언은 어디까지나 그들이 자신을 방해할 여지가 없는 선에서 소식을 알릴 것이었고, 그에겐 이 점이 중요했다.

전화 통화로는 이본에게 아무 말도 하지 않았지만, 막상 우리집에서 그녀와 대면하니 입을 다물고 있기가 힘들었다. 내 의외의 챔피언이자 스물다섯의 나이에 다섯 살도 안 된 아이 넷을 키운 이 여성은 막내 폴의 죽음 이후(우리 형제 가운데 제일 사랑스러운 애였어. 브라이언은 그렇게 말했다) 이제 소중한 아들을 또 잃게 될 것이었다. 나는 시어머니를 사랑했고, 브라이언 역시 필라델피아의 일가를 떠나기로 결정했을 때도 여전히 자신의 어머니를 사랑했다. 그녀의 회복력과 결단력을 존경해 마지않았고, 자신이 가장 좋아하는 그녀의 명언을 자주 인용했다. "우린 오래 있기 위해서가 아니라 좋은 시간을 보내기 위해서 여기 있는 것이다."

그가 얼마나 이 말을 자주 인용했을지 상상이 갈 것이다.

(내가 이본을 처음으로 만나러 가던 날, 아직 전 부인과 이혼하기 전이었던 브라이언은 내가 나타나기 한 시간 전 어머니에게 나에 관한 나쁜 소식을 한꺼번에 죄다 전하기로 했다. 자녀 셋, 이혼, 커리어, 유대인, 그리고 양성애자라는 것까지. 이본은 눈 하나 깜짝하지 않았다. 첫 저녁식사를 함께한 뒤 그녀는 내 손을 툭 치더니 부엌으로 가 그의 형제자매를 모두 불러모으고 기본적으로 이런 뜻의 말을 했다. 자, 여기에 합세해요.)

그렇긴 해도, 독실한 가톨릭 신자에 늘 단정한 머리 모양을 하고 센존 정장 차림에 멋진 버버리 숄을 곧잘 두르곤 하지만 자신에게 진정 낯선 세계는 좀처럼 탐색하는 법이 없는 이본은 내 이상적인 친구상은 아니다. 우리집 2층 이본의 침실 문밖에 서서 그녀의 발소리가, 부스럭거리는 소리가 들릴 때까지 나는 기다린다. 내가 노크하자 그녀가 내게 들어오라고 한다. 벌써 멋지게 갖춰 입고 있다. 나는 침대에, 그녀 옆에 앉아서 디그니타스와 관련한 계획을 말한다. 그녀는 내게서 멀어져 눈가를 훔치고, 나는 손을 포갠 채 기다린다. 소란이 벌어지는 건 원치 않지만, 피할 수 없다면 브라이언이 아직 자고 있을 때 벌어졌으면 좋겠다.

그때 그녀가 입을 연다. "정말 다행이구나. 어젯밤에 알아챘단다. 그래서 이 일로 기도했고. 밤새워 기도했어. 브라이언이 조앤처럼 고통받지 않게 해달라고. 내가 이렇게 다행스러워한다는 게 충격적이긴 하지만, 그래도 다행이야."

이본은 자신의 소중하고 매력적이며 헌신적인 친구가 맞이한 비극적인 삶과 끔찍한 죽음을 얘기한다. 손을 맞잡고 함께 울다 그녀는 내가 브라이언에게 선물과도 같은 존재라고 말하고, 나는 그녀가 내 친엄마인 양 그녀 품에 몸을 던진다. 우리는 아래층으로 내려가 브라이언과 아침식사를 한다. 이본은 브라이언의 손을 잡고 버디 이야기를, 자기가 잘 알고 지냈던 젊은 사지 마비 환자 이야기를 꺼낸다. 커피를 마시며 그녀는 버디의 형제가 그를 한 모텔로 데려갔다고 말한다(미시간에서? 기분이 안 좋을 때라면 브라이언은 아마 이렇게 나올 것이다. 누구 형제라고? 언제 일인데? 내가 알아야 해?). 그들은 그곳에서 잭 키보키언(80년대의 '죽음의 의사' 같은 존재다)과 만나기로 약속이 되어 있었고, 그가 버디에게 독극물을 주사했다고 한다.

브라이언은 말한다. 이건 다 엄마의 전문 영역이잖아요. 죽음과 죽어감을 의미하는 것이다. 이본은 선뜻 고개를 끄덕인다. 나는 위층에 올라가 내 새로운 에이전트와의 점심 약속에

나갈 때 걸칠 스카프 두 개를 들고 내려와 걸쳐본다. 그리고 이본이 고른 것으로 결정한다. 세련됐고 안 칙칙하네. 그녀가 말한다. 나는 요새 내 몰골이 어떤지 알 길이 없고, 언제나 할말(대개 좋은 말)이 있었던 브라이언은 아무것도 알아차리지 못한다. 오랫동안 내 옷차림에 관해 그의 의견을 물었지만, 지난 삼 년은 내가 그의 옷차림으로 호들갑을 떨었고—낚시 모자에 브룩스 브라더스 폴로 티셔츠는 노숙자 패션 아닌가?—이제 난 그마저도 하지 않는다.

우리는 이본에게 브라이언의 형제자매에게는 우리 계획을 비밀로 해달라고 부탁한다. 그녀는 망설이지 않는다.

"그건 내가 말할 문제가 아니야." 그녀가 말한다. "너희 일이지. 너희가 준비되었을 때 직접 말하렴."

"지키기 힘든 비밀인 거 알아요." 내가 말한다.

가장 숙녀다운 방식으로 그녀가 콧방귀를 뀐다. "내 나이가 여든넷이야." 그녀가 말한다. "비밀 하나쯤은 지킬 줄 안다고."

브라이언이 미소를 지으며 어머니에게—또 한번—말한다. 그녀는 죽음에 관해서라면 전문가라고. 이본은 어렸을 때 중년도 채 되지 않은 부모를 보살피다 묻었고, 여동생이 세상을 떠나기 전 그녀를 돌보며 자기 집을 호스피스 병동으로 내어주었으며, 마찬가지로 사랑하는 언니를, 그리고 고작 대학생이었던 사랑스러운 아들 폴을, 열렬히 사랑했던 두 남편을 보냈다. 이외에도—아마 이본도 지적하겠지만—굳이 언급하지 않은 세상을 떠난 친구들도 많다.

그녀는 지난 여섯 달 동안 여덟 군데의 장례식에 갔다며 친구가 각각 누구였는지, 각 죽음의 배경과 가족 상황까지 읊었다. (뇌졸중이었는데, 남편은 루게릭병이야. 심장병으로 갔는데, 자식들이 LA에 살아, 같은 것들.) 슬프게도 사무적인 말투로. 기운을 내기 위해 그녀는 폴이 죽고 난 후 회복력에 관한 다큐멘터리 프로젝트 시리즈의 일부로 가족이 만든 영화를(〈슬픔에 잠긴 가족: 어미치 이야기〉) 떠올린다. 1981년 크리스마스이브, 폴이 교통사고로 죽은 후 남겨진 가족의 이야기를 담은 영화다. 이본은 브라이언의 내레이션 가운데 이 말이 기억난다고 한다. 우리는 죽음에 관해 좀처럼 얘기하지 않지만 죽음 없이 삶은 존재하지 않는다고. 이본과 브라이언 모두 그가 그렇게 어린 나이에 그토록 현명한 말을 했다는 게 꽤나 자랑스러운 듯하다.

하지만 나는 괴팍하고 지친, 하루 중 어느 때라도 낮잠을 잘 준비가 되어 있는 사람이다. 오늘 하루 세 잔째 커피를 컵에 따르며 나는 생각한다. 웃기시네—이 남자가 그 대사를 쳤을 땐 거의 서른이 다 된 나이였다고. 이제 좀 있으면 브라이언의 예리한 선견지명과 달라이 라마스러움을 가지고 어미치가의 신화 만들기가 또 한차례 시작되겠군. 모든 게 날 열받게 한다. 이본은 자식들을 지극히 사랑하고 언제든 자식에게 가장 호들갑스러운 연분홍빛 스포트라이트를 비춘다. 나는 새틴에 묻은 스파게티 자국이나 대사 실수에 투덜거리는 성질 더러운 좌석 안내인이다. 그때도 지금도 나는 이 영화 프로젝트가 어떻게 진행된 건지 잘 모르지만, 어미치가 사람들에 관한 이 영화는 분명 방송이 되었고 제작 이후 이본이 다양한 모임에서 애도와 슬픔을 주제로 강연했던 짧은 경력이 있다는 사실만은 안다. 브라이언의 진단 이후, 그리고 죽음 이후 이본은 애도와 슬픔에 관해 조언하는 사람들이 하나같이 강조하는 지점에 가까스로, 성공적으로 도달한다. 집에서 홀로, 아니면 딸들이나 친구들과 함께 그녀는 자신이 마음껏 슬픔에 빠진 어머니가 되도록 허락한다. 잠깐의 전화 통화에서 그녀는 흐느끼며 그저 아들을 조금만 더 보고 싶을 뿐이라고 말하고, 나 역시 너무도 같은 심정이라 그녀를 위로하려다가 실패하고 그저 함께 흐느끼며, 우리는 젖은 전화기에 대고 작별인사를 중얼거린다.

우리와 함께 있을 때, 이후에는 나와 함께 있을 때 이본은 자신의 슬픔을 중심에 두지 않는다. 그녀는 자기가 먼저 혹은 제일 크게 울지 않도록 조심하며 자신의 상실은 거의 언급하지 않는다. 실로 그녀는, 브라이언의 말대로, 일류임이 틀림없다.

이본과 브라이언과 함께 기차역으로 가는 길, 나는 운전에 집중한다. (그해에 나는 총 다섯 번의 교통사고를 겪는데, 그중 한 번은 내 차를 완전히 박살냈다. 다섯 중 적어도 넷은 순전히 내 책임이다.) 나는 밥 신부님이, 계획중인 줄도 몰랐던 브라이언의 필라델피아 추모식에 이본이 부르기로 생각중인 듯한 그분이 게이인지 아닌지에 관한 열띤 대화를 어깨너머로 조각조각 듣는다. 약간의 실랑이를 벌이다 결국 두 사람 다 어깨를 으쓱하고, 밥 신부님에 대해 이본은 열렬하게, 브라이언은 온건하게 애정을 표한다. 브라이언은 어머니가 필라델피아성당에서 추모식을 하고 싶다면 자기는 상관없다고 말한다. 또한 그는 자신을 화장한 후 재를 아버지와 폴 옆에 묻어주었으면 좋겠다고 의사를 밝힌다. 그 말을 듣고 나는 제일 먼저 이런 생각이 든다. 자기 재가 묻힐 장소로 네번째 다른 곳을 골랐네. 이본은 이 결정에 모든 면에서 만족해하며 집으로 돌아간다. 이것으로 이본이 우리집에 오는 어미치가 사람들 행렬의 스타트를 끊는다.

디그니타스와 한창 씨름하면서도 우리는 브라이언의 가족에겐 앞으로 일어날 일에 관해 모호하게 말했고, 앞으로 어떤 일이 일어났으면 하는지에 관해서는 더더욱 모호한 태도를 유지했다. 그의 남동생 하나가 현실에 충실하라는 식의 말을 하고, 우리는 "그래, 그래" 하는 식으로 대답한다. 그 남동생은 또다른 남동생이 브라이언에게서 뭔가 이상한 점을 느낀 적이 있다고 말한다. 지난번 브라이언이 본가에 갔을 때, 진단받기 전 봄에 있었던 일이다. 그해 봄, 이본은 요양 시설에 들어가기 전 집을 비우면서 자신한테 더는 필요 없는 물건들을 다섯 명의 성인 자녀들에게 가져가라고 지시했다. 브라이언에게는 그가 열여섯 살 때 잡은 대형(163킬로그램짜리) 상어 박제가 지하에서 그를 기다리고 있다고 전했다. 그는 그것을 원했다. 분명히 말하건대, 난 원치 않았다. 나는 대개 그가 원하는 게 있으면 가지라고 하는 편이지만, 우리의 좁은 집 짧은 벽면에 이 대왕 상어는 안 될 말이었다.

나는 예일대에 상어를 기증하자고 제안했고(그가 다닌 초등학교, 우리가 다니는 도서관, 집 근처 레니 앤드 조 피시테일 레스토랑에도 제안할 의사가 있었다. 우리집만 아니면 어디든 좋았다) 몇 차례 전화를 돌린 후 어느 단과대도 이빨이 몇 개 빠진 대형 박제 상어를 원치 않는다는 결론에 도달하자, 우리는 예일 낚시클럽(이런 데가 있다니. 정말 고맙습니다)과 그들의 전용 공간인 예일 야외교육센터로 눈을 돌렸다. 상어를 그곳에 갖다준다는 건, 유홀*에서 빌린 트럭을 몰고 그의 어머니 집까지 320킬로미터를 가서 상어를 싣고 50킬로미터를 더 가서 예일 야외 어쩌고에 도착한 뒤 상어를 내리고 예일 야외 어쩌고 담당자에게 무사히 넘긴 다음 집에 오는 여정을 하루 만에 끝내야 한다는 의미였다.

둘이서 이 프로젝트에 착수해 브라이언은 누가 무엇을 할지 정하고 나는 전화를 걸거나 전화를 거는 브라이언 옆에서 종이에 메모를 쓰면서 소통을 보조했다. (언제 문 연대? 언제 닫는대? 상어 싣고 내리는 걸 누가 도와줄 수 있대?) 우리는 마치 해변을 비틀걸음으로 거니는 늙은 연인 같았다─남자가 조개껍데기를 찾으면 여자가 줍고, 넘어지지 않으려 서로를 꼭 붙잡고 걷는 늙은 연인. 이 주나 걸렸지만 모든 게 잘 처리되었고, 브라이언도 한 시간마다 내게 전화하면서 녹초가 됐지만 차분한 상태로 집에 도착해 용케 임무를 완수했다. 유일한 문제는 바로 그 남동생과 분노의 오해가 있었다는 것뿐이었다. 이 남동생은 정해진 틀을 지키는 걸 중시했고 일이 어긋나는 걸 참지 못하는 성격이었기 때문에 나는 이런 상황을 대수롭지 않게 생각하고 넘어갔다. 심지어 이 일이 처리하기가 얼마나 힘들었는지, 같은 사람에게 얼마나 많은 전화를 걸어야 했고, 평소보다 확인 전화를 얼마나 많이 돌려야 했는

* 미국의 이삿짐 포장 및 보관, 트럭 대여 회사.

지도 딱히 이상하게 생각하지 않았다. 우리는 그냥 그 일을 해냈다.

나는 브라이언이 진단을 받기 전에, 그가 운전대를 잡으면 안 된다는 사실을 알기 전에 상어를 처리한 걸 다행으로 생각한다. 그해 여름이 끝날 즈음, 예일 야외 어쩌고 담당자가 브라이언에게 몇 차례 전화를 걸어 근사한 전시를 위해 상어의 명판에 넣을 상세 정보를 요청했을 때, 브라이언은 전시를 위한 작업을 따라가지도 상어의 상세 정보를 기억하지도 못하는 상황이었다. 그는 상어를 잡은 정확한 위치와 당시 상황을 기억하지 못했다. 우리집에 열여섯 살의 그가 일자 스포츠 양말을 신고 긴 금발을 늘어뜨린 채 한쪽 옆에는 아버지를, 다른 쪽 옆에는 상어를 두고 서 있는 사진이 (커다란 금색 액자 속에) 걸려 있는데도.

이후 우리가 브라이언의 진단 결과를 공유하자 그의 형제자매는 하나같이 내게 그날 상어 여행에서 뭔가 이상한 낌새를 느꼈다고 말한다. 그때 내게 전화해서 브라이언이 괜찮은지 물은 사람이 한 명도 없었다는 게 화가 나지만 놀랍지는 않다. 그게 왜 화가 나는지는 모르겠다. 그들이 그의 약한 모습을 봤고 그 애기를 꺼낸 게 싫은 건지, 아니면 목격한 것을 내게 서둘러 알리고 도움을 주지 않아서 원망스러운 건지. (그들이 그랬다면 좋았을까? 여동생 한 명이 전화해서 "세상에, 오빠가 정신을 어디 놓고 다니나봐요" 했다면? 그런다고 누구에게 도움이 되나?) 나는 그저 화가 날 뿐이다. 그들이 그가 힘들어하는 걸 보는 게, 한마디씩 하는 게, 그는 곧 떠날 테지만 그들은 여기 남는다는 게. 대개 내가 화가 날 땐 딱히 이유가 없다.

2019년 겨울
스토니크리크

　해는 네시 이십팔분에 지고, 우리는 여전히 디그니타스와
몇 가지 문제를 해결하고 있다. (브라이언이 오 분도 채 안 돼
자신의 출생증명서를 찾아내는 바람에 우리 둘 다 놀라고 기
뻐한다. 우리는 그걸 스캔해서 보낸다. 내가 그걸 스캔해서
보낸다.) 디그니타스는 다음날 우리에게 이메일을 보내, 절차
가 잘 진행되고 있기는 하지만 증명서 원본이 필요하다고 말
한다. 우리는 원본을 보낸다. 이 주 후, S에게서 우리가 보낸
문서가 그들이 요구하는 양식과 다소 다르다는 연락이 온다.
우리는 커노샤 출생 등록 사무국에 연락하고 열흘 후 새로운
증명서를 발급받는다. 실물 증명서를 디그니타스에 보낸다.
열흘 후, 그들은 이 새로운 양식이 기준에 부합하며 우리의

승인 가능성이 조금 더 커졌다고 말한다.

마침내 이본에게 브라이언의 형제자매와 우리의 계획을 공유해도 된다고 말한다. 우리는 그들의 지지 표명과 방문을 얼마든지 환영한다고. 브라이언의 한 여동생이 필라델피아에서 브라이언의 삶을 기리고 그에게 작별인사가 될 거창한 가족 저녁 만찬을 갖자고 강력하게 제안하지만 나는 네 번의 다른 방식으로 단호하게 거절 의사를 표하고, 앞으로 우리집으로 줄줄이 방문이 이어질 것임을 안다. 그리고 전반적으로 나는 만족한다. 내가 필라델피아에 다시 갈 일은 없을 거야. 브라이언이 말한다.

여동생들이 브라이언은 물론이고 내게도 전화한다. 그들은 애정을 표하면서도 심란해한다. 그중 한 명이 일주일 뒤 이본과 함께 방문할 예정이다. 다른 한 명은 남편과 함께 오는데, 브라이언은 그를 아주 좋아한다. 한 남동생도 이본과 함께 올 예정이다. 다른 남동생은 내 생각에 다른 여자 가족과 같이 올 것 같다. 브라이언의 조카가 일정을 짜겠다고 자청하는데, 그녀는 최선을 다하지만 결국엔 전화를 걸어 내가 예상했던 내용을 전한다. 방문 일정을 조율하다 어그러졌는데 다들 어찌됐든 자기 멋대로 할 거라고. 나는 이루 말할 수 없이 그녀에게 고맙다. 이 사랑스럽고 걱정 많은 아이는 친척 어른들이 조율된 일정에 맞추어 브라이언에게 마지막 작별인사를 하러 올 수 있도록 삼촌들과 할머니를 쪼아대겠다고 자청해서 나선 것이다. 나라면 그런 일을 하겠다고 나서지 않았을 것이고, 그녀가 돕지 못한 것보다 도운 부분이 훨씬 많다. 그녀는 브라이언의 편의와 안위가 최우선이라고, 에이미는 맹견인 로트바일러 같은 사람이라 막무가내로 나올 거라며 가족들을 설득했다.

결국 서로 부부가 아닌(내가 잘 알 만큼 가까운 친척도 아닌) 한 여자 친척과 다른 남자 친척이 같이 오기로 해 우리 모두가, 심지어 브라이언마저 깜짝 놀란다. 그러다 일정이든 운전이든 러시아워 때문이든 어떤 차질이 생겨 두 사람이 함께 오지 못하는데, 남자 친척은 여자 친척이 자기 없이 우리집을 방문하는 걸 영 마땅치 않아한다. 그는 일주일 뒤에 이본과 함께 올 것이다. 한편 그녀는 정말로 혼자서 우리집에 도착한다. 음식을 잔뜩 들고 와 입맞춤을 퍼붓는다. 브라이언이 그녀와 다시 만나 진심으로 기뻐하는 게, 그녀의 고운 얼굴과 따뜻한 포옹과 자신을 향한 칭찬을 기쁘게 받아들이는 게 눈에 보인다. 그녀가 일주일 정도 머물다 가도 좋을 것이다. 일단 나는 그렇다. 그녀가 순식간에 생기 넘치는 존재감을 발산하는데 우리는 그녀의 그런 면이 좋고, 그녀가 와줘서 기쁘다. 비록 그녀가 우리집에 혼자 오는 걸 가족 전체가 반대하기는 했지만. (왜 그랬는지는 모르겠다. 내 가족이었다면 굳이 설명하진 않더라도 이유를 알 수 있었겠지만. 브라이언의 가족은 여전히 내겐 타국과도 같아서, 그들의 언어로 말할 수는 있으나 방언까지 섭렵하지는 못했다.) 가족들과의 통화는 잘 흘러가고 있는 듯하다. 브라이언이 태어날 때부터 그를 아는 이본의 친구 몇 명에게서 애정어린 편지가 도착하기도 한다. 한 주 한 주 지날 때마다 그는 점점 무감해진다.

애원하고, 야단치고, 세상에서 가장 설득력 떨어지는 근거를 어김없이 드는 옛친구의 이메일도 여러 통 도착하고(구글로 찾아봤는데…… 급하게 생각할 것 없고……) 그럴 때마다 브라이언은 매번 친절과 자제력을 발휘해 답장을 한다.

1월까지는 아무 일도 일어나지 않을 것이다. 크리스마스와 하누카가 지나면 디그니타스가 다시 문을 여는 1월 6일이다. 이 사실에 아무도 기뻐하지 않지만, 정말 이상하게도 나는 조금 기쁘다. 이것이 우리의 마지막 크리스마스라는 걸 알지만, 그 이후로 시간이 조금은 허락될 테니까.

지난 몇 년간 브라이언과 나는 새해 전날을 버몬트주에 있는 호화 리조트에서 언니 부부와 함께 보냈지만, 올해는 그러지 않을 거라고 언니에게 전한다. 엘런은 내가 왔으면 하는 마음으로 이렇게 말한다. 잠깐 기분전환을 할 수 있는 좋은 기회가 될 텐데. 이제까지 그래왔던 것처럼 시간을 함께 보내고 싶을 뿐이야. 언니의 애정과 진심이 느껴지지만, 내 심장은 단단히 굳는다. 나는 생각한다. 내 인생에서 다시는 없을 시간이겠지. 그리고 할 수 있는 한 가장 매몰차게 말한다. 브라이언도 나도―캐비어와 프랑스 샴페인이 앞에 있다 해도―사람들과 둘러앉아 그들이 좋아하는 이런 소재로 수다를 떨 자신이 없다고. 저희는 봄에 근사한 여행을 계획중인데, 어떤 여행을 계획중이세요? 생각만 해도 어색하다. 내가 퉁명스럽게 이 말을 전하자, 날 사랑하는 언니가 말한다. 알겠어.

나는 차마 크리스마스 날 언니와 얘기를 나눌 자신이 없다. 우리가 (이브에 중국 음식을 먹고, 트리에는 유리 드레이들*과 포춘쿠키를 다는) 유대교식 크리스마스를 함께 보내지 않은 건 삼십여 년 전 이후로 처음이다. 크리스마스가 지나자 브라이언은 감기 때문에 쉬러 위층으로 올라가고 나는 트리 장식을 내리기 시작한다.

나는 여러 가지 일을 혼자 해보며 남편을 잃은 아내가 되는 연습을 하고 있다. 혼자서 줄 조명을 내리고, 브리트니 하워드 노래를 듣고, 간식을 먹는다. 이것과 혼자가 된 여자의 삶

---

* 팽이 모양의 전통 장난감으로, 주로 유대교 명절인 하누카에 아이들이 갖고 논다.

이 비슷한 정도는 손녀 아이비가 주먹 쥔 손을 머리 위로 흔들면서 마법을 부리는 중이라고 맹렬히 주장하는 것과 같다. "내가 이렇게 하면, 이건 마법이라서 아무도 날 못 잡는 거예요." 우리가 조부모 구실을 완벽히 할 때면 그애를 못 잡는 척한다. 어떨 땐 가끔 내 할아버지가 그랬듯 짓궂은 리얼리즘의 수호자가 되어 그냥 앞질러가 그애를 잡아버린다.

나는 거실에서 기다린다. 곧 잡힐 거라고 믿으며, 남편을 잃은 게 아니라 그저 질질 짜고 신경질 부리는 아내일 뿐인 척하면서. 브라이언은 곧 내 삶에서 사라질 것이다. 얼마나 곧일지는 알 수 없지만. 아직은 그냥 감기 걸린 남자일 뿐이다. 흉막염도 아니고 고작 감기 가지고. 생각은 그렇게 하지만, 그가 더는 위층에 없을 것이며, 감기에 걸리지 않을 것이고, 내가 늘 그에게 말하듯 세상에서 자기 혼자 아픈 것처럼 아파하지도 않을 거라는 생각에 나는 베개에 달린 술을 쥐어뜯는다. 언젠가 나는 브라이언에게 전이성 유방암에 걸린 내 친구들도 감기 걸린 당신만큼 엄살을 부리진 않더라는 얘기를 한 적이 있다. 그리고 이제 그 이야기를 들어줄 그는 내 곁에 없을 것이다.

나는 브라이언을 만나기 전 두 번의 진지한 만남을 가졌고,

둘 다 내가 원해서 끝을 냈다. 두 관계 모두 끝을 향해 가면서도 진정으로 외로웠던 적은 없다. 내겐 아이들과 친구들이 있었고, 일이 있었고, 나는 고독 속에서도 충만한 기쁨을 느낄 수 있었다. 무시당하거나 혹사당하거나 은근히 부당한 대우를 받는다고 느꼈을 때도 상대가 날 사랑하고 필요로 한다는 걸 알았고, 그들이 내가 기대한 사람이 아니었다 해도 내가 그들의 인생에서 큰 부분을 차지했다는 걸 알았다. 하지만 지금 브라이언과 함께 있을 때는 가끔 외로움보다 더한 고통을 느낀다. 그의 마음속 풍경에 나는 없다. 어느 순간 뿌리째 뽑혀서가 아니라 그저 거기 없을 뿐이고, 있었던 적도 없다. 이 순간들이 정말 끔찍하다. 브라이언에게 나도 사람이라고 소리치는 대신, 나는 꿀을 크게 한 숟갈 탄 차 한 잔을 위층에 가져다준다. 그는 눈을 뜨고 미소 지으며 말한다. 고마워. 나는 부재하는 것만큼이나 존재하는 것도 지독하다는 걸 알게 된다.

타로점을 보러 수지 챙에게 전화를 건다. 이제 내가 의지하는 유일한 전문가는 그녀와 위대한 웨인 둘뿐이다. 나는 그녀에게 디그니타스가 우리를 1월 6일까지 대기시켜놓은 상태라고 전한다. 이 여행에서 뭐가 보이는지 묻는다. 그게 내 유일한 질문이다. 그녀는 전통적인 라이더웨이트 타로카드를 꺼내겠다고 말하는데, 이를테면 '본론으로 들어갑시다' 카드라고 할 수 있다. 시선을 끄는 아름다움도, 비유를 담은 까마귀도, 현대식 성별 전환도 없다. (여기에 관해선 해줄 얘기가 있다. 열일곱 살 여름, 나는 그리니치빌리지에서 금요일 밤마다 샌돌리노스 옆에 있는 마담 로사의 가게에서 호객꾼 노릇을 했다. 나의 업무는 그녀의 가게 앞을 왔다갔다하며 전단지를 나눠주고 이런 말을 외치는 거였다. 마담 로사, 단돈 5달러에 모든 걸 알려드립니다. 늦은 밤 가게가 문을 닫기 전, 내가 롱아일랜드로 돌아가는 기차를 타기 전, 나는 그녀에게 차 한 잔을 타주고 둘이 잠깐 대화를 나누곤 했다. "신발을 봐." 그녀가 말했다. "원래 부자들은 싸구려 신발은 안 신어." "손을 봐, 부드러운지 거친지." "여길 찾는 사람 중에 행복한 사람은 없단다, 얘야." 그녀는 내가 같이 일했던 여느 임상심리 슈퍼바이저 못지않게 훌륭했다. 마담 로사가 바로 이 라이더 웨이트 카드를 썼는데, 그녀 말로는 자기가 1910년에 제작된 원본 중 하나를 가지고 있다고 했다.)

수지 챙은 여행은 순조로워 보인다고, 큰 문제는 없다고 말한다. 나는 우리가 취리히에 도착한 뒤 디그니타스가 마음을 바꿀 것 같으냐고 묻는다. (내 생각에는 정말 본격적인 의료진의 본격적인 정신 검증이 있을 것 같다. S는 우리에게 자기 실명을 알려준 뒤에도 대화를 나눌 때마다 '임시 승인'의 '임시'라는 단어를 계속 강조했다.) 수지 챙이 브라이언의 카드를 뽑자 다리를 건너는 남자가 나온다. 브라이언은 괜찮을 거예요. 그녀가 말한다. 그는 굳게 앞으로 나아갈 거고 다리는 흔들리지 않아요. 나는 계속 눈물을 쏟는다. 그녀는 말없이 가만있는다. 디그니타스에서 우리더러 날짜를 고르라고 할 것 같다고 나는 말한다.

"그중 제일 빠른 날을 택하세요." 그녀가 말한다.

"그러면," 나는 말한다. "그러면 우리가 준비를 굉장히 일찍 해야—"

"그중 제일 빠른 날을 택해야 해요. 더 늦은 날을 택했을 때 발생할 어려움을 극복하지 못할 거라는 얘기는 아니에요. 하지만 분명 어려움이 보여요." (이후의 상황을 이야기하자면, 내가 집으로 돌아오는 비행기를 탈 무렵 코로나바이러스의 감염 사례가 처음으로 보고되기 시작한다.)

나의 남편

브라이언을 만났을 때(정확히 처음 만났을 때는 아니다. 그를 처음 만났을 때 난 그가 거만하고, 따분하게 낚시 얘기나 하고, 미용실에 갈 때가 됐다고 생각했다) 나는 누군가를 얼핏 떠올렸다. 그건 내 어머니도 아버지도 아니었다. 아버지는 훌륭한 DNA와 낭만을 지닌, 남들에게 문을 잡아주는 데서 삶의 기쁨을 찾는 사람이었다. 나는 '고결한' 사람들이 ─ 자신의 결점을 마주하거나 본성 속 추악함을 인정하지 못하는 사람들, 상처를 줄 의도가 아니었으니 자기가 한 행동에 상처받지 말라고 몇 날 며칠 동안 끈질기게 설명하는 자들이 ─ 나와는 맞지 않는다는 걸 진작 알고 있었다. 알고 보니 브라이언은 자신의 모든 결점을 (심각한 것조차) 편하게 받아들이는 사람이었고, 대부분의 경우 그래서 나는 그를 더욱 사랑했다.

진단 이전, 브라이언은 다시 술을 마시기 시작하는 것에 관해 우스갯소리를 하곤 했다. 단 한 번도 나는 좋은 관중이 되어준 적이 없다. 우리가 연애하던 때 브라이언은 거의 매일 밤 큰 잔으로 더블 보드카를 마셨다. 내가 그에게 보드카 온 더록스에 들어가는 보드카의 표준량은 고작 2온스라고 말해주자 그는 충격을 받았다(나를 교육해준 레드 바 앤드 그릴과 발렌티노 카페에 감사를 전한다). 내 과거 관계에서 이미 점잖은 알코올중독을 무수히 목격한 아이들은 내 집을 방문했다가 냉장고에서 1.75리터짜리 보드카를 발견하고 공포에 질렸다. (나는 술을 마신다—하지만 유대인답게 마시지, 슈냅스 잔을 쾅 내려놓던 내 조상들처럼 마시진 않는다.)

나는 티오페페 셰리 한 병이 부엌 찬장에서 수년간 먼지만 쌓이던 가정에서 자랐다. 언젠가 부모님 집에서 진토닉을 두 잔째 마시자 어머니는 코네티컷에서 대체 무슨 일을 겪은 거냐며 핀잔을 줬다. 나는 브라이언에게 금주하라고 요구한 적은 없다. 하지만 나의 일 관련 행사 자리에서는 술을 마시지 말라고 얘기한 적은 있다. 한 대규모 문학 축제에서였는데, 지루하고 짜증이 났던 나는 브라이언에게 지루하고 짜증난다고 말하는 실수를 범했다. 십 분 뒤 술기운 덕분에 평소의 대담함이 흘러나와버린 그는 몇 시간 뒤에나 연사들을 다시 호텔로 데려가야 하는 셔틀버스 기사 한 사람에게 당장 우리를 호텔로 데려가달라고 요청했다. 나는 이 친절한 기사에게 상황을 설명한 다음 50달러는 그냥 가지라고 하고, 브라이언에게 나는 그렇게 일찍 자리를 뜰 수 없고 뜨면 안 된다고 설명해야 했다. 브라이언은 이 정도면 슬슬 내가 자리를 떠도 괜찮다 싶을 때까지 그 미니버스에서 곯아떨어져 있었다. 이 사건 이후 그는 나의 일 관련 행사에서는 술을 마시지 않았고, 육 주 후 완전히, 영원히 술을 끊었다.

지난 몇 년 사이에 브라이언은 말하곤 했다. 여든 살 되면 다시 술 마셔도 돼? 그러면 난 말했다. 제발, 술은 다시 입에 대지도 마. 대신 여든 살 되면 대마초는 피워도 돼(그는 술에 취하면 막무가내가 됐고, 약에 취하면 껴안기 좋아하는 수다쟁이가 됐다). 그러면 그는 여든다섯까지 참다가 그후에 약도 하고 술도 마시면 어떠냐며 협상을 시도하고, 내가 여든다섯이면 괜찮다고, 하지만 술에 취해 넘어지면 아흔 살이 돼도 안 일으켜줄 거라고 말하면 그는 이렇게 말했다. 어쩔 수 없지.

나는 그와 결혼했다―세번째 관계를 시작하면 안 될 그 모든 타당한 이유에도 불구하고. 일찍부터 그는 내 인생 최고의 아버지상이었던 9학년 시절 영어 선생님을 연상시켰기 때문

이다. 선생님이 세상을 떠났을 때 선생님 친구들은(여든 살의
포커 친구들, 교직에 있을 때의 친구들, 다양한 연령대와 유
형의 애제자들) 눈물을 흘렸다. 그는 나이가 많았고, 뚱뚱했
고, 당뇨가 있었고, 대개 무뚝뚝했다. 여자들은 그에게 끌렸
고, 내 아이들은 그를 사랑했으며, 남자들은 대부분 그와 어
울리는 걸 진심으로 좋아했다. 그는 충실하고, 오만하고, 애
정에 굶주렸고, 매력적이고, 관대했으며, 내가 알고 지낸 사
람 가운데 단연코 가장 이기적이고, 사랑스럽고, 바보 같을
정도로 두려움을 모르는 사람이었다. 그리고 브라이언을 만
났을 때 나는 그런 사람을 또하나 알게 되었다.

　우리의 세번째 기념일에 브라이언이 허리를 다쳤다. 나는
집에 돌아와, 침실에서 옷도 제대로 안 입은 채 벌거벗은 것보
다 더한 상태로 있는 그를 발견했다. 그날 일을 일찍 마치고
귀가한 그는 티셔츠, 꼭 차야 했던 큼직한 망사와 찍찍이 소재
의 흰색 허리 보조기, 평소에는 정장 바지 안에 감춰져 있던
남색 양말 차림이었다. 잠자리에 들려던 참이라 사각팬티는
벗어던진 상태였다. 내의 상의와 양말을 벗지 않은 건 극심한
허리 통증 때문에 팔을 뻗고 몸을 굽히는 게 힘들어서였다.
그는 거울에 비친 자기 모습을 보더니 웃음을 터뜨렸다. 그리
고 머리에 검정 중절모를 쓰고 차림새를 완성한 뒤 날 보고
나오미 캠벨이라도 된 듯 포즈를 취했다. 그런 일상이었다.

2020년 1월 30일 목요일
취리히

　밤이 지나고 다음날 아침, 우리는 차를 타고 파피콘으로 향한다. 디그니타스의 아파트인지 주택인지는 잘 모르겠지만, 어쨌든 그들이 있는 곳으로 가는 것이다. 이곳은 산업단지에 자리한 주거 시설이다. 단정하게 스웨터와 슬랙스를 입은 여자 두 명(세심하게 신경쓴다는 게 느껴진다는 얘기다. 그냥 아무 추리닝이나 입고 데리러 온 게 아니라)이 우리를 맞이한다. 그들은 우리를 강 건너편으로 인도하기 위해 이렇게 옷을 차려입은 것이고, 이 일을 더없이 진지하게 여긴다. 이토록 물 흐르듯 자연스럽고 요령 있는 배려를 받는 건 처음이다. 이들은 우리를 안으로 안내하고, 문을 향해 몇 걸음 가자 눈 덮인 정원이 보인다. 사실 정원이라기보단 산업단지에서 흔히 볼 법한, 정원을 의도하고 만든 공간에 가깝다(현재는 1월이니 6월엔 꽃이 만발한 낙원일지도 모르겠다). 이윽고 드넓고, 낯설고, 티 하나 없이 깨끗한 방에 도착한다. 구석마다 앉을 자리가 있다—작은 안락의자 둘, 등받이가 뒤로 넘어가는 인조 가죽 의자 하나, 그냥 인조 가죽 의자 하나, 그리고 병원 침대까지 있다. 나중에 든 생각이지만 이곳의 앉거나 누울 수 있는 모든 물건은 반드시 세탁 가능한 소재여야 할 것 같다. 방 한가운데에는 여러 개의 의자가 놓인 책상이 하나 있다. 여자들이 우리의 서류를 책상으로 가져오고, 초콜릿이 든 바구니를 가리킨다. 이들은 모든 단계를 점검한다. 이제는 브라이언도 나도 줄줄 읊을 수 있을 정도다. 그들이 그를 지긋이 바라보며 말한다. 이 과정이 진행되는 도중 언제라도, 구토억제를 먹은 뒤에라도, 원한다면 언제든 중단하실 수 있습니다. 마음을 바꾸신다 해도 저희는 당신의 결정을 온전히 지지할 겁니다. 믿으셔도 됩니다. 우리는 확신한다. 브라이언이 그나마 주저하는 모습을 보이는 것은, 그가 내게 미리 언질을 줬듯, 펜토바르비탈나트륨을 마시기 전 대화를 나누는 때일 것이다. 그는 자기 생각에 아마 약을 마셔야 할 순간이 오면 "한동안 헛소리를 할" 거라고 내게 말했다. "난 내가 가야 한다는 걸 알아." 그가 말했다. "난 갈 거야. 준비됐어. 그냥 서두르지 않을 거라는 것뿐이야."

그는 정말로 서두르지 않는다. 구토억제제를 마시고 소파에 편안히 기댄다. 나는 그의 옆에 앉아 손을 잡지만, 그가 이야기를 늘어놓으며 손짓을 하는 통에 손을 놓을 수밖에 없다. 이야기는 하나같이 예일대 미식축구와 그의 코치였던 카먼 코자에 관한 것으로, 그 내용이라면 나도 그의 옆에서 줄줄 읊을 수 있다. 브라이언과 한 친구가 앵커 바 앞에서 어린치기에 싸움을 벌여 유치장에 갇혔을 때 근엄하고 너그러운 카먼 코자가 보석금을 내고 풀어준 이야기, 첫 시즌에 경기를 별로 뛰지 못해서 미식축구를 그만두겠다고 했는데 코치가 실력이 좋아지면 경기에 내보낼 거고 그전에는 안 된다고 해서 브라이언이 잘하겠다고 다짐한 이야기, 브라이언의 친아버지와 카먼 코자, 말하자면 그의 두 아버지가 언젠가 함께 핸드볼을 했던 이야기.

　도저히 그의 이야기에 관심 있는 척할 수가 없는데, 실제로 관심이 없기 때문이다(브라이언은 자신의 삶, 우리의 삶, 우리의 사랑, 아이들과 손주들에 관해서도, 그가 디자인하고 깊이 아꼈던 아름다운 공공주택, 환경 보존이나 녹지 관련 일, 또는 심지어, 이쯤 되면 나오리라 예상했겠지만, 낚시에 관해서도 아무런 말을 하지 않았다). 나는 괴로워 보이지 않으려고 애를 쓰지만, 실제로는 괴롭다.

　여자들은 (아마 부엌인 듯한) 안쪽 방에서 기다리다가, 약

사십오 분 뒤 다시 나온다. 그들은 구토억제제의 효과가 이제 사라졌을 거라며 브라이언이 계속 진행하기를 원한다면(그는 원한다고 말한다) 다시 복용해야 한다고 설명한다. 그들은 말한다. 서두르지 않으셔도 돼요. 나는 눈을 희번덕거리며 생각한다. 당연히 브라이언은 꾸물거리겠지. 맨날 그러니까. 마치 우리가 다른 어떤 일로 다른 어떤 방에 들어와 있는 것처럼 나는 그런 생각을 한다. 그러다 문득 내가 지금 어디 있는지 떠올리고는 나 자신이 부끄러워진다. 브라이언은 살짝 미소 짓는다. "당신 비행기 시간이 언제지?" 그가 말한다. 내가 나라는 게 평생 이토록 싫었던 적이 또 있을까.

그는 구토억제제를 다시 복용하고 직원들은 그의 목에 비행용 목베개를 둘러준다. 브라이언은 말이 없고, 이제 나는 미식축구 얘기가 미친듯이 듣고 싶다. 내가 그의 두 손을 잡고, 그는 내게 손을 허락한다. 사랑해사랑해사랑해, 내가 말한다. 정말 많이 사랑해. 나도 사랑해. 그가 말하고, 펜토바르비탈나트륨을 마신다. 나는 그에게, 그의 잘생기고 지친 얼굴에 온통 입맞추고, 그도 내 입술을 허락한다.

다음 이십 분이 어떻게 흘러갈지 감히 상상조차 할 수 없다. 나는 그의 옆에서 숨을 쉬고 그의 존재를 느끼는 이 감각을 나중에 잊어버리기라도 할 것처럼 시선과 손을 그에게서 떼지 않는다. (나는 잊지 못한다. 단 일 분도. 잠자리에 들 때마다 그의 숨소리가 들리고 일어날 때마다 그의 온기가 느껴진다.) 그는 내 손을 잡은 채 잠들고 그의 고개가 목베개에 살짝 떨어진다(알고 보니 이런 용도였다). 그의 숨소리가 바뀌고 이제 나는 마지막으로 그가 잠드는 소리를, 그의 깊고 고른 숨소리를, 지난 십오 년 가까이 그의 옆에 누워 듣던 소리를 듣는다. 그의 손을 잡는다. 여전히 그의 무게와 온기가 느껴진다. 그의 피부색이 불그스름한 빛에서 좀더 창백한 분홍빛으로 바뀐다. 나는 그곳에 오래도록 앉아 기다린다. 이제 다른 어떤 일이 일어나기라도 할 것처럼 그의 낯빛이 더 창백해지고 나는 그가 이 세상을 떠났음을 안다.

　나는 그의 손을 잡은 채 오래도록 앉아 있는다. 일어나서 그의 몸에 내 팔을 두르고 그의 이마에 입맞춘다. 마치 그가 내 아이인 양, 드디어 잠이 든, 한없이 이어지는 무無의 공간으로 긴 여행에 나선 용감한 아이인 양.

신전의 문지기

　어느새 여자들이 부엌에서 나와 조용히 앉아 대기한다. 이들은 신전의 문지기다. 미리 생각해두려 했지만, 브라이언의 물건을 어떻게 해야 할지 전혀 감이 오지 않는다. 그의 외투, 목도리, 옷가지가 담긴 여행가방, 그가 먹던 약들. 여자들은 자신들이 알아서 처리할 것이며 그의 옷은 필요한 사람들에게 전달할 거라고 말한다.

　달리 할일은 딱히 없다. 여자들은 스위스 경찰이 오기 전에 떠나는 게 좋을 거라고 말한다. 그러는 편이 덜 복잡할 거예요. 우리가 어떤 불법적인 일을 했다는 느낌은 아니지만, 스위스 경찰이 시신의 신원을 확인하는 동안(아마 그래서 그의 여권과 치과 기록이 필요했지 싶다) 내가 그 옆에 없는 게 아무래도 더 나을 거라는 얘기 같다(나한테? 아니면 디그니타스에?). 나는 우버를 부르고 여자들과 포옹한다. 그리고 공항으로 향한다.

취리히공항에서 나는 고급 라운지에 앉아 사람들을 구경하며 얼굴들을 관찰한다. 귀국하는 항공편의 스위스항공 라운지는 굉장히 쾌적하다. 나는 브라이언의 결혼반지를 오른손 검지에 끼고 있는데, 내겐 너무 크다. 한번은 내 친구에게 말하며 손짓하다가 반지가 날아가서 어떤 남자 얼굴에 거의 맞을 뻔한다. 반지가 의자 밑으로 굴러들어가고, 나는 반지를 주운 다음 바로 그 의자에 앉아 창밖을 응시하며 남자들의 얼굴을 피한다. 브라이언이 죽고 나서부터 사람들을 보면, 특히 남자들을 보면 역겨움이 올라온다. 그저 끌리지 않는 수준이 아니라 역겹다―어제 먹다 남은 오트밀처럼. 우묵한 그릇에 담긴 장어처럼. 이성애자 연인들이 보이면 경악스럽다. 공항 라운지에서, 나는 마치 지구 연인들을 관찰하는 외계인 같다. 저게 무슨 의미가 있지? 어떻게 저런 생명체가 여기 이 다른 생명체에게 선택받을 수 있지? 이 무작위한 움직임에서 어떻게 선택이라는 행위를 인지할 수 있지?

여자와 함께 다니지 않는 남자들을 보면 더욱 화가 난다.

맞은편에 앉은 껑다리에 피부색이 짙은 남자는 입을 벌리고 치즈와 크래커를 씹고 있다. 체다치즈와 까만 호밀 부스러기가 뚜렷하게 보인다. 두 자리 떨어진 곳의 백인 노인은 토마토소스 뇨키 한 접시를 열심히 먹고 있다. 그의 넥타이와 얼굴 전체에 소스가 방울방울 튀어 있다. 다른 쪽, 안락의자 몇 개를 사이에 두고 앉은 한 남자는 덩치가 아주 크고 피부색이 아주 까맣다. 브라이언 덕분에 나는 이제 모든 남자를 축구인과 비축구인으로 나눌 수 있다. 이 남자는 덩치가 좋고 키가 몹시 크다. 브라이언이 본다면 달리는 냉장고라고 부를 법하다. 그의 멋진 미소를 보고 내 머릿속에 이런 상상이 즉각 떠오른다. 그와 즐거운 저녁을 보낸 뒤 그의 밑에서 버둥대며 빠져나와 911에 신고하는 장면이다. 지나가는 남자 대부분이 역겹게 느껴지고, 그들에게서 아주 약간의 매력만 느껴져도 나는 즉각 그들이 죽어 내 옆에서 차갑게 식어가는 장면을 상상한다.

위대한 웨인이 내 안에서 속삭이는 소리가 들린다. 아직 브라이언의 죽음은 물론이고 그의 부재조차 소화하지 못했잖아.

나는 웨인에게 말한다. 지금 나는 앞에 앉은 매력적이고 내게 관심이 있는, 내가 관심이 가는 사람과 근사한 레스토랑에 있는 상상중이라고. 그 순간 현실의 나는 메스꺼움을 느끼며 의자에서 일어나 화장실로 달려간다.

화장실에서 돌아오자, 내 마음속의 웨인이 날 기다리고 있다. 그는 고개를 젓는다.

　그만 애써도 돼. 그는 말한다.

　그래서 대부분 그만둔다, 전화해야 할 사람에게 모조리 전화를 돌린다. 내 아이들, 브라이언의 어머니, 브라이언의 두 여동생에게. 브라이언의 한 남동생에게는 문자를 보낸다. 다른 남동생은 컴퓨터도 겨우 할 줄 알고 문자는 쓰지 않는다. 나는 연락이 닿은 남동생 M에게 다른 남동생한테 연락해달라고 부탁하고, 브라이언이 고통 없이 평화롭게 갔으며 이제 나는 집으로 돌아가는 길이라고 전한다. 모두에게 같은 말을 전한다. 브라이언의 두 여동생과 그 남편들은 이본의 아파트에 함께 모여 있다(이본과 같이 있는 사람이 누구누구인지 다 기억은 안 난다. 몇몇이 모여서 둘러앉아 기도하고 기다린다는 것, 그들이 서로에게 큰 힘이 되어주길 내가 바란 것만 기억날 뿐). 계속해서 문자 보내고 전화 걸고 휴대폰 화면을 넘기는 동안, 나는 이본을 생각한다. 이 모든 과정 내내 바위처럼 단단하게 정신적인 지주가 되어준 경이로움 그 자체인 그녀를. 탑승 안내 방송이 나올 때까지 나는 브라이언의 반지를 만지작거린다.

2020년 1월 30일 목요일 저녁
취리히를 떠나며

    내 딸 세라가 뉴어크공항에서 날 기다리고, 집으로 가는 길에 아들 앨릭스가 우리에게 문자를 보내고, 다른 딸 케이틀린이 스토니크리크 집에서 세라와 나를 기다리고 있다. 이제 나는 눈멀고 술 취한 이방인처럼 움직이고 있어서 아이들이 나를 위층으로, 3층에 있는 내 침실로 부축해준다. 아래층 조명은 전부 환하게 켜져 있다. 나 좋을 대로, 나의 좋지 않은 습관대로. 침실에 도착하자 케이틀린이 천장 조명을 켠다. 팍하고 지직하더니 켜질 기미가 안 보인다. 우리는 다른 스위치를 딸깍거린다. 침대맡 전등을 켜본다. 화장실과 옷장 조명은 들어오는데 침실 조명은 안 켜진다. 우리의 신사, 전기기사 조가 다음날 방문한다. 그가 전구를 모조리 바꿔 끼우고 지하실의 회로 차단기를 손본 뒤 다시 집안에 들어오지만 여전히 깜깜하다. 그가 한숨을 내쉰다. 순간 조명이 켜진다. 조는 나만큼이나 당황스러워한다. 브라이언이 장난을 친 거야. 우리는 말한다. 이후 며칠에 걸쳐 집의 모든 기기가 고장나 수리나 교체가 필요해진다. 나는 이 주 정도는 침대 한가운데 놓인 절망의 무더기 속에 몸을 웅크리고 있다 차를 마실 때나 기어나올 거라고, 혹은 그럴 수 있으면 좋겠다고 생각했는데. 웨인은 내게 묻는다. 인생 최악의 시기에 그런 식으로 침대에 틀어박혀 있었던 적이 한 번도 없었어? 나는 대답한다. 지금이 바로 내 인생 최악의 시기이고, 지금까지는 그런 적 없다고. 그리고 덧붙인다. 근데 늘 한 번쯤은 그래보고 싶었어.

　나는 침대에 힘없이 누워 지내는 대신 다음날 아침 일어나 커피를 내리고 집에 돌아온 기분을 만끽한다. 브라이언의 커프스단추와 손목시계는 아이들에게 주려고 빼놨고, 브라이언이 아이들에게 쓴 편지와 작은 상자에 담아둔 손주들을 위한 편지도 챙겼다. 딸아이들과 나는 브라이언의 옷 대부분을 굿윌스토어에 기증한다. 다 너무 커서 가족 중에는 입을 사람이 없기 때문이다. 차마 줘버릴 수 없는 물건은 전부 간직하기로 한다. 그의 예일 골프 재킷은 정말 볼썽사납긴 하지만 남겨두고, 내의 상의는 손주들이 잠옷으로 입는다. 조문 편지는 전부 커다란 그릇에 담고 내 감사 편지지는 또다른 그릇에 담아 둘 다 그가 쓰던 옷장 안쪽에 넣어둔다. 케이틀린과 세라는 각자 가족들에게 돌려보낸다.

식사가 이상하긴 해도 형편없진 않다. 취할 때까지 술을 퍼부을까 생각하지만 그러지 않는다. 새벽 다섯시에 일어나고, 이제 해 뜨는 걸 보는 건 일상이며, 시계가 여섯시 십오분을 가리키면 본격적으로 일어나서 커피를 더 내린다. 텔레비전을 보고, 곧 〈브루클린 나인-나인〉의 전 회차를 다 보게 될 것이다. 사무실에 앉아 창백한 푸른 하늘과 차가운 물결을 바라본다. 온종일 음악을 듣는다. 빌 에번스와 빌리 홀리데이만 빼고. 그 둘은 견딜 수 없다. 추모식을 계획한다. 취리히에 가기 직전, 브라이언은 마침내 『내가 누워 죽어갈 때』를 읽는 걸 그만뒀다. 몇 주간 내용을 따라가려 애쓰며 등장하는 모든 인물의 이름을 메모하며 읽던 것을. (꼭 알츠하이머병 환자가 아니더라도 포크너를 읽을 땐 메모가 도움이 될 것이다.) 사실 그는 우리의 계획을 아는 지인들에게 이렇게 즐겨 말하곤 했다. "사실 요즘 『내가 누워 죽어갈 때』를 읽고 있어." 그리고 말문이 막힌 사람들의 반응을 살펴보는 것이다.

지난 12월, 우리는 이틀간 아침식사를 하며 그의 추모식을 논의했다. 그는 도서관이 괜찮은 선택지라고 말했는데, 나는 그게 완벽하진 않다는 뜻이며 내가 더 노력했어야 한다는 의미라는 걸 안다. 그는 말했다. 몇 마디 말을 녹음해둘까, 아니면 시 몇 편? 심보르스카의 시를 낭송한 걸 녹음해서 스피커로 크게 틀어놓으면 어때. 그럼 다들 뒤집어질 거야, 안 그래? 나는 참으로 가학적인 생각이라고 대꾸하고, 그는 쾌활하게 어깨를 으쓱거린다. 그럼 됐고.

인색함과 소심함을 제외하면 그의 마음을 상하게 할 다른 흠은 없다. 우리는 추모식의 다른 세부 사항에 관해선 완전히 동의했다. 음악은 빌 에번스. 당연하다. 시는 비스와바 심보르스카의 「알레그로 마 논 트로포(빠르지만 너무 빠르지는 않게)」. 검은 중절모를 푹 눌러쓰고 그녀의 시선집을 든 채 작은 서점에서 울던 브라이언의 모습은 우리 두 사람을 함께하는 삶과 로맨스와 결혼이라는 어마어마한 혼란 속으로 빠뜨린 여러 순간 중 하나다. 이제 나는 내가 쓰는 문장마다 이렇게 끝맺지 않으면 안 될 것 같은 기분에 사로잡힌다. '그리고 그는 이제 없다.'

2020년 2월 8일 토요일
스토니크리크

　추모식 날 무슨 옷을 입어야 할지 생각하는 데 시간이 좀 걸렸다. 결국 내가 택한 건 다름 아닌 여든 살의 소피아 로렌 같은 스타일이다. 검정 점프슈트 위에 얇은 검정 코트, 금색 버클이 달린 벨트, 검은 구두, 세련된 올림머리, 아침 아홉시에 '뭘 봐?' 선글라스까지, 나쁘지 않은 선택이지만 예상한 차림은 아니다.

　아침 일찍, 나는 친구의 집으로 향한다. 내 미용사이기도 한 그가 올림머리를 도와준다. 나는 거기서 지극정성으로 대우받으며 머리를 펴고 볼륨을 넣고 스프레이를 뿌리면서 몇 시간을 보낼 수도 있다. 내게 이보다 더 나은 곳은 없다. 가장 친한 친구 가운데 몇 명이 오고, 다른 몇 명은 오지 않는다.

오지 않는 친구들에게 나쁜 감정은 전혀 들지 않는다. 그들은 내게 애정과 지지를 보냈고 브라이언에게도 마찬가지로 그랬거나 그러지 않았지만 이제 그런 건 아무래도 상관없다.

추모식은 우리집 맞은편 도서관에서 치러진다. 나는 그 도서관을 사랑한다. 사서들은 사서의 본분에 충실하다. 책에 헌신적이고, 사람들에게 친절하면서도 단호하다. 추모식 장소를 대관하는 건 껄끄러운 일이었다. 장례식 장소가 필요해서 예약하는데 언제 필요할지도 이미 아는 탓에. 우리의 사서 앨리스에게 이렇게 말하는 건 차마 상상조차 하기 힘들었다. 브라이언이 1월 30일에 죽을 예정인데, 2월 8일 미술 전시회와 요가 수업 사이에 장소를 대관할 수 있을까요? 어떤 과정을 거쳐 실제로 이 도서관을 예약했는지는 기억나지 않지만, 정말 예약이 잡혔다. 아마 내 조수이자 우리의 친구 제니퍼가 처리해줬을 텐데, 추모 카드도 그녀가 준비해줬다. 우리는 미사를 드리지 않고 가톨릭 신자도 아니며 교구도 없지만, 이 추모 카드는 대성공을 거둔다. 카드 한쪽에는 선글라스를 낀 브라이언의 여름처럼 뜨겁고 예리해 보이는 사진이 자리하고, 다른 쪽에는 날아오르는 매와 루미의 시 인용구 몇 줄이 있다(육신이 무엇인가? 인내다. 사랑이 무엇인가? 감사함이다. 우리 가슴속에는 무엇이 숨어 있나? 웃음이다. 또다른 건? 연민이다). 모두가 카드 한두 장을 가져가고 이제 그들이 내 종교다.

친구 벳시가 음식을 맡았다. 음식 없는 추모식은 상상조차 할 수 없기 때문이다. (난 그런 유의 유대인이다—제대로 된 음식이 없는 모임은 상상조차 못하는 그런 유대인. 그래서 리슬링 몇 모금과 리츠 크래커나 겨우 얻어먹는 백인 상류층 행사에 가면 늘 실망하면서도 한편으로는 약간 감명하기도 한다.) 사람들을 전부 우리집에 불러들이는 것보다는 도서관에서 모두를 배불리 먹이고 싶다. 물론 몇몇은 무슨 일이 있어도 우리집에 오겠지만, 도서관에 괜찮은 음식이 놓인다면 브라이언을 딱히 몰랐던 사람들도 지나가다 길을 건너 우리를 방문할지도 모르고, 이 도서관 성찬의 본전을 뽑을 수 있을 것이다.

식이 시작되기 전 도서관으로 넘어가보니 소리 없는 아우성이 나를 맞이한다. 잭은 빌 에번스를 틀어야 하는 음향 장비와 씨름하고 있다. 목사님이 써야 할 마이크에 문제가 생겼다. 벳시는 내게 유리잔이 부족하다고 말한다. 이 일들이 어떻게 해결됐는지는 하나도 기억나지 않는다. 나는 집으로 돌아가 립스틱을 덧칠하고 손녀 이사도라를 데리고 다시 추모식 장소로 향한다. (결국 쌍둥이까지 내 무릎에 앉았고, 셋이서 비좁아 꿈틀대면서 사랑하는 하부지를 그리워하며 우는 바람에 내 정신이 나가는 데 큰 도움이 된다. 내가 추모식 도중 울었다는 말을 듣는다면 나는 정말 놀랄 것이다.)

내 딸 케이틀린이 도서관 입구에 서서 사람들을 식장으로 안내한다. 케이틀린은 나와 충분히 닮아서 조문객들에게—치과의사, 전 이웃, 대학 때 남자친구 등—다른 표지판이 딱히 필요 없다. 앞으로 한 시간 동안 사람들은 내 딸에게로 가 양손으로 얼굴을 감싸고 딸아이 얼굴을 보았다가 내 얼굴을 본 뒤 정말 그애가 실제 표지판인 양 거기서 왼쪽으로 꺾어 외투를 벗으며 자리를 안내받으러 갈 것이다. 이십 분 뒤, 로비에 더는 자리가 없어 케이틀린은 밖으로 나가고, 사람들은 2월의 화창한 토요일 도서관 잔디밭과 건물 복도에, 주방과 화장실 사이에 모여든다. 복도나 바깥에 서 있는 사람들의 얼굴은 잘 보이지도 않는다.

자리에 앉은 사람 가운데 가장 먼저 보이는 것은 내 편집자 케이트의 얼굴이다. 그녀답게 우아하고 차분하게 앉아 외투를 손에 쥔 채, 추모식이 시작되기 전 무릎에 원고와 연필을 놓고 교정하고 있는 그녀의 모습을 보니 마음이 따뜻해지고 안심이 된다. 나는 그녀의 남편 포드의 장례식에 갔던 것을, 그후 힘들었던 한 해를, 당시 어떻게 그녀가 견뎌내고 있을지 안타까워했던 것을 떠올린다. 앞줄의 지정석을 위해 공간을 사려 깊게 남겨둔 채 접이식 의자에 앉아 있는 그녀의 모습을 보니, 당시 그녀에게 잘 지내느냐는 인사를 적어도 두 번 이상 건넸던 게 기억나 부끄러워진다. 사람들이 흔히 저지르는 멍청한 언행을 나 또한 저질렀기에, 나는 오늘 누가 무슨 얘기를 하든 신경쓰지 않으리라 다짐한다.

(그중에서도 걸작이 있는데, 그 말들을 듣는 순간 오히려 나는 기운이 났다. 많은 이들이 내게 브라이언이 너무 젊은 나이에 갔다고, 예상치 못했다고, 알츠하이머병이 있는지 몰랐다고, 분명 앞날이 많이 남았을 텐데 안타깝다고, 상심이 크겠다고 애도의 말을 건넸다. 어떤 사람은 내게 어느 날은 꽤 괜찮다가도 또 어느 날엔 죽고 싶을 거라고 말해주었다. 정말이지 죽고 싶을 거라고.)

부모님의 추모식이 어땠는지 기억하지만, 그분들은 연로했고 그분들의 친구 대다수보다 오래 살았으며 요양 시설에 있었다. 우리는 아무런 문제 없이 부모님 아파트에서 모든 조문객을 감당할 수 있었다. 물론 이 경우는 그때와 다르리란 걸 알지만, 브라이언을 조문하러 모여들 그 모든 사람을 맞이할 준비는 안 된 상태다. 언니 부부는 일찍 도착하고, 언니는 내 걱정 때문에 마음이 약해지고 격해진 듯 보인다. 올 거라고 예상한 사람들과 전혀 예상 못한 사람들이 자리를 채운다. 독서모임 회원, 스테인드글라스 선생님, 가족계획연맹 봉사자들까지 와주었다. 브라이언은 매주 토요일 아침 여자들이 각자의 차에서 내려 진료소에 도착할 때까지 에스코트했는데, 소리지르는 시위꾼들에게 한 방 날리고 싶어 근질근질해하면서도 언제나 친절하고 차분한 태도를 유지했다. (그는 말했다. 정말이지 내 관심사가 완벽히 조화를 이룬 일이야.)

다음에 등장한 조문객은 거구의 백인 남자 열 명으로, 남색 블레이저를 걸치고 불도그, 교표, Y가 그려진 예일 넥타이를 맸다. 고래 덩치에 새우 터지겠네. 몸집이 브라이언과 비슷한 한 남자가 더 거대한 남자들 사이를 비집고 지나가며 말한다. 그는 내 두 손을 잡고 자신들 모두가 브라이언을 사랑했다고 말한다. 한 사람은 애리조나에서 비행기를 타고 왔다며, 식이 끝난 뒤 곧장 공항으로 간다고 한다. 그들은 각각 나를 토닥이거나 내 손을 잡은 뒤 식장 뒤편에서 서로 어깨를 맞대고 다리를 벌린 채 서서 브라이언의 보초가 되어준다. 그들이 혹여 저지른 잘못 중에서 내가 용서 못할 죄는 없다.

브라이언의 가족 몇몇이 조금 늦게 도착해 자리를 잡는 데 약간 차질이 생기지만, 모두가 어떻게든 자리에 앉고 목사님이 상황을 정리하며 우리를 다독인다. 이 목사님은 내 목사님은 아니지만 우리의 친구이고, 2007년 브라이언과 내 결혼식 주례를 봐주었다. 그녀는 브라이언이 유니테리언 교회를 다니던 시절의 목사로, 그가 나와 진지하게 만나는 중이라는 얘기를 듣고 브라이언이 음주 문제는 물론이고 일탈도 적잖게 겪는구나 싶었다고 오래전에 내게 말할 정도로 나와도 친분이 돈독하다. 그런 말을 듣고도 난 개의치 않았고 그녀도 일 년 뒤 개의치 않고 우리 주례를 봐줘서 우리의 우정은 이어졌다. 지금 그녀는 따뜻하고 애정과 연민으로 가득한 추모 연설을 하고 품위 있게 연사들을 소개한다. 그녀의 목소리를 들으며 나는 계속 생각한다. 아, 여보. 당신이 여기 있었다면 정말 좋아했겠다.

알레그로 마 논 트로포

삶이여, 너는 참으로 아름답다
이토록 비옥할 수가 없고,
개구리처럼 개굴대거나 지빠귀처럼 지저귀거나
개미집처럼 집채만하거나 새싹처럼 싹틀 수 없다

나는 삶의 환심을 사려 애쓴다
삶의 총애를 받으려,
삶의 변덕을 예상하려
늘 제일 먼저 허리 굽혀 인사하며,
늘 잘 보이는 곳에 서 있다
겸손하고 존경어린 얼굴로,
환희의 날개로 날아오르며,
경이의 파도 아래 떨어지며

아, 이 풀벌레는 어찌나 푸르른지
이 열매알은 또 어찌나 영그는지
이 행을 결코 잉태하지 못했겠지
이 생에 내가 잉태되지 않았다면!

삶이여, 나는 참으로 알지 못한다
너를 어느 것에 견줄 수 있을지
그 누구도 솔방울을 하나 만들고 나서
똑같은 솔방울을 하나 더 만들 수 없으니

나는 너의 독창성을 찬양한다
관대함과 유연함과 정확성을,
그리고 정연함을—가히 마법과
마력에 가까운 선물들을

나는 너를 언짢게 하고 싶지 않다
놀리거나 화나게, 성가시게, 귀찮게도.
수천 년간 나는 노력했다
내 미소로 너를 달래려고

나는 삶의 잎자락을 붙잡고 매달린다
제발 날 위해 한 번만 멈춰주겠느냐
무엇을 향해 달리고 또 달리는지
잠깐이나마 망각하고서

브라이언의 소중한 친구 셋이 그와 함께했던 시간을 얘기한다. 70년대부터 친구였던 존 폴의 말을 들으며 브라이언이 가장 많이 떠오른다. 두 사람의 우정은 모든 차이를 뛰어넘었고, 서로를 향한 사랑과 낚시에 대한 애정이 두 사람을 묶어주었다. 존 폴은 브라이언에 대해, 두 사람이 벌였던 즐거운 논쟁과 정치적 토론에 대해 길게 이야기하며 낚시 얘기도 늘어놓는데, 내 안의 일부가 이렇게 말한다. 아무리 그래도 낚시 얘기가 너무 길잖아—내 안의 다른 일부는 내 남편 이야기와 지루하고 긴 낚시 이야기를 아름답게, 생생하게 되살려낸 그의 목소리에 깊은 고마움을 느낀다. 다른 친구 마크는 둘이서 뉴헤이븐을 방황했던 나날과 함께했던 거한 식사에 대해 얘기한다. 그가 브라이언에게 삶에서 후회가 남는 것이 있느냐고 물었을 때, 브라이언은 고민 끝에 한 가지를 답했다고 한다. 레코드판 소장품을 모두 줘버린 것이 후회된다고. 마크는 브라이언이 후회하는 딱 한 가지가 그거여서 놀랐다고 말한다. 나는 생각한다. 그게 알츠하이머병이라는 거야. 그러다 이런 생각도 든다. 아닐지도 몰라―내 남편은 후회를 거의 남기지 않았어. 정말 대단하지 않아?

또다른 친구 팀은 브라이언이 얼마나 큰형처럼 든든했는 지 얘기한다. 심지어 자기가 고교 라크로스팀을 코치하는 걸 보러 오기도 했다고 말하는데, 이 공간에 흐르는 애정이 눈에 보인다. 발언할 계획이 없었던 시어머니가 연단에 나와서 자신을 소개한 후 오늘 브라이언에 관해, 코네티컷에서 보낸 그의 성년기 삶에 관해 많은 걸 알게 됐다고 말한다. 이 모든 이야기가 그녀에게 얼마나 따스하게 느껴질지, 또 얼마나 슬프게 다가올지 짐작해본다.

브라이언의 가족은 그들 대부분이 집이라고 부르는 필라델 피아 근교에서 두번째 추모식을 할 것이다. 그의 여동생이 내게 전화해 추모식은 유니테리언 교회에서 치러질 거라고 전한다. 내 생각에 어미치가 식구 가운데 브라이언 말고는 아무도 유니테리언 교회에 예배드리러 간 적이 없을 것이고, 그가 교회를 다닌 것도 벌써 이십 년 전 일이다. 나는 이 결정을 브라이언에 대한 찬사로, 유니테리언 신도들에 대한 그의 옛 애정을 향한 헌사로 받아들인다. 아무래도 가톨릭교에 대한 그의 강한 거부감을 향한 헌사는 아닐 텐데, 맞는다고 해도 나는 개의치 않는다. 내 반응은 그의 여동생이 기대했던 것보다 미적지근했을 테고, 통화도 짧고 어색하게 끝난다. 그다음엔 다른 전화가 오는데, 그의 또다른 여동생이다. 그녀 말로는 그들이 사랑해 마지않는 밥 신부님이 연이 깊은 어미치가 식구들을 위해 기꺼이 추모식을 돕고자 하지만(70년대에 어미치가 식구들은 교황과도 만났다. 여자아이들은 치마보다 더 긴 레이스 미사포를 썼으며, 그때 찍은 가족사진은 정말 신기하고 놀랍다) 가톨릭교 윗선에서 브라이언의 추모식을 교회에서 하는 걸 허락하지 않을 거란다. 스스로 목숨을 끊어서 그런가 했더니, 모든 자살에 대해서 그런 건 아니지만 가톨릭교회가 더는 자살한 사람이나 유가족을 비난하지 않으며 또한 그것이 교회 매장의 결격 사유가 되진 않는다는 대답을 듣는다. 그럼 나 때문인가 했더니, 시어머니가 살짝 웃으면서 조금 부끄러워하며 얘기한다. 밥 신부님은 전혀 반대 의사가 없지만, 다른 이들—교단 내부에서도 더 극단적인 성향의 사람들—이 브라이언의 가족계획연맹 지지 활동을 알게 될 경우 소란을 피울까봐 신부님의 상사가 걱정한다고. 그래서 유니테리언 교회로 결정되었고, 브라이언이 원한 바는 아니지만(그러면 예일 볼 경기장, 스털링도서관, 집 근처의 트롤리 트레일을 좋아했을 것이다) 그렇다고 결코 반대할 만한 것도 아니다.

펜실베이니아 추모식에서는 거의 모든 추모사가 브라이언의 유년기와 십대 시절에 관한 내용이다. 언젠가 집에서 필라델피아의 본가로 가는 길에 그가 말한 적이 있다. 애정이 크긴 하지만, 떠난 지 너무 오래됐지.

이 조문객들에겐 브라이언의 성년 이후 삶이 미지의 영역이지만, 시어머니의 친구들이 내게 포옹하고 입맞추며 정말 잘생기고 멋진 청년이었다고 건네는 말들을 나는 한껏 누린다. 이후 컨트리클럽에서 육십대 남자들이 여럿 나를 찾아온다. 그들은 식이 끝난 뒤 조금씩 꾸준히 내게 와서 브라이언이 열여덟의 어린 나이에도 얼마나 친절하고 노련하고 영리했는지 얘기한다. 그런 얘기를 들으니 기쁘고, 여기 브라이언이 있었다면 그 또한 기뻐했을 거란 생각이 든다. "브라이언만큼 누굴 세게 넘어뜨려놓고 잽싸게 손을 내밀어주는 사람도 없었어요." 한 남자가 말하고, 나는 그를 껴안는다. 나는 브라이언의 재를 담을 항아리를 골랐고(예일대의 Y나 고기 잡는 왜가리, 매가 그려진 건 제외했다) 이본에게 줄 것도 하나 더 골랐다. 우리는 매주 대화를 나누는데, 언젠가 그녀가 그걸 좋아하게 될 줄은 몰랐는데 정말 좋아하게 됐다고 말한다. (브라이언과 나는 음산한 사람들은 아니지만, 나는 부모님 두 분과 사랑하는 할아버지의 재—할아버지의 재는 아

버지의 오래된 서류 정리함에 있던 초크 풀 오너츠 커피 원두
통에서 발견했다—를 항아리에 담아 거실에 보관하고 있다.
세 사람의 재를 나는 기쁜 마음으로 보관하고, 가끔 가족끼리
성대한 기념모임을 가질 때 아이들 가운데 한 명이 엄마의 항
아리를 파티가 한창인 거실로 가져오기도 한다.) 12월에 나는
브라이언을 위한 아름다운 코발트색 항아리를 상자에 담아
내 옷장에 아주 오래 숨겨둘 것이다. 그걸 묻을 만한 마음에
드는 보리수나무를 발견해 우리집 근처 작은 언덕 위에 심고
그 나무 밑에 항아리를 묻을 구덩이를 팔 때까지. 다가올 봄
내내 (여러 신화에서 축복과 보호의 상징으로 통하는) 보리
수나무 사진을 여럿 꼼꼼히 뜯어보고 하나를 골라 언덕에 심
은 다음 가까운 바위에 브라이언의 황동 명판을 놓을 것이다.

스토니크리크에서 추모식이 끝나고 조문객과 어미치가 식
구들이 모두 우리집을 떠나자 어둠이 찾아온다. 모두가 장례
복장을 벗는다. 이제 나와 내 아이들, 그 가족들과 내 친구 밥
과 잭만이 남아 있다. 아무도 그립지 않고, 이곳에 없는 누구
도 여기 있기를 바라지 않는다. 브라이언만 빼고.

2007년 9월 15일 토요일
코네티컷주 더럼

　우리의 결혼식 날. 엄마가 여기 없고, 그게 내 유일한 슬픔
이다. 엄마가 마지막으로 병원에 입원해 있을 때 브라이언은
날 먼저 내려주고 주차하러 갔다. 엄마는 안으로 들어오라고
내게 손짓했고 입맞췄다. 브라이언도 와? 그 물음에 내가 그
렇다고 하자 엄마는 나를 거의 침대 밖으로 밀치더니 즐거워
하며 단호하게 이리저리 지시를 내렸다. 침실복, 빗, 블러셔,
립스틱 줘. 헤어스프레이. 빨리 줘. 브라이언이 병실 문 앞까
지 왔을 때, 엄마는 우아함으로 무장한 그리어 가슨 같은 모
습으로 내게 차 두 잔을 내오라고 시켰다. 결혼식 날 아침에
엄마가 있었다면 이렇게 말했을 것이다. 우리 딸 좀 봐, 정말
근사하지 않아? 신랑은 또 얼마나 잘생겼고? 엄마는 내 첫 결

혼식 때도 그랬듯, 내가 무지막지한 20세기 중반 프리실라 프레슬리 스타일로 머리를 올린 것에 흡족해했을 거다. 실제로 내 아이들이 이 머리를 보고 숨죽여 경악하고, 예비 신랑한테는 "와, 처음 봐. 당신 그렇게…… 그런 모습은"이라는 말을 들은 이상, 저번에도 그랬듯 머리해준 사람에게 고마워하며 머리를 (세게) 빗질한 뒤, 안에 머리핀을 몇 개 찔러넣는 수밖에 없다.

여기 올 사람은 전부 왔다. 아빠는 노쇠하고 친절한 모습이고, 그 두 면모는 우리 모두에게 여전히 놀랍다. 언니와 언니 가족이 일찍 도착해 전방위로 아빠를 보조한다. 나의 큰딸과 후에 그 아이의 남편이자 내 사위가 될 약혼자 코리는 로스앤젤레스에서 출발해 결혼식이 시작되기 몇 분 전에야 식장에 도착한다(이든과 아이비의 존재는 생각도 못할 때다). 바로 그 전주에 식을 올린 아들 앨릭스와 며느리도 와 있다(이사도라는 상상도 못할 때다). 작은딸과 그 아이의 여자친구도 참석했다(후에 내 며느리가 될 재스민과는 다른 사람이다. 아울러 조라는 그 누구도 아주 작은 가능성조차 짐작 못할 때다). 나는 내 짧은 방송 작가 인생의 정점에 있고, 내 에이전트와 그때 출연했던 배우와 프로듀서가 모두 이 자리에 있다. 이후로도 쭉 내 곁에, 브라이언의 삶과 죽음의 모든 순간에 있어줄 내 프로듀서는 우리를 위해 비범한 웨딩 케이크를 주문했

다. 설탕으로 만든 반투명한 청록색과 은색 거품이 은색과 파
란색 케이크를 타고 흘러내려, 맨 아래층을 받친 커다란 유리
판 위에 은하수처럼 고인다. 브라이언은 두어 시간 동안 즐겁
게 주방장과 머리를 맞대고 메뉴를 모든 각도에서 점검하고
승인했다. 전날 거구의 두 남자는 씩 웃으며 내게 오더니 말
했다. 카빙 스테이션*도 추가했어. 놀랍지 않다. 날씨가 기대
했던 것보다 약간 더 쌀쌀해서, 나는 내가 가진 커다란 스카
프와 숄, 파시미나를 전부 모아 바구니에 담아서 앞마당과 뒷
마당 잔디밭에 둔다. 엄마가 봤다면 만족했을 것이다―손님
들이 걸칠 수 있는 옷가지를 바구니에 담아 내놨다는 건 공을
들였다는 증거니까.

우리 삶의 다양한 순간을 함께한 수많은 친구들이 자리했
다. 우리 관계의 불미스러운 시작과 발전을 아니꼽게 봤던 이
웃들 몇몇(우리는 둘 다 다른 사람과 함께하고 있었다. 우리
는 처신을 똑바로 하지 않았다. 우리는 사랑에 빠져 각자의
파트너를 떠났다. 우린 동네를 슬그머니 떠나기는커녕 라듐
처럼 빛을 뿜어댔다), 정신과의사스러운 내 친구들, 수많은
어미치가 식구들(후파** 아래에서 유니테리언 목사가 주례를

---

* 열판과 램프로 구성되어 고기 요리가 서빙 직전까지 식지 않게 데워주는 기구.
** 유대인 결혼식에서 쓰는 일종의 캐노피로, 신랑 신부가 그 아래에서 혼인
을 서약한다.

선다는 걸 탐탁지 않아했지만 별수 없다), 브라이언의 고교와 대학 시절 친구들, (훗날 취리히에서 뉴어크공항까지 나와 동행해줄) 내 친구 케이와 태어나기 전부터 알았던 케이의 딸도 와 있었다. 우리가 가장 좋아하는 부부도 왔는데, 이들은 브라이언이 죽기 훨씬 전 이혼하고, 우리와 계속 연락을 이어가던 한 사람은 브라이언에게 세상에서 가장 아름다운 플라토닉 러브레터를 써줄 것이다. 내 딸들의 소아과의사, 브라이언과 함께 낚시와 환경보호, 지역 정치 참여 활동을 한 친구들. 우리 모녀의 여행을 담당했던 여행사 직원들도 왔는데, 그들과 친해지긴 했지만 왜 우리가 더는 여행을 안 가는지는 절대 얘기하지 않는다. 브라이언의 가장 큰 팬이 될 랜덤하우스 출판사의 소중한 식구들도 왔다(한 저녁식사 자리에서 내 신간에 열정적인 지지를 보이는 출판사 사람들에게 내가 말한다. 홍보 행사에 날 내보낼까 말까 고민할 때, 다들 나 대신 브라이언을 보내고 싶다고 생각하는 거 다 알아요—아무도 부정하지 않는다). 나의 가장 빛나고 다정한 친구들, 브라이언과 나의 결혼을 기뻐하는 친구들과 반응이 어정쩡한 친구들, 그리고 심지어는 탐탁지 않아하는 친구들. 당시 내가 아꼈고 지금도 아끼는 친구들. 몇몇은 이날 이후로 거의 얼굴을 못 보게 될 테지만. 시간은 그저 흐르기에.

우리의 목사님은 현명하고 따뜻한 말씀을 해주시고 나는

기쁨에 차오른다. 하지만 제대로 듣고 있진 않다.

브라이언은 내 두 손을 잡고, 내 눈에 그의 얼굴 말고는 아무것도 보이지 않는다. 그는 말한다. 준비한 게 있는데⋯⋯ 그러더니 내 손을 꽉 잡고는 울기 시작한다.

"당신을 아주 많이 사랑해요." 그가 말한다. "그게 내가 말할 수 있는 전부예요. 당신을 많이, 정말 많이 사랑하고 내 삶의 모든 날 동안 당신을 사랑할게요."

그러고는 조용히 말한다. 이제 당신 차례예요.

나는 말한다. 중년에 이른 여자들은 삶의 폭풍우를 피할 안전한 항구를 찾기 마련입니다. 우리는 안정과 편안함을 찾고자 합니다. 당신은 폭풍우 속 항구이자, 폭풍우이며, 바다이고, 바위이고, 해변이고, 파도입니다. 당신은 동틀녘이자 저물녘이며 그사이의 모든 빛입니다.

더 할말이 있었던 것 같지만 더는 말을 잇지 못한다. 우리는 손을 맞잡고, 각자의 가슴을 맞대며, 서로를 붙든다.

나는 그에게 속삭인다. 내 삶의 모든 날에. 그러자 그도 내게 속삭인다. 내 삶의 모든 날에.

감사의 말

시작은 브라이언 어미치다. 그는 그의 삶과 나, 그의 운좋은 아내를 사랑했고, 죽음 이전에 닥친 어려운 결정과 잔인한 장애물에도 언제나처럼 두려워하지 않았다.

나의 작가 인생에서 케이트 메디나를 만난 건 축복이다. 그녀는 편집자의 절대적인 표준이자 나의 수호천사로, 내 인생에서 가장 큰 도전이 된 이 책을 쓰는 데 모든 방면에서 도움을 줬다. 우아하고, 사려 깊고, 강인하며, 늘 격려를 아끼지 않는 에이전트 클라우디아 밸러드를 만난 것도 역시나 더할 나위 없는 축복이다.

실용적이고 전문적이고 개인적인 영역에서 조사와 보조를 도와준 존 로건 렁과 올리비아 와인섕크의 지성과 통찰, 지지 또한 내게 큰 힘이 되었다.

닥터 대니얼 캐스퍼, 메리 제인 민킨, 데브라 누델이 베풀어준 친절과 지지에 감사드린다.

내가 너무도 자주 힘들어할 때 내 심리치료사인 닥터 T. 웨인 다우니는 요동치는 바다 한가운데 바위와도 같았고, 더 나아가 내가 앞으로 나아갈 수 있게, 단단한 땅에 도달할 수 있게 해주었다. 마찬가지로 통찰력과 판단력이 뛰어난 수지 챙은 내게 타로점을 봐주면서 합리적이고 영감이 가득한 해석과 관찰을 전해주었다.

이 책을 읽어준 세 명의 독자이자 뛰어난 작가 밥 블레드소, 케이트 월버트, 고故 리처드 매캔은 유용하고 중요한 제안을 해주었고, 자신들의 작품에서 발휘하던 섬세한 손길과 뛰어난 지략을 빌려주었다.

내 아이들과 그 가족들은 나와 브라이언이 이 끔찍한 시기를 넘기고 우리의 삶에서 위안과 아름다움을 찾을 수 있게, 그의 죽음에서 평안을 발견할 수 있게 해주었다. 사랑하는 언니 엘런은 책에 묘사된 것보다 훨씬 더 큰 애정과 지지를 보여주었다.

늘 그렇듯, 나의 조수이자 친구인 제니퍼는 조수의 세계에서 태양계의 태양과도 같은 존재다.

옮긴이의 말

이 이야기를 번역하는 내내 많이 울었다. 어느 정도였느냐면 작업에 방해가 되는 건 물론이고 심할 때는 아무것도 입에 대고 싶지 않을 정도였다. 번역은 원래 이입하는 일이라지만 이번 책은 정도가 심했다. 그렇게 울고 나면 장례식장에서 상주보다 더 서럽게 운 조문객이 된 것 같아 머쓱해졌다. 잠을 청하려 침대에 누우면 아침에 눈을 떴을 때 소중한 사람이 갑자기 내 곁을 떠날 것 같은 불안감이 엄습했다. 벌떡 일어나 주변 사람들에게 전화를 걸어 죽지 말라고, 충분한 수면을 취하고 (그놈의) 블루베리라도 챙겨 먹으라고 당부하고 싶은 충동에 사로잡혔다.

그런데 이제야 깨달았다. 실은 내가 하고 싶었던 말은 죽지 말라는 말이 아니라 사랑한다는 말이었음을.

그저 시간은 흐르고 우리가 맺은 인연도 꼭 죽음이 우릴 갈라서가 아니더라도 자연스레, 아니면 어떤 예상치 못한 계기로 언제 수명이 다할지 모른다. 그날까지 최선을 다해 사랑하겠다고 다짐해본다. 우리에게 남은 모든 날에.

미처 전하지 못한 사랑을 담아
2023년 여름
신혜빈

옮긴이 **신혜빈**
이화여자대학교에서 영문학을 전공하고 같은 대학 통번역대학원을 졸업했다. 현재 출판, 문화, 예술 및 각종 콘텐츠 분야에서 번역가로 활동중이며, 옮긴 책으로는 『와이 아트?』 『포르노랜드』 『사파 구하기』 『세상은 둥글다』 『나이츠 갬빗』 등이 있다.

사랑을 담아

1판 1쇄 2023년 7월 10일 | 1판 4쇄 2023년 8월 16일

지은이 에이미 블룸 | 옮긴이 신혜빈
기획·책임편집 윤정민 | 편집 오영나 박아름 이현자
디자인 최윤미 이원경 | 저작권 박지영 형소진 최은진 서연주 오서영
마케팅 정민호 한민아 이민경 안남영 김수현 왕지경 황승현 김혜원 김하연
브랜딩 함유지 함근아 박민재 김희숙 고보미 정승민 배진성
제작 강신은 김동욱 이순호 | 제작처 한영문화사

펴낸곳 (주)문학동네 | 펴낸이 김소영
출판등록 1993년 10월 22일 제2003-000045호
주소 10881 경기도 파주시 회동길 210
전자우편 editor@munhak.com | 대표전화 031) 955-8888 | 팩스 031) 955-8855
문의전화 031) 955-1927(마케팅) 031) 955-2634(편집)
문학동네카페 http://cafe.naver.com/mhdn
인스타그램 @munhakdongne | 트위터 @munhakdongne
북클럽문학동네 http://bookclubmunhak.com

ISBN 978-89-546-9413-1 03840

www.munhak.com